JN215901

盾の勇者の成り上がり 20

アネコユサギ
Aneko Yusagi

岩谷《いわたに》 尚文《なおふみ》
ラフタリア
レイン

天木《あまき》 錬《れん》
城野《しろの》 守《まもる》
ウィンディア
ホルン
盾の勇者の成り上がり⑳
人物紹介

「シールドバッシュ!」
バシンと俺に向かって
盾を持った全身鎧が
スキルをぶちかましてくる。

目次

プロローグ　怠惰が世界を救うと信じて

「じゃあ、尚文《なおふみ》はいったん元の異世界に帰るつもりなんだ？」

絆《きずな》の質問に俺は頷《うなず》いた。

「ああ、セインの姉のこともあって念のためな」

俺は今、ラルクの城の会議室で緊急会議をしている。

なんで緊急会議を行っているかというと、昨夜セインの姉が敵である俺達の本拠地に突然やってきて俺に色々話したのだが、その内容について話し合っているのだ。

まあ、そこでセインが妙なジンクスを信じていて、詳しい内情までは俺達に話していないことも判明したんだけどさ。

セインは……波で滅ぼされた世界出身の裁縫道具の眷属器《けんぞくき》を持つ勇者だ。

なぜか俺を守ろうと常に気を張っていて、敵の軍門に下っている姉を目の敵《かたき》にしている。

ここ最近、その姉が俺達にちょっかいばかり出してきている。

「現状、かなり押しているのは確かなので余裕があるといえばありますね。ここで押し切りたいところなのですが……」

俺もグラスのその先の言葉は理解できる。

今こそ世界が一丸となって諦めの悪い敵国に乗り込んで、波に挑むべきだという考えだ。

隙《すき》あらば聖武器や眷属器を使って世界を征服しよう、なんて考えている連中は駆逐すべきだ。

まあ……言い換えれば俺達も世界征服をしているようなものだが。

だが、他世界侵略とか考えちゃいないし、聖武器や眷属器が自ら力を貸してくれているのだから、無理やり従わせている奴等よりもマシだろ。

最初に聖武器や眷属器を戦争に持ち込んだのは奴等だ。

絆やグラス、ラルクは本来、聖武器や眷属器をそんなくだらないことに使うつもりは毛頭なかったしな。

絆達はあくまで世界のために行動している。いたずらに侵略はしていない。

「これでセインの姉の言ってることが嘘《うそ》とかだったら楽なんだがな。不安が拭《ぬぐ》えないなら確かめておいた方がいいだろ？」

「あの人ですか……」

そこでライノが深く考え込むように腕を組みながら呟《つぶや》いた。

ライノは元々俺を召喚した異世界の住人で、メルロマルクの女王が命じた特殊部隊員だ。

俺と同じくヴィッチに深い恨みを持った者達で構成された組織の一員で、ヴィッチの行方を追ってスパイ活動をしていた。

昨日、銛《もり》の眷属器持ちの波の尖兵《せんぺい》……転生者が魔竜の居城に乗り込んできた際、ヴィッチと一緒に現れ、良いタイミングでヴィッチに致命傷を負わせて鞭《むち》の七星武器を奪還するという、大金星を挙げた俺の同盟仲間だ。

眷属器を奪われないように、アクセサリー類を強化したものがヴィッチ達に支給されていたらしいのだが、それを事前にすり替えておいて奪還するというお手柄な行動だった。

俺とライノの共通の目的は『ヴィッチをいかに苦しめてから殺すか』である。

こうまで俺と同じ目的で行動してくれる奴はいただろうか？

ラフタリアは手伝ってはくれるが温度差があるからな。

ちなみにラフタリア曰《いわ》く、ライノはルフト二号だそうだ。

そのヴィッチなのだが、敵勢力が所持する『殺しても魂さえ無事なら蘇生できる加護』を授かっているらしく、せっかく殺したのに逃げられてしまった。

おそらくまたどこかで出てくるだろう。

「何か知っているのか？」

「よく喋《しゃべ》る人だったけど、考えてみれば自らのことは全く喋りませんでした。少なくとも私の調査範囲ではあまり情報を拾えない方でしたね」

「そうか……」

昨日、銛の眷属器持ちの転生者一味を仕留め、札の聖武器と銛の眷属器、鞭の七星武器を俺達は奪還した。なので現状、絆を召喚した異世界で敵の手に堕《お》ちている聖武器は玉と鈍器、眷属器は船だけになっている。

問題はそれを所持しているのがセインの敵勢力で、銛の眷属器を持っていた転生者の国で籠城していることだ。

「あと、名前が不快なんで口にしたくないです」

「名乗らないし知るのも面倒だから別にいい」

「それもどうなんでしょうか？」

ラフタリアの指摘は無視しよう。

ニックネームで呼んでいるんだから問題はない。

『セインの姉』の呼び名で誰のことなのかわかれば十分だろ。

「ただ……面倒見は良い方でしたね。名前は嫌いでしたが、人としてはまともな印象を受けました。あそこの連中は宗教のように、信頼している勇者に心酔しているか、腹に一物持っているかのどちらかでしたから」

ライノがウンザリしたような口調で答える。

ああ、やっぱ転生者のハーレムなんだろうな？

「タクト一味みたいな感じか？」

「ええ、その規模がとても大きいと思ってもらって問題ないです。生憎《あいにく》私はその代表をしている人物に会う機会には恵まれませんでしたが……」

ライノはスパイとしてヴィッチの仲間になっていたわけだけど、得られた情報は偏りがある。

それは、俺達が最初に戦ったであろう波の尖兵であるキョウのハーレム図とタクトのハーレム図を照らし合わせると、よりわかりやすいかもしれない。

「ヨモギやツグミも仲間の女達の管理……っていうか情報交換とかしたりしていたんだろ？　おそらくそれの規模が大きいやつだと考えるとわかりやすいかもな」

今回の会議の場には昨日の戦勝会の流れで絆の勢力のほとんどが集結している。

冒険仲間とかも出席しているな。絆達と情報交換中だ。

その絆の勢力にヨモギやツグミが既に組み込まれている。

「あまり答えたい話題ではないが……」

「ああ……どんな組織体系なのか察することはできる」

ヨモギとツグミは同意見、と。

心酔する転生者共を仕留めた影響もあって洗脳が解けた……というわけではなく、ヨモギは元々キョウのやり方に不満をそこそこ持っていて、真実を知って注意したら逆ギレされて、見限った。

ツグミがこちら側にいるのは心酔する転生者だと思っていたクズ二号が返り討ちに遭って死んだからだ。

また、ツグミに関していえば、キョウにいいように利用されて死にそうになったところを絆が気を回して助けたという理由もあるだろう。

ただ、絆と仲良くしているうちにクズ二号のおかしな行動に気付いたみたいだが。

今は筋の通らない連中に異議を唱えるくらいには視野が広がってきている。

なお、仲間の女共は他の転生者勢力のもとに行ってしまったので、最終的に処分したらしい。

「……確か、ヴィッチがいるのは開発した技術等の試作運用を行っている部門だったか」

「そういった色が強かったのは確かですね。実験結果を献上して、最終的に戦力増強を図っていたみたいです」

俺の村で言うところのラトとかだろうな。

おそらくそういった部門は、大将である転生者の指示もなく独自に行動しているんだろう。

俺もそいつらと似たようなことをしているしな。

ラトの部隊がしていることにいちいち干渉したりはしない。

好きなようにやらせて報告に目を通す……そんな関係だ。

ラトは……俺の村に押し掛けてきて魔物の管理とかをしてはいるけど、目に見えた成果までは上げていないよな？　今のところせいぜいキャンピングプラントの開発をした程度か。

「で、ヴィッチはその勢力の中でどんな立場だったんだ？」

「運良く奴等の世界の危機を救うことができた新参者ですね」

「セインの姉もそんなことを言っていたな」

捕らえていた聖武器の勇者が波が起こっている最中に殺されそうになったのを阻止したのだとか。

「その手柄であの女が代表で大将と会っていたみたいですね。どこもかしこも僻《ひが》みの声だらけで反《へ》吐《ど》が出ましたよ」

なるほど、ヴィッチ共は偶然の状態とはいえ、大将に自分の存在を印象付けながら立場を向上させていたわけか。

数々の失態に大将がどう対処することやら……まあ、乗り込んでくるなら返り討ちにするだけだ。

だがその前に……これからどうやって強くなるかを考えていかないとな。

少なくとも鞭の強化方法が判明した今、セインの姉の強さの真髄《しんずい》を俺は嫌というほど思い知らされている。

仮にセインの姉勢力の連中が鞭の強化方法……Ｌｖを消費して伸びるステータスを弄《いじ》れる資質改造ができたとしたら同じＬｖであっても能力差は何倍も開く。

しかも聖武器や眷属器の性能を完全に引き出せるとなるとな。

「あとはこれですね」

そう言ってライノは懐から複数の手帳とアクセサリーを出して俺に提出する。

「奴等の開発している発明品の設計図を複写したものや、七星武器を拘束するアクセサリーの設計図等の数々です」

「この辺りは俺もある程度は分析できるが……」

手帳を開いて、書きこまれているものを軽く読んでみようとして……なんて書いてあるかわからないので断念する。

「敵の手に堕ちた場合は自壊するように組み込まれていたのですが、作動前だったので機能を阻止しました」

「よくやった。ならアクセサリー本体を分解して分析した方が早いかもしれないな。少し時間が掛かりそうだ」

分析は専門家に頼むのがいいだろう。

俺は勇者だから、この先の戦いを乗り越えるためにはＬｖ上げを先行してやっておいた方がいいかもしれない。

絆のところでも分析はしてもらうが、俺のところでもさせた方が最終的な効率は上がりそうだ。

この手のアクセサリーを分析すれば、逆に奴等がぶちかましていた破壊不可アクセサリーを破壊するアクセサリーの開発ができるかもしれない。

世の中、こういった技術のイタチごっこはよくあることだ。

前回はライノがすり替えてくれたお陰でどうにかなったが、次は間違いなく仕込まれていると見ていい。

唯一、破壊不可の状態でも効果がありそうなのは絆が所持する０の狩猟具くらいだろうか？

結構特殊な武器らしいし、可能性は高い。

だが、奴等のことだから対抗策を投入してくるかもしれない。

イタチごっこになるかもしれないが、上手《うま》く破壊できれば奴等の抱え込んでいる聖武器や眷属器を奪える可能性が高まるのだから悪い手ではない。

問題は……セインの姉が持っていた鎖の眷属器が、アクセサリーを破壊してもセインの姉から離れなかったことだ。

世界ごとにルールがある。

他世界を滅ぼすことを推奨している眷属器の精霊もいるのかもしれない。

そんな精霊が宿る武器だとしたら意味のない開発だが……可能性がある限りやらなくていい理由にはならない。

「話が脱線したな。こういった品々の研究も兼ねて一度戻ろうと思っている。陽動だったらそれまでだがな」

「そうだけど……帰る手段はあるの？」

絆の問いに、俺はライノが提出した資料に目を通しているリーシアに目を向ける。

「リーシアさん」

樹《いつき》がリーシアの肩を叩《たた》いて呼びかける。

「ふえ？」

「俺の盾や樹の弓は機能不全状態だからな。リーシア、お前の七星武器の転送機能で波の召喚に合わせて移動できないか？」

絆の方の異世界には、エスノバルトの船の眷属器が遺《のこ》したイカリのアクセサリーの残された力で来ることができた。帰る手段は盾や弓の波による転送機能に頼ろうと思ったが、機能不全なので反応がない。

なので、リーシアの所持する投擲具《とうてきぐ》の七星武器に頼ってみるのが早いと睨《にら》んでいる。

「あ、はい。ちょっと待ってください」

リーシアが視線を泳がせて波の到来時間を確認している。

「できるみたいです。ふえ？　なんか時間が進んだり遅れたりしててわかりづらいです」

「世界ごとに時間の流れが異なるみたいだからな。俺も最初にこの世界に来た時にその現象を見たぞ」

前回来た時に、この世界にいられる猶予時間が表示されてたんだけど、その数字が行ったり来たり、遅れたり早まったりしていた。

現に絆の世界から帰ってきた時に、絆の世界での時間と俺達の世界で過ぎていた時間にはズレがあった。

「数日中にあちらの世界の波に参加することができるみたいです」

「じゃあ、その召喚に合わせて帰ればいいな」

「おっし！　じゃあ行くか！」

ここでなぜかラルクが拳を合わせてやる気を見せている。

異様にテンションが高いが、お前はこっちの世界の人間だろ？

「なんでラルクがやる気を見せてんだ？」

「あ？　つれねえな、ナオフミの坊主。俺達の仲だろ？」

「仲間なのは確かだが……なんでそんなやる気なのか不可解でな」

「わからねえのか？　ナオフミの坊主達が帰るのはいいけど、それが敵の狙いだったらどうすんだ？」

セインの姉が脅威となる俺達を元の世界に帰させて、その間に絆達を襲撃するかもしれないとか考えているんだろう。

絆達に全部任せるのでも問題はないが……確かに同盟関係があるのにどうかってところだよな。

消息不明の七星武器が投入される可能性もある。

しかし、雁首揃《がんくびそろ》えて元の異世界に行くというのもどうなんだ？

言いたいことはわからなくもないが、確実にこちらの世界の守りは手薄になる。

「そもそもナオフミの坊主の連中が揃ってこっちの武器を持ってるじゃねえか。それに協力者としちゃ、俺もあっちで色々と力をつけておきてぇしよ」

「まあ……ラルク達のＬｖをあっちで上げておけば、いざって時には助かるかもしれないが……」

現状、この絆達の世界では聖武器を封じる技術で盾や弓は使用不能だ。

その代わりに鏡と楽器の眷属器が俺達の力となってくれている。

「えー、そうですね……」

「あら？」

「あちゃー？」

ラフタリアやサディナとシルディナがそれぞれ声を上げる。

割と当然のように使っているけど、ラフタリアの持つ刀は絆の世界の眷属器で、サディナが今持っている銛の眷属器は昨日、敵から奪った代物だ。

サディナは、卓越した銛の技術によって眷属器を転生者の不正な拘束から救ったこともあって、銛の勇者に任命されたってことだな。

挙句、シルディナは眷属器ではなく、更にその上……召喚という形で汚染された札の聖武器を救い出し、絆と同じ四聖の勇者になってしまった。

俺が使っている鏡や樹の楽器も合わせると五つも俺のところの連中に宿っている。

「ふん。この世界の連中に素質がないと言っているようなものだな。嘆かわしいぞ、愚かな人間共」

そこで魔竜が絆達を馬鹿にするように胸を張って言い放った。

お前は相変わらず口が悪いな。

「なにおー！」

絆と魔竜が睨み合いを始めたが、無視だ。

「眷属器持ちであるラフタリアやサディナはともかく、問題はシルディナだよな」

「あちゃ？　それってどういうこと？」

「俺達の出発前の会話を忘れたのか？　聖武器の勇者になると担当世界からまず出られないぞ？」

「あらー？　つまりシルディナちゃんは勇者の使命が達成されるまで、この世界にいなくちゃいけないのね。がんばってねシルディナちゃん」

「あちゃー……」

俺とサディナの言葉にシルディナがものすごく眉を寄せて、持っていた札が入っていた箱を投げ捨てようと手を振るも、札は一向に手から離れずくっ付いたままだ。

なんか可愛《かわい》い動作をしているな。

その嫌がる素振りはフィーロみたいだぞ。アホ毛を拒んだ時と似た様相を見せている。

「離れない！　離れない！　いらない！」

「それで取れたら苦労しないよなー……」

俺も最初は何度も思ったもんな。攻撃力のない盾でどうやって生きていけってんだよって。

一度は盾がタクトの手に渡って、戦えた時もあったけどさ。

杖《つえ》は便利だったな……その後は鏡か？

なんで杖の時は特例武器で、鏡の時は普通に盾を変換したみたいな扱いなのか。

「あちゃー！　やーだー！　帰るー！」

「えー……シルディナさんが混乱してますが、どうしましょう？」

ラフタリアが困った表情で尋ねてくる。

「そこは聖武器と相談しろ」

「帰るー！」

シルディナがこれでもかと札に向かって呼びかけている。

すると札の聖武器がピカッと光った。

「あちゃ？　例外処理？」

「妙にアッサリと許可が下りたな……」

まあ、盾も弓も事情を察しているから許可をくれたんだろうけどさ。

札の場合はシルディナに頭が上がらないだろうから、許可くらいはするか。

「時々勇者としてこっちで波と戦えば自由にさせてくれるんじゃないか？」

「なおふみちゃんは？」

「さてな」

俺は鏡に頼まれている側だし、盾が使えるようになったら手から離れる可能性が高い。

そうなったらお役御免だ。

あとはしっかりとした所持者に鏡を任せて、絆達が教育でも何でもすればいい。

どうも盾の影響を受けているからか、使えるスキルとかが違うみたいだしな。

「あちゃー！」

ブンブンと嫌がるように札を振ってるけど結局離れず、シルディナは諦めたように札をシャッフルし始めた。

結局、札が好きだよな、お前。

「安心してシルディナちゃん、お姉さんも銛を持ってるわ」

「……何を安心するの？」

「あらー？」

本当、このシャチ姉妹は微妙な関係だよな。

「オレは尚文の世界に行けるのかな？」

絆が狩猟具に向かって声を掛けるが……狩猟具はうんともすんとも反応しない。

「絆は許可が下りないみたいだな」

「オレとシルディナちゃんとじゃ何が違うっていうの!?」

「四聖が揃って担当世界を空けるわけにはいかないってことじゃないか？」

どうにか立て直しはできてるけど、シルディナの留守中に絆が波で死んだら、きっとこの世界は消えるぞ？　そういった意味で絆はこの世界の柱なわけで。

「シルディナの場合はたまたま候補者として舞い込んできただけだし、札も負い目があるから許可が下りた。けど絆はこの世界の柱だから許可するわけにはいかないんだろ」

「うー……未知の釣り場がオレを呼んでいるのに、行けないなんて……」

気になるのはそこか。

コイツ……波の最中でも場所が海だったら釣り糸を垂らしそうだもんな。

釣りバカを舐《な》めてはいけない。

「で、ラルクは……眷属器だから了承は不要か」

「おうよ！」

そのテンションは一体何なんだ？

「俺達はナオフミの坊主達に多大な恩があって、同盟関係にある。となると世界は異なってもナオフミの坊主の所属する国の王に一度話を通すのが筋ってもんだろ？」

「そうか？」

代表として俺が相手をしてるんだから問題はないように思えるんだがな。

それなら前回、俺達の世界と波が発生した時にメルティとクズのところに行けばよかっただろ。

ラルクは国の代表として、最近ではいろんなところで国家間の会議に出席している。

転生者共が好き勝手やらかしたお陰で、国同士がそこそこまとまってきてるんだよな。

共通の敵がいるから団結力が増している感じだ。

「大丈夫だぜ！　なんだかんだ言ってグラスの嬢ちゃんの方が統率力があるから、俺が少しくらい現場を離れたって問題ねぇ！」

「言ってて虚《むな》しくならないか？」

グラスの方に視線を向けると、ものすごく深い溜息《ためいき》を漏らしているぞ。

「キズナがいない時は私が代行していたことも多かったですからね……信用は十分にありますよ」

ああ、ラルクの代わりをすることも多いのか。

考えてみればラルクと初めて会ったのは俺達の世界だった。

その間、こちらでは王が不在だったわけで……まあ、勇者となれば国の代表代理は可能か。

むしろラルクが留守をしている間はグラスが公務をしていたんだろうしな。

「挨拶程度ならいいんじゃないか？　絆達もいるし、この世界との波が起こったら帰れるだろう」

「おうよ！　あとはどっちの世界で事件が起こるか次第だぜ」

はぁ……妙にノリノリなラルクが気にはなるが、いちいち指摘するのも面倒だ。

ラルクの言う、同盟関係にあるメルティやクズと話を通しておくという理由も一応、筋は通っている。

「で、グラスは絆と一緒に留守番か？」

「そうなりますね。あまり戦力を偏らせるのも問題があると思いますし……皆さんも一度本来の世界に戻れるのなら、それがいいかと思います」

「ラルクがなんで尚文の世界に行きたがっているのか、ちょっとわからないけどね」

絆の意見に俺も同意する。

「エスノバルトはどうするんだ？」

本の眷属器の勇者に新たに任命された元船の眷属器の勇者である図書兎《としょうさぎ》のエスノバルトに尋ねる。

本の強化は武器自体のレア度で強さが変わる。

剣と札の強化にあるレアリティアップに似ているけれど、弓の強化にあった武器自身の希少価値のような影響があるようだ。

地味だけどこれを認識できるだけで武器の性能が引き上げられる。

違うところはウェポンコピーとかした場合にシリアルナンバーみたいなものが付くところだ。

品質が良い品だとより性能が引き上がる。

より良い複製元をウェポンコピーすると上書きできるとか何とか。

本だけに初版本とかのレアな要素なんかが介在しているのかもしれない。

魔物や素材から出る武器の場合は素材自体の品質なんかが影響する。

なんていうか剣と弓の強化方法の両方に重なっているように思えるな。

勇者の武器を直接弄って強くできないところに面倒臭さがある。

地味故に忘れがちだけどバカにできない。

「ワタシはキズナさん達と一緒にこの世界を守るために行動します」

まあ、そうだよな。気を習得した挙句、潜在能力が開花して強くなったしな。

リーシアもそうだが、どうして俺の周りって魔法職系が脳筋になっていくんだ？

それで、こっちの守りはどうなるんだ？

聖武器と眷属器持ちだけで考えると……絆、グラス、エスノバルト。

残りは俺、樹、ラフタリア、サディナ、シルディナ、リーシア、そしてラルクが加わる。

うーん。

「ラルク、顔見せに来るのはいいが早めに帰れよ」

「つれねえな～、ナオフミの坊主」

「うるさい」

「魔竜もいるんだし問題はねえだろ。な？　ナオフミの坊主に頼まれたら嫌とは言わねえだろ？」

「そうだな。盾の勇者に頼まれたら我も拒むわけにはいかんな。だが、なぜ鎌の勇者に言われるのか理解に苦しむ」

魔竜がラルクの言葉に難色を示す。

まあ……やり方次第では魔竜が下手な勇者より強いのは確かだろう。

昨日の戦いでも魔竜のお陰で上手く立ち回れたわけだし。

「だが、盾の勇者が元の世界に戻った場合、接続が途絶するのでな……昨日のような能力上昇は難しいぞ？」

「そこはキズナの嬢ちゃんと色々とやればいいんじゃねえか？　聖武器の勇者同士、似た感じだろ？」

「ふ……鎌の勇者にして一国の王よ。随分と舐めたことを言う」

あ、魔竜の頭に青筋が浮かんでる。

「ちょっと待ってよ！　魔竜がオレに何をするんだよ！　ラルクはオレに何をさせる気なんだ！」

絆も揃って文句を言っている。

おいラルク、さっきから何かテンションがおかしいぞ。そんなに俺達の世界に行きたいのか？

「そうですよ、ラルク！　キズナに何をさせる気ですか！」

「何ってナオフミの坊主と同じみたいにできねーのか？　って思ってよ」

「ああ、アカウントハッキングな」

「アカウントハッキング!?　嫌だよ！　オレの釣り竿《ざお》に何をする気だよ」

釣り竿呼ばわり……狩猟具と言わないのが絆の悲しいところだな。

「はっ」

魔竜が絆を見てから、鼻で笑った。

「うわ。その笑い方腹立つなぁ……」

「絆の憤怒って浅そうだもんな。じゃあ『怠惰』でいいだろ。文字通り絆の怠惰を貪《むさぼ》って最強の竜帝になれよ」

前に絆は怠惰のカースに侵食されてどこまでもやる気のない、無様な姿を見せていた。

おそらく、絆の本質としての遊び好きな面が前面に出たと見ていい。

怠惰を深めれば俺の憤怒に近い力を出せるはずだ。

聖武器の勇者の呪いの力を魔竜の力の源にできるなら一番合っているだろう。

「盾の勇者よ。我になんて酷な命令をするのだ！」

「オレは怠け者じゃないやい！」

「そう思うなら何か魔竜が気に入りそうな呪いの武器でも出せ」

「うーん……」

というところで絆は0の狩猟具に武器を変化させる。

「む……それはやめろ。その武器の力を我は扱えん」

「まあ、不正な力に効果があるだけだもんな」

「それもあるが、その力の根底は……む？　思い出せんな。どちらにしてもドラゴンにも効果のある武器でな。我が干渉することはできん」

「そもそも呪いの武器かそれ？」

「まあ、違うよね。とはいってもな……あとは禁じ手のあの武器くらいかな」

ああ、絆が使える対人武器だったか。

代償が経験値というか、Ｌｖのやつらしい。

できれば使いたくないらしい。俺の憤怒に似たもので間違いないだろう。

「それも我の動力に使える武器には向いておらんな。仮に使用すると戦闘中に我と狩猟具の勇者が揃って戦闘継続不能なほど弱体化する」

絆が対人をできるってだけの呪いの武器じゃな。

やや呆《あき》れた様子で魔竜は腕を組んで絆を半眼で見つめる。

「しょうがあるまい。ドラゴンは惰眠を貪るという性質もある。狩猟具の勇者からは怠惰の力を引き出せるようにしてみるとしよう。存分に怠けるがいい」

「うわ……腹が立つ言い方をするなぁ」

「これも普段の行いの罰なのかもしれませんね」

グラスの言葉も辛辣《しんらつ》だな。

事が起こるまで絆が何もしていなかったのが原因のような気もする。

絆って根本的に怠け者というか、やりたいことしかやらないタイプだもんな。

「さ、最近はがんばっているよ！　料理だって尚文に負けないものだってあるじゃないか」

「主に魚料理だな」

絆は釣り好き故なのか魚料理全般は上手くなった。

元々捌《さば》くのは上手いし、料理もそこそこできたから、教えたら良いところに落ちついた感じだ。

「怠惰の乗り越え方を継続して練習させればいいだろ。完全に怠惰に飲み込まれたら、船で沖に流して水の四天王でも釣らせればしばらくはどうにかなるはずだ」

「うむ！　さすがは盾の勇者！　狩猟具の勇者の怠惰についてすらも熟知しているのだな」

「オレってそんな単純なわけ!?」

そうだろ。現に怠惰はそうやって克服させたんだしな。

「キズナの本質が怠けることだなんて……嘆きたくなりますね」

グラスの嘆きも深いものだな。

「だが盾の勇者よ、安心するがいい。どうしようもないほど狩猟具の勇者が怠惰に飲まれたら、我が取りこんで力の源にしてくれる」

ああ、最初に俺と会った際にやろうとしたやつな。

「我の中で死ぬまでだらけることができるぞ。まあ、我は不老なので人の寿命を越えた……我が死ぬまでは、だがな」

魔竜の中で老いることなく苗床にされ続けるか……地獄だな。

「何の安心もできません！」

「絶対に怠惰を使いこなしてみせる！」

絆が全力で怠惰に挑む決意を固める。

完全に飲まれたら魔竜の苗床……どこのエロゲーだ？

まあ絆の場合、対人ができないからそっちの方が戦いが楽になるかもしれないのが悲しいところだな。

「がんばれー」

「がんばるのだぞー」

俺と魔竜のやる気のない応援。

絆の怠惰が世界を救うための力になる！

……虚しくなりそうだな。

そんなキャッチフレーズしか浮かばない面子を残して、行く気満々なラルクは何なんだろうか？

「まあ、どちらにしても勇者の資質強化はしておきたかったから……試験的にラルクを連れていけばいいか。こっちにはＬｖ上げが得意なシャチ姉妹がいるしな」

「よっしゃー！」

だから喜ぶな。

何か気になるけど、先を見越した選択だってことで妥協するとしよう。

「ナオフミの坊主の世界が俺を呼んでいるぜ！」

うーん……ラルクの妙なテンションが激しく気になる。

「残る絆達の内訳に関しちゃある程度決まったとして……こっちはどうするかだよな」

ラフタリアは当然連れて帰る。

そしてシルディナは帰りたがっているし、サディナもラフタリアに合わせて帰るだろう。

フィーロは魔竜の所為《せい》でこの場には欠席しているが、置いてきぼりは嫌だろう。

「捕らえたマルドからは更に情報を得なければいけませんからね。まだ拷問が足りませんし、逃がさないように連れ帰るべきでしょう」

「ふえええ……イツキ様ぁ……」

樹は弓の勇者なんだから帰るのは当然で、リーシアも同様だ。

セインは俺のいるところに付いてくるわけだし……。

「変幻無双流の師匠は残ると思いますよ。グラスさんの師範代と意気投合してますので」

「ああ、そうだったな。アイツはな……」

まあ、結構強いし資質向上の実験に最も向いた人材だろう。

ババアが勇者に匹敵する強さを得るか見ものだな。

となると、ほとんどが一時帰宅ってことになるわけか。

まあ、こっちの世界で長く活動していたからそろそろみんな帰りたくなる頃合いか。

戦力は俺達の方に傾いているわけだし、しばらくは大丈夫だと思うほかない。

「じゃあ決まったな」

こうして俺達は元の異世界に帰ることを決め、その後の日々を過ごすことにしたのだった。

一話　犯罪者の連行

そんなこんなで、帰る日まではＬｖ上げ等を繰り返していたわけだが……。

出発前に皆で集まっていると、札を顔に付けられて動けないようにされた樹《いつき》の配下で俺が内心で鎧《よろい》と呼んでいるマルドが運ばれてきた。

話によると拷問したらアッサリと秘密をゲロッたらしい。

ライノも同席して知らない情報がないか、嘘《うそ》を言っていないかの確認も行ったそうだ。

自称、拷問と嘘を見抜くスペシャリストであるサディナも同行していた。

まあ、鎧が持っていた情報なので大したものはなく、せいぜいヴィッチの仲間として一部三勇教の連中が関わっているくらいの情報しか得られなかった。

「コイツは案外簡単に情報を吐いたのに、こっちで処刑しないのか？」

「ええ、マルドにはあっちでも色々と吐かせたうえで処分しなければ困るんですよ」

……鎧の奴、何かあると仲間が助けに来るはずだ、助けに来ないのはおかしい！　アイツ等、裏切り者だとか言って、現実逃避を繰り返していたとか何とか。

こっちの世界では奴隷って札を貼られるんだったな。キョンシーみたいだ。

そういやヨモギも前に札を付けていたっけ。

「う――！　ぐ――!?」

喋《しゃべ》ることはおろか動くことさえ禁じられているのか、鎧が懸命に助けを求めるように周りに視線を向けているが、俺達はわかっていてあえて無視している。

それでも時々抵抗しようとするのだから諦めが悪いというかなんというか……。

「……マルド、貴方《あなた》の言う正義の味方は一向に来る気配がありませんね？」

樹がここぞとばかりに転がっている鎧を足蹴《あしげ》にして言う。

その仕打ちはお前の正義の味方像的に大丈夫なのか？

視野が広くなって思い悩んでいるのかと思ったけど、樹の闇も大分深くなってしまったんだろう。

「ふぇえええ……」

「ナオフミ様」

ラフタリアがリーシアと同じ表情で俺に助けを求めてくる。

樹がここまで元仲間に当たることができるようになってしまったのは俺の責任なんだろうか？

「ダークヒーロー路線にでも目覚めたとか……だったらいいな」

「たとえ正義の味方であっても許せる限度は超えていますよ。少なくとも僕はそう思います」

「そうか」

樹も容赦しないところは未《いま》だに健在……ってわけでもないんだろうな。

「尚文《なおふみ》さんに責任を擦《なす》りつけて、今まで黙っていたことも許しがたいことですしね」

鎧を生け捕りにする際に樹が詰問した件だな。

着服できると考えた鎧共は、樹がもらうはずだった報酬を掠《かす》め取っていたらしい。

完全に樹の正義を悪い方向で踏み抜いていた裏切り者なわけで、容赦なんてしたいとは思わないのは当然か。

「正義の定義について悩み続ける僕ですが、これだけは確信を持って言えますよ。マルド、貴方は間違いなく正義ではありません」

樹の宣告に鎧が異議を唱えるように拘束を振り切ろうとするが、痛みで何もできないようだ。

「現に……その程度の拘束も振りほどけないじゃないですか。尚文さんだったら僕に噛《か》みつく勢いで異議を唱えます。それが、意志の差ですよ」

「俺を巻き込むな」

「容易《たやす》く拷問で口を割りながら、僕達の元に戻りたいなんて都合の良いことを言った罰ですよ。貴方の正義と僕の正義は違いすぎています。僕は貴方を受け入れられない」

「そうねー。お姉さんも驚きなくらい調子のいいことを言うわよ、この子」

「反吐《へど》が出ますね。強者の味方しかしてませんよ、この人。そういう意味では正義の味方かもしれませんね」

サディナの言葉に続いて反吐が出ると言い切ったのはライノだ。

そんなことまでぶちかましていたのか。

確かに、ある意味、正義の味方なのかもしれないな。

強ければ正義という、転生者共の理屈と合う。

他に強い奴が出てきたらそいつに従えば確かに正義の味方だ。

「無慈悲と罵《ののし》られても結構です。慈悲は尚文さんにこそ相応《ふさわ》しいのでね」

「だから俺を巻き込むな。慈悲なんて持ってねえ」

俺に慈悲を与えたのはアトラだ。それ以外にはない。

しかし、コイツまで錬《れん》みたいなことを言い出したな……。

すると樹が、鎧を足蹴にしながら俺に顔を向ける。

「そうですか？　僕達、道を踏み外した勇者達をしっかりと受け入れてくれた尚文さんに慈悲がないと？」

「お前等に死なれると困るから説得して抱き込んだだけだ」

「そういう考え方もありますね……今回はそれでいいでしょう」

「微妙に引っかかる言い方をするな」

「いえいえ……含みはありませんよ。受け取り方や考えは人それぞれですからね」

さっきからイラッとすることを言いやがるな。

コイツ、口にも『命中』の異能力が発動していないか？

まともに相手をすると泥沼にはまりそうなので、樹の言いたいように言わせておこう。

「僕がそう……受け取ったに過ぎませんから」

「はいはい」

「あ、あの……そろそろ時間です」

リーシアがものすごく困った顔で俺達に知らせてきた。

「そうか」

「あー……なんていうか、出発前にとんでもない状況を見せつけられたけど、尚文達には色々と助けてもらったね」

絆《きずな》が樹と鎧を見て眉を寄せつつ声を掛けてくる。

まあ、あちらの世界由来の犯罪者を連行しているわけだしな。

「キズナの嬢ちゃん、つーわけで俺達も行ってくるぜ！」

ラルクがテリスを連れて軽い調子で言い切る。

なんでお前が付いてくるんだ？　って空気が常時付き纏《まと》っているんだが。

というか、テリスは当然のように同行するのな。

あまりにも自然すぎて絆達すら疑問に思っていないみたいだぞ。

……一応、ラルクの保護者ってことなのかね。

「ふむ……盾の勇者よ。とても名残惜しいぞ」

魔竜がなんか捨てられる子犬みたいな目で媚《こび》を売ってきているが、無視する。

四天王の三体がそんな魔竜をすごい微妙な表情で見ているぞ？

俺がいると魔竜がものすごく強くなるって原理をわかっているからこそ、複雑な心境なのは手に取るようにわかる。魔竜が強くなること＝四天王の能力も上がることらしいからな。

「新たなる風の四天王フィーロよ。魔竜様の命に従ってしっかりと異界の勇者を守るのだぞ」

「フィーロ、勝手に四天王にさせられただけだもん！　ぶー！」

四天王どもに俺の護衛を命令されてフィーロが文句を言っている。

まあ、無理やりに四天王にさせられてしまったもんな。

前回の戦いではそれで狙われたりしたわけで、フィーロからしたら散々か。

それでもフィーロの奴、この世界で自在に飛べることは相当気に入っているのか、暇さえあると空を飛びながら歌っていたな。

「それと刀の眷属器《けんぞくき》の所持者よ。汝《なんじ》の魔法に関する悩みも我が解消しておいた。しっかりと学べば勇者の位の魔法を使えるぞ。我の魔法の加護も使えるので一緒に学べ」

魔竜がラフタリアを見ている。そういやラフタリアって龍脈法が上手《うま》く使えないんだったか。

「えー……ありがとうございます。がんばって習得するように努力します」

「ラフー」

「ああ、そうそう。これをそっちの竜帝に渡せ」

ペッと、魔竜が何やら竜帝の欠片《かけら》らしきものを吐き出して俺に放り投げる。

これを持っていかなくちゃいけないのか……汚ねぇな。

「あちらの竜帝が賢ければ、我と同じように憤怒の力を引き出すことができるだろう」

「あまり頼りにしたくはないが……受け取ってはおいた方がよさそうだな」

少なくとも憤怒と慈悲の力を同時展開すれば強くなれるわけだしな。

一応、代償なしで力を引き出せるならやらないのは損だ。

『それに……ふふ、盾の中には我の複製人格が収められている。魔法を唱える時に我はどこでも手を貸せるぞ』

頭の中に響いてくる嫌な言葉に背筋がゾッとしてくる。

割と本気で、コイツを復活させたことを後悔してきた。

魔法詠唱を補助してくれるんだろうけどさ……なんか嫌だ。

『それが我の良いところ』

黙れ！

「ここで恩を売る我！　戦いが終わったらぜひとも会いに来るのだぞ！」

「ああ、はいはい」

「ぶー！　会いに行かせないもん！」

魔竜と長話をすることに我慢が限界を超えたのか、フィーロが間に割って入ってきた。

「それは盾の勇者の自由ではないか？」

「させないもん！　ぶー！」

フィーロの魔竜への嫌悪は元康《もとやす》へのそれ並みだな。

とりあえず残り時間が少ないので、絆に言っておこうと思っていたことを簡潔に言うか。

「……絆」

「何？」

真面目な表情で絆を呼ぶと、感慨深そうな表情で絆は俺の言葉を待っている。

だから、言わせてほしい。

「次に敵に捕らえられていたら、お前のあだ名は姫な？」

「なんでいきなりそんな宣告を？」

「だってお前、何かある度に捕らえられたりしてるじゃないか。三度目はこっちも看過できん」

「オレだって好きでやってるわけじゃないよ！」

「結果的にそうなっただけでキズナに何の非もないじゃないですか！」

グラスが擁護しているが、目が泳いでいるぞ？

姫属性についてはグラスも心当たりがあるに違いない。

「ふむ……姫ならばしょうがないのかもしれんな。狩猟具の勇者は勇者ではなく姫だったと我も認識を改めておこう」

「なにおー！　絶対にそんな展開にはさせないからね！」

魔竜がここぞとばかりに煽《あお》る。

これくらい注意しておけば俺の留守中に捕まるなんてことはない……と思いたい。

「なんとも賑《にぎ》やかな状況ですね」

エスノバルトが微笑《ほほえ》ましいといった表情で配下の図書兎《としょうさぎ》とババアと一緒に手を振っている。

「聖人様！　あとは任せてほしいのですじゃ！　ワシもしっかりと変幻無双流をこの者達に伝授したら帰るのですじゃ」

「はいはい。がんばれよ」

「色々とありましたが、やっと元の世界に帰れますね」

思えば長かったな。

タクト騒動からの流れでラフタリアを迎えに行くだけの話がここまで拗《こじ》れたとか……全てはヴィッチ共の所為《せい》ってことにしておこう。

「じゃあ行くぞお前等。置いてかれないように、パーティー登録されているかしっかりと確認しろよー」

ここで誰かを置いていったらシャレでは済まない。

「問題ないようです」

樹とラフタリア、リーシア辺りが点呼を取って報告をしてくる。

「そんなわけで行ってくる」

「またね、になるのかな？」

絆の問いに対して、俺はこれから起こるであろう出来事を予想しながら答える。

「だと思う。前回とは色々と事情が変わってくるしな。こっちでの決戦も早めに片付けたくもある。

それまでにせいぜい牙を磨いておけよ」

「もちろんだよ。尚文みたいにできることを全部やらないとね」

「ああ、お前ならできる。そして……お前にしかできないことを見つければいい」

偉そうに、柄にもないことを言ったら絆が嬉《うれ》しそうな顔になった。

「うん！　尚文もがんばってね！」

「当然だ」

……自分にしかできないこと、か。

我ながら臭いことを言っちまったな。

「出発します。波が起こっている最中だと思うので、皆さん注意してください」

リーシアの言葉に合わせ、俺達は絆達に手を振り……俺達の方の世界に転送されたのだった。

管轄世界に戻りました。

鏡から盾に変更されます。

そんな文字が浮かび上がって鏡だった武器が盾に戻る。

行きは光のトンネルなのに帰りは一瞬だよな……なんて思いつつ、見慣れてきた波の亀裂に目が自然と向かう。

ここは……たぶん、ゼルトブル近隣の荒野だろうか？

「フオオオォォォォォ――――！　お義父《とう》さんですぞー！」

俺達の出現で元康が声を掛けてくる。

いきなりだな、おい。

「どうしたのですかな？　あちらでの戦いは終わったのですかな？」

「色々と理由があってな。まだ問題はあるが一時帰還ってところだ」

「そうなのですかな？」

「とはいえ……話をするのは波が終わってからでいいだろう。みんな……行くぞ！」

「「「おおー！」」」

俺の号令に従い、話をする暇もなく、波に向かって俺達は挑んでいったのだった。

「おお！　フィーロたん！　やっと逢《あ》えましたぞぉおおお！」

「やー！　くるなぁあああああああ！」

……元康とフィーロに関しては無視しておこう。

まずは波を鎮めることが先だ。

「ここまで人員がいれば波も余裕か」

波の亀裂を攻撃してアッサリと波を鎮めた。

あとは被害の確認と片付けをしつつ、合流した奴等と話し合いをするだけだな。

「イワタニ殿、よくぞ帰還してくれた。経過はどうですかな？」

クズがメルティを連れて俺に声を掛けてくる。

「ああ、経過自体は順調なんだがな。あっちで不吉な話を耳にしたから一度様子を見に帰ることにしたんだ」

「ほう……それはどんな話で？」

「その前によ。まずは自己紹介といこうや」

俺とクズが話をしようとしているところにラルクが入ってくる。

「俺の名前はラルクベルク、あっちの世界で鎌の勇者をやってるぜ。こっちはテリスだ。ナオフミの坊主達には色々と助けてもらってな。こうして会いに来た」

「ふむ……妻が前に異界の勇者とイワタニ殿達が交戦したと話をしていたのう。ワシの名前はクズ＝メルロマルク三二世。杖《つえ》の勇者としてこの世界で波を相手に戦っておる」

そういやクズの苗字《みょうじ》ってメルロマルクだけど、三二世って随分と代を重ねているんだな。

女系王族のメルロマルクじゃ世襲されている苗字の部分を婿に付けるっぽい。

……メルロマルク王族に婿入りした三二人目とかだったりしてな。

……割とどうでもいい情報か。

それ以前にクズ＝メルロマルク三二世、キリッ！　ってところを突っ込みたい。

「アンタが代表だな。その名前に関しちゃナオフミの坊主から聞いてるぜ」

「うむ」

クズが誇らしげにしているが、できればやめてほしい。

ある意味、これも英知の賢王の策略なんだろうか？

ラルクとクズが挨拶の握手をする。

「先ほど名前に関しては頷《うなず》いたが、それは勇者としてイワタニ殿の後を任されただけで、国としての代表は違うがの」

クズはそう言うと、メルティの背に手をまわしてラルクに向かって紹介する。

「我等が国メルロマルクの女王、メルティ＝Q＝メルロマルク女王陛下である」

「異世界からの勇者様、よくぞおいでくださいました。色々と立て込んでおられるご様子ですが、今はこうして挨拶しかできないことをお許しください」

「お、おう……」

まあ、メルティの年齢を考えたらラルクが引くのは当然か。

前に話はしていたからこっちの状況くらいはわかっていると思うがな。

「軽く挨拶しただけだけど、随分としっかりした奴だな」

ラルクがメルティを見て、俺に耳打ちしてくる。

「こっちは若くして王座に就いている奴はそこそこいるからなぁ」

メルティはもとより、ルフトも元・王様ポジションだし、鳳凰《ほうおう》が封印されていた地の国の王も子供だったはずだ。まあ全員、事情があって即位したパターンだけどさ。

逆にラルクみたいな奴の方が珍しいだろうな。

「メルちゃんただいまー！　助けてー！」

「フィーロたーん！」

ここでフィーロがメルティに飛びかかる形で、元康に対する盾にする。

ただいま！　からの助けてー！　の早さに驚く。メルティも大変だ。

「元康、落ちつけ。会議の邪魔だから下がってろ」

「ですがお義父さん！　やっとフィーロたんに逢えたのですぞ！　おー！　フィーロたん、ジュテーム！」

「やー！」

元康の壊れ具合が果てしない！

「……メルティ女王陛下。どうか槍《やり》の勇者を宥《なだ》めてくれないかのう？　その間にワシが鎌の勇者殿と話をしておく」

「はい、父上。フィーロちゃん、早く行きましょう」

「うん！」

フィーロがさっそくフィロリアル形態になってメルティを背に乗せて……おお、飛んでいくぞ。

「わぁああ……フィーロ飛べるー！」

「凄《すご》い！　フィーロちゃん！」

なぜかフィーロがこっちの世界でも飛べるように……魔竜がフィーロに施した風の四天王の力が

作用しているのではないだろうか？

　凄いな。空飛ぶフィロリアルだ。

「おおフィーロたんが空の彼方《かなた》に飛んでいってしまいますぞ！　絶対に追いついてみせますぞ！

うおおおおぉぉぉぉぉ！」

　フィーロはメルティを連れて空を飛んでいき、元康はそれを追い掛けていく。

「「待ってー」」

　それに釣られて元康の三色フィロリアルも追い掛けていった。

　いたのかアイツ等。ちょっと懐かしいな。

「おい、ナオフミの坊主。さっきの槍を持った奴はカルミラ島の風呂で俺と一緒に覗《のぞ》きをしようと
した奴だよな？」

　ラルクがそんな光景に目を奪われて、肘で俺を小突いてくる。

「ああ」

「どうなってんだ？　なんかネジが吹っ飛んでるぞ」

「その認識で間違いはない。アイツもヴィッチの所為で壊れてしまってな」

「イツキの坊主と同じか。前にこっちと情報交換するとかで騒ぎが起きたとか言ってたが……なる
ほどなぁ」

　妙な納得のされ方をしたけど、事実なんだからしょうがないだろう。

　全てはヴィッチが悪い。

「話が逸《そ》れましたな。自己紹介は済みましたが、イワタニ殿、鎌の勇者殿……何があったのでしょ

うか？」

クズの問いに、俺はラルクと視線を合わせてから口を開いた。

絆の方の異世界では主だった転生者の大半を駆逐することはできたけど、セインの姉が不吉な宣告をして去っていった件が気になって戻ってきたこと。ヴィッチの行方のこと。同盟の使者としてラルクが挨拶に来たことをクズに伝えた。

するとクズの表情が引き締まったように見えた。

娘がこの世界で、まだ悪さをしようとしていると聞いて嫌な考えが巡っているのだろう。

英知の賢王も娘相手となると無意識に手心を加えてしまうかもしれないと、自分自身の甘さを警戒しているのだろうな。

「なるほど……それは確かに一度確認のために帰還するのは当然の考えでしょうな」

「そういうわけだ。それで経過はどうだ？　なんか不穏な気配は？」

「今のところは平穏としか言えない状況……嵐の前の静けさでないことを祈るばかりじゃ」

「まったくだな」

これでセインの姉が言っていたことが嘘だったら一番いいんだけどな。

クズは少ない言葉で状況を正確に察することに優れている。

手短な説明だったがある程度は理解しただろう。

「で、この前聞いた女王が遣わしたスパイとやらがこのライノだ」

ライノをクズに紹介する。

当のライノはクズのことを若干不審げに見ているな。

まあ……ぶっちゃけ又聞《またぎ》き程度しか知らないのだろう。

心を入れ替える前のクズはあまりにも滑稽だったからな。

ただ……纏う空気が違うことくらいは察しているみたいだ。

「亡き女王からの命令と私怨《しえん》により諜報《ちょうほう》をしていたライノと申します」

「うむ……よくぞワシの愚かな娘であるヴィッチの魔の手からイワタニ殿達を救ってくれた。此度《こたび》の活躍、ワシ個人としても称賛しよう。何か褒美……欲しいものはないか？」

「……無礼は承知の上で申し上げます。私が、いえ、私と同じように諜報部隊に所属する者が望むことは……奴に制裁を加えることのみ。これが亡き女王がお作りになった部隊の総意であります」

ライノもクズがヴィッチの父親であり、権力者であることを知ってなお、臆《おく》することなく言い放つ。

「……わかった。褒美はヴィッチへの制裁……その言、しかと聞き届けた。ワシでは甘い手加減をしかねん。ヴィッチに関してはワシよりも権限を与える。継続して活動してほしい」

「ハッ！」

クズも、理解したといった表情でライノの望みを聞き届ける。

それとほぼ同時だったか、ライノが仮に預かっていた鞭《むち》の七星武器が光の玉となって俺達の周りを飛び回って姿を消した。

「もう敵の手に堕《お》ちるんじゃないぞ」

消えた鞭の七星武器に声を掛けると、問題ないとばかりにもう一度姿を現してから再度消失する。

鏡や本みたいにどこかに隠れていたってことなのか……？

「さて……簡潔な情報整理は済みましたな。このような場所で長話をするのはどうかと思う次第じゃ。早めに移動するのがよいじゃろう」

「そうだな」

そんなわけで俺達はその場から撤収し、メルロマルクの城に戻ることになったわけだが……ふと辺りを見渡して、重要人物がいないことに気付く。

「錬がいないな？　どっか別の波か何かが発生でもしてそっちに当たっているのか？」

こう、多重作戦的な感じで。

クズの護衛をしていたエクレールに声を掛ける。

「いや……レンは……」

なんか非常に言いづらそうな態度だな。

クズの方を見ると、説明に困ったって表情で苦笑いしている。

「槍の勇者やガエリオン、その他、様々な重圧に耐えかねて倒れてしまってな……村で休んでいる」

「……アホか」

責任感は人一倍強いところがあったけど、それで倒れるとはどういうことだ！

元康のことなんてまともに相手をする必要なんてないんだぞ？

まあ、不安には思っていたが、この程度の日数で倒れるとか……。

「ナオフミ様がいない状態での代理統治……その重圧を考えると理解できますね」

なんかラフタリアが同情している。

そこまでつらい仕事か？　それこそクズに丸投げ……できる案件でもないか。

クズはクズでメルティ共々忙しいだろうしな。

そして元康は役に立たないどころか、トラブルの原因の一人だし。

唯一残った四聖勇者である錬に重圧が掛かるのはしょうがないのかもしれない。

フォウル辺りに頼れよ……ちょっと気難しい奴だけどさ。

近くで黙って見ているフォウルに視線を向けると、居心地が悪そうに視線を逸らした。

お前……不器用なのは相変わらずか。

「お、俺はできることはしてたぞ！」

錬の抱えた責任感の重圧とフォウルの支えとは別の問題か。

「はあ……まあいい。とりあえずいったん城に帰還だ」

そんなわけで俺達は足早に撤収したのだった。

二話　不器用な男の修行

城に戻った俺達は更なる情報交換として、クズ達に絆《きずな》の世界で起こった出来事を説明した。

会議室で俺とクズ、ライノと……ラルクとテリスが同席している。

ラフタリア達も一応控えているが発言をする気配はない。

ああ、もちろん他のメンバーにはそれぞれ村の方に戻って休んでもらっているぞ。

サディナやシルディナなんて早々に帰っていったしな。

事前に行っていた情報交換により、事情自体の理解はあったからそこまで時間は掛からなかったか。

「ふむ……」

ライノがリークした情報や敵の内情を知り、クズは深く考え始める。

ああ、樹《いつき》が捕縛した鎧《よろい》はこっちでも情報を吐かせるらしく、そのまま連行されていった。

その前に龍刻の砂時計でLvリセットをさせて、完全に逃げられないようにしたみたいだ。情報を吐かせたらしっかり処刑するそうだ。

ゼルトブルの連中が刑はファラリスの雄牛がいいとか言っていたが、どうなることやら。

ラルクもあちらの世界での戦いをクズにしっかりと説明していた。

「イワタニ殿達から耳にしたテンセイシャと呼ばれる者達の暗躍……敵の正体、神を僭称《せんしょう》する者……まだ完全把握はできる段階ではないが、相当に厄介な状況なのは事実じゃな」

「ああ、何か考えつくことはあるか？」

「元々波の尖兵《せんぺい》として認識していたので、その正体が明らかになったに過ぎんが……敵の内情を聞いて更なる補完は可能でしょうな」

「ああ」

ライノから聞いた情報などをまとめていたしな。

「なにぶん……攻めに転じるには難しいのが問題じゃ。防衛だけが全てではないが……今回判明した武器の強化情報を見る限り、戦力増強をしておくのがいいでしょう。でなければどれだけ作戦を練っても結果は変わりますまい」

「やはりそうなるか」

「うむ……なので事が起こるにしても起こらないにしても、イワタニ殿達はその資質を引き上げるべきでしょう。そしてワシ達修練が足りない者は更なる技術向上をしていくしかない」

作戦を練るよりもまずは……か。

当然の判断だし、否定する材料もないな。

クズの判断でもそういった結論が出たってことは、その方針に間違いはないってことだろうしな。

「じゃあ、俺とライノが入手したアクセサリーの類《たぐい》の情報も早めに解析に回した方がいいな」

「我が国をはじめとした各国の研究班には既に手配済みではありますが……」

クズがそれとなく、俺より理解の深い技術者へ話を通すように視線で合図を送ってくる。

「奴は関わっていないのか？」

「アクセサリー関連ならば大抵のところに関わるほどの逸材じゃが、イワタニ殿が声を掛けた方がより関心を惹《ひ》けるとワシは判断しておる」

商人と傭兵《ようへい》の国ゼルトブル。

金さえ積めば大抵のことがどうにかなると言われている国で、俺はそこの権力者と繋《つな》がりがある。

今回、クズが俺と会わせたがっている……話を通させようとしているのは、俺がアクセサリー商と内心で呼んでいるアクセサリー作りの師匠みたいな奴だ。

奴直伝の方法でアクセサリー作りをするだけで品質が上がる。

どうもこれが普通のアクセサリー作成とは異なる秘伝の方法らしく、妙に周りの評価が高い。

あのアクセサリー商……そんな難しいことを教えてくれたのか？

せいぜい魔力付与をする方法を教えてくれただけなんだがな。

まあ、色々とアクセサリー作りをしたお陰で、アクセサリーについてはある程度仕組みがわかるようになったけどさ。

盾の技能もあるし。

絆の世界から持ち帰った品々の解析をアクセサリー商に任せた結果、波が発生した時に現地に飛べるアクセサリーがこの世界で作成できるようになった。

他に帰路の写本とか、翻訳機能を宿したアクセサリーの分析をさせていたけど、そっちは上手《うま》くいかなかったな。

あとは聖武器や七星武器……眷属《けんぞく》器に吸わせた魔物のドロップ機能を再現するアクセサリーだ。

それなりに解析はできていたのだけどサンプルが足りないと言われていたから、今回は多めに持ち帰っている。

更にライノが持ち帰った資料がある。

解析が進み、量産や対抗策が上手くいくことを祈るほかない。

まあ、そろそろ一度会いに行った方がいいのは間違いないか。

なんだかんだ言って奴は商人。

下手に隙《すき》を見せようものなら、気心が知れた相手であっても金のために食いものにするかもしれない奴だからな。

信用第一とはいうが、相手が足手纏《まと》いにしかならないようなら切るのも時に必要なのもまた商売。

裏切れない状況を構築することに意味があるのだから十分に注意しないと。

「お？　ナオフミの坊主。早速行くのか？」

考えを巡らせている俺に、ラルクが身を乗り出すような勢いで尋ねてくる。

いや、アクセサリー商に限って言えばお前は関係ないだろ。

「まあ、クズへの報告は大体終わったから、村に帰るか話を通しに行くかのどっちかだな」

「で、ナオフミの坊主はどうするんだ？」

「うーん……村に帰って休むといってもな」

いったん村に帰るとそれはそれで騒がしくなりそうな予感がする。

やっと帰ってきた俺達の歓迎会ってわけじゃないけど、賑《にぎ》やかに村の連中と挨拶をする感じで。

いきなり帰ってきたわけだから村の奴等も揃《そろ》ってないだろう。

サディナ達が先に帰ったのも、その手の連絡をしておいてもらうって意味もあるわけで……。

奴等の準備ができるまではこっちも時間を掛けた方がいいか。

「先に面倒な案件を片付けておくか」

「そうか！」

なぜか張り切っているラルクの反応に、俺は思わず首を傾《かし》げる。

それは他の連中も総じて思っていることのようで、妙な空気が漂っているな。

「ではイワタニ殿、ワシは引き続き今後に備えた調査と鍛錬をしつつ、公務に戻るとしよう」

「ああ」

そんなわけでクズとの会談を終えて各々現地解散となった。

「では私はこれで……」

ライノは自らの部隊の連中にヴィッチに下した制裁について報告に向かうそうだ。

ヴィッチを一度殺したことを知ることで胸がスッとする連中がいるんだな。

「ああ、今度お前等の部隊の連中と話がしたい。話が弾みそうだ」

「では近日中に紹介します。彼女達も盾の勇者様の話を聞けば心強く思うことでしょう。それでは」

そう言ってライノは一礼してから去っていった。

「その時は錬《れん》や樹も誘ってやるとするか」

きっと盛り上がるし、喜ぶだろう。今から楽しみだ。

「あまり関わってほしい方ではないのですけどね……」

ラフタリアの言いたいこともわからなくもない。

だが、これくらいいいだろ。

ヴィッチによる被害者の会と話をすれば、奴に制裁を加えようという決意がより固まるし、同じ目的で動く仲間がいるんだと思えるんだからさ。


そんなわけで俺達はゼルトブルへとポータルで移動して、資料片手にアクセサリー商のいそうな店に顔を出しに行く。

奴の本店がここで、俺の領地にある村の隣町に支店を出していたはずだ。

俺由来のグッズ販売でなかなかの収益を出していたはず。

出発前に目を光らせはしたが、現在どうなっているのかは知らん。

「賑やかな町だな!」

ラルクが辺りをキョロキョロと見回しながら俺に声を掛けてくる。

こう……似合いそうだよな、この国。ラルクの遊び人というか、気の良いお兄さん的な性格にな。最初に会った時は傭兵、もしくは冒険者だと思ったわけだし、そういった連中の総本山的な国だから似合うのも不思議はない。

「ああ、ここは商人と傭兵の国ゼルトブルってところだ」

サディナもキャラ的には合う国だよな。

身元を隠しやすく、詳しい詮索《せんさく》をしないって長所がある国だし。

ちなみに俺がキール共をコロシアムとかに出場させてそこそこ荒らした所為《せい》で、コロシアム系では警戒されつつある。

前にメルティが俺を励ますために隣町で開いた祭りの際に、フィロリアルレースか何かで元康《もとやす》がその辺りの縁を得たんだったか？

「話をつけてくるからラルク、お前はテリスと一緒にそこら辺の酒場で遊んでいてもいいぞ？」

ぶっちゃけクズと挨拶するという目的だけなら既に済んでいるわけだしな。

用が済んだら帰れ。

大方遊びに来たってところなんだろうってことくらいわかっているぞ？

「いやいや、俺も一緒に行くぜ、ナオフミの坊主」

意外な反応だ。

なんか微妙に気になるんだが……それとなく俺に付いて回っている気がする。

「はいはい。じゃあサッサと行くとするか」

俺達はアクセサリー商が経営しているデパートへと向かった。

ここにいなかったら店員に尋ねてどこへ行ったか聞こうと思っていたが……。

「おや？　盾の勇者様ではありませんか」

前に会った時と同じように、アクセサリー商はカウンターに座っていた。

「前にも思っていたが、上の立場のくせになんで接客をしているんだ？」

「わからないのですか？」

「いいや？　大方、余裕がある時は接客の最前線にいないと勘が鈍るとかだろ？　ビジネスチャンスを逃しかねないってな。どんなチャンスが転がってくるかわかったもんじゃない」

「さすがは盾の勇者様。勘は鈍っていませんね」

嫌な感じに目を光らせるのをやめろ。

その、「さすがは盾の勇者様」は良い気分にならない。

気とも異なる邪悪な気配をお前は宿しているんだよ。

きっと気などに敏感なババア共でも気付けない商人独自の謎概念だろうな。

「それで？　今回は何用で？」

「ああ、お前に会いに来た」

「ほう……それは解析を頼まれていたアクセサリーに関してですか？　生憎《あいにく》と資料が足りずにあれ以上となると……もう少々資金援助をしてもらいませんと、ねぇ？」

「ふん、何が資金援助だ。お前にそんな金を払って何になる。誰かが払ってるならやめさせるぞ」

「おっと……ふふふ」

まったく、とんでもない奴だ。

女王の時代からもらっていたのか？　しっかりと調査しないと話にならんな。

クズは戦争なんかの争い事には強いが、商人相手には何歩か負けている可能性が出てきた。

ちゃんと相手をすれば正体を見透かすことはできるだろうが、奴に手間を取らせる必要はない。

……いや、このことを見通していて交渉は俺に任せたのかもしれないな。

「さすがは盾の勇者様、久しぶりに会いますが相変わらずのご様子」

「ふん。世辞はいいからこれを見ろ」

ライノから受け取った資料と奪ったアクセサリー類のサンプルをアクセサリー商に見せつける。

軽く資料を一読するだけでアクセサリー商の目つきが変わった。

「ほう……未知の言語で書かれてはいますが……ふむふむ、なかなかに興味深い」

「ついでに異世界の資料だ。これは敵の技術が書かれている。国の研究班も解読をするつもりだが
……どうする？　追加の金でもせびるか？」

「ははは、ご冗談を……ぜひとも参加させてもらいたい話ですね。ふふふ」

「で？　お前が払う資金援助はいくらになる？」

スポンサー的な意味合いで研究資金を要求する。

既に研究費をもらっているらしいが本来はお前が払う側だ。

新たな儲《もう》けに繋がる可能性が高いんだからな。

「もしも渋ったらどうなりますかね？」

「わからないのか？」

別にお前の協力がなくてもこっちは困らないし、別の金持ちの商人に声を掛ける。

しかし、技術が確立した時に改めてコイツは絡んでくるだろう。

いくら大きくなったメルロマルクからクズやメルティが研究費を出してくれるといっても、足りなくなることがあるかもしれない。それに、研究後に技術がそのまま世界に広がっていいものでもないなら、こういった商人を噛《か》ませる方が逆に安全になるってもんだ。

まあ、噛みつかれる危険性もあるがな。

「ふふ、ふふふはははははは！　いいでしょう。いくらでも金額を提示していただいて結構ですよ。その分、生産の権利はいただきますがね」

「勝手に決めるな。まあ、話はある程度まとまったな。後でメルロマルクのクズのところに行け。契約内容を改めろ」

事前に準備しておいた紹介状をアクセサリー商に渡す。

これでクズもある程度交渉がしやすくなるだろう。

つーか……タクトを討伐した際に流出した技術があるのか、ゼルトブルの近くに飛行場が出来ているらしいし、その権利をアクセサリー商はいつの間にか手にしている。

奴隷商も一枚噛んでいるらしいが、色々と危険な奴だな。

「あの、ナオフミ様、白熱していらっしゃるようですが、程々にした方が……」

ラフタリアが心配するので辺りを見回すと、なんか近くにいる連中がすごく警戒しながら俺達を見てる。

まあ、有名人の盾の勇者がこんなところにいるからってのもあるのかもしれないが……アクセサリー商が何やら良い商談を得たと警戒しているのだろう。

「ところで……」

そこでアクセサリー商はラルクの後ろにいるテリスのアクセサリー……四聖獣の守護印「星炎」と魔竜四天王の鈴に気付いた。

物が物なだけに文字化けするかと思ったが機能自体はしてくれている。

「盾の勇者様。こちらに関しては文句はないですが、こっちは手抜きにも程があるのでは？」

鈴を指差してアクセサリー商は不快感を顕《あら》わにした。

「素材の癖を掴《つか》むために作った試作品なんだから大目に見ろ」

「それにしても……」

しょうがないからテリスを手招きすると、無言で鈴をアクセサリー商にそのまま渡す。

アクセサリー商が鈴を見てルーペで確認をする。

「やはり繋ぎが甘い……こんな状態でよく誰にでも見えるところに出せますな」

「この程度なら誰でも作れるっていうんだろ？」

「そりゃあ」

カチャカチャと素早く分解され、鈴があっという間にパーツに変わってしまう。

そこからヤスリ掛けを施され寄せ木細工のように再構築される。

「随分と変わった魔物の素材で作られた品なのはわかっていますが、せいぜいこれくらいはしてもらわないと」

魔竜四天王の鈴（魔竜四天王の加護、四属性魔法威力アップ（大）、闇と魂の力、忠義の繋がり）
品質　最高品質

付与に忠義の繋がりが追加されたな。

どんな効果が宿ったことやら……。

「しかし……下手に付与すると品質だけでなく、バランスまで崩してしまいそうですな……更に言えば強い闇に打ち勝つ心がないと難しいでしょう」

「できなくはないが、あっちでは品質が高い方が武器になるらしくてな」

「ふむ……これはこれで面白くはある品ですな」

アクセサリー商は分解した際のパーツをそれぞれ指差してから呟《つぶや》く。

「おそらく、あの妙な文字化けになってしまう謎の素材に近いもののはずなのに、これに宿っている魔力が強制的に別のものに変質させているのでしょう」

「そこまでわかるとはな、さすがだな。そうだ、これはことは異なる世界にいる強力な魔物の素材を組み合わせたものでな。真の性能を引き出すのはこの世界にいる限りは難しいだろう」

これだけでいくつもの情報を提示した。

コイツほどの商人なら俺が無償でこれらの情報を渡したとは思わないだろう。

「ふ……今回はこの辺りで引き下がるとしましょうかね。盾の勇者様、異界で見た未知の素材をまとめた資料を提出してくださるのならば、より金を出しましょう」

「別にいいが、その資料から推測だけでどこまでの品が作れるか見ものだな」

「ふふふ」

なんて商人同士の腹の探り合いをしていると……。

「アンタがナオフミの坊主にアクセサリー作りの技術を教えた商人なんだな？」

突然ラルクが間に入ってきた。

またお前か。何なんだ、お前は。

「俺はラルクベルクってんだ。みんなラルクって呼んでるから気軽にそう呼んでくれると嬉《うれ》しいぜ」

「あ、ああ……」

アクセサリー商が詰め寄ってくるラルクから視線を逸《そ》らして俺の方を見る。

思わぬ乱入者に困っているって表情だな。

なんでラルクがここに混ざってくる？

俺達が不審な目でラルクを見ていると、当人は普段通り……にしているつもりなんだろうが、多少の違和感のある焦りとも取れる表情で、アクセサリー商に握手を要求していた。

「盾の勇者様の仲間のようですが……私、いえ、当店に何の用で？」

「この店、すげーキラキラしてんな。テリスもそう思うだろ？　すげーな！」

なんか軽くないか？

こう……ラルクが現代日本で言うところの軟派男みたいになっているぞ。

「ええ、宝石達の煌《きら》めきが強いですね。なかなかに腕が良い証拠でしょう」

店の中を確認しつつテリスが感想を述べる。

「わかるのは……ここの店にあるのは展示用で、最高の品ではないということですかね」

「ほう……」

アクセサリー商がラルクよりもテリスの方に興味を見せている。

「良く見せようとしているのは評価に値します。ただ、名工様の作る品の方が私の好みです」

テリスは俺を指差して言った。俺とアクセサリー商の作る品の違いね……。

性能を望む俺と売り上げを望むアクセサリー商では違いがあるのかもしれない。

まあ、俺も昔、貴族相手に珍しい形状のアクセサリーを色々と作って売っぱらったことがあるけど。

この辺りはセンスが物を言うから好みが分かれるのは当然か。

俺の場合はアニメやゲームの影響もあって、やや子供だましっぽい細工を施したりする。

しょぼい土産物屋で見るようなデザインとかな。

蝶《ちょう》のデザインが入ったアクセサリーとかフィーロの羽をデザインしたアクセサリーとかもそこそこ作りはしたけど……この辺りは何度も作って勘を養わないといけないだろう。

そもそも本職じゃないしな。

それとは別に、アクセサリー商が店に並べるものは世の中の人気に左右されるデザインが多めだ。

人気のあるデザインで販売している。

「見たところ、目が肥えた彼女が喜びそうな品を提供すればよろしいのでしょうか？」

アクセサリー商が営業スマイルでラルクに聞いている。

コイツ等は苦手だと顔に書いてあるぞ。

いや、正確には普段はこんな顔で相手をしているんだな。

俺と初めて会った時も演技をしていたもんな。

「違うぜ」

そうだという返事を予想して、カウンターの下に仕舞ってあるはずのアクセサリーを出そうとしたアクセサリー商が首を傾げる。

違うのかよ。

「ラルク、何なんだお前は？」

俺とアクセサリー商の会話に混ざったかと思ったらテリスに声を掛けて、用件を聞いたら違うって言うし、何がしたいんだ。

「ええ、盾の勇者様の仲間であるのでしたら、率直に用件を述べていただけるとこちらも嬉しいですね。時間は有限なので」

なんだかんだゼルトブルでも有数な商人であるらしいアクセサリー商は、無駄話的なものを嫌うタイプらしい。時は金なりの精神で、俺以外の奴にはかなり厳しいんだとか。

「本当はもう少し話をしてから切り出したかったんだけどしょうがねえ」

そう言ってラルクは……アクセサリー商に両手を合わせて懇願する。

「どうか俺にアクセサリーの製作技術を伝授してくれねえか？」

「はぁ……？」

何言ってんだ？　そんなもの、俺がこれでもかとあっちの世界で教えただろうが。

にもかかわらずアクセサリー商にまで頼むって何なんだよ？　俺の腕を疑っているということか？

「……」

アクセサリー商はラルクを上から下まで眺め、興味がないと言いたげに視線を逸らす。

「申し訳ないが、貴方《あなた》に教えるような技術はありません。貴方は職人向きではないでしょう」

一目でラルクに手先の器用さがないことを見抜いたな。

ま、見りゃあわかるか。

あっちの世界では一国の王で他国との交渉とかをしているけど、それは戦国武将みたいな感じで似合う。

世界統一を目指すぜ！　とか言い出しそうな雰囲気を持った奴が、アクセサリー作りの王者になるぜ！　などと言い出しても違和感しかないだろう。

趣味は細工とか、ギャップを出すのはいいかもしれないが……そういったわけでもない。

「そこをどうか！」

拒絶されてもラルクは引き下がらない。店先での迷惑を顧みずに堂々と頭を下げている。

「貴方のような人は金銭を積んで、目の肥えた彼女に相応《ふさわ》しいアクセサリーを買い与える方が有意義だと思いますよ」

アクセサリー商も冷たい目でラルクを見ながら、カウンターの下から煌《きら》びやかなアクセサリーを出してテリスに見せる。

……目の肥えた彼女という表現、なんとかならないか。

「おお……凄《すご》いですね。最低限の研磨で最大限の魅力を引き出している。名工様の師を名乗るだけの腕があるということでしょう……ですが、これは貴方が作ったものではありませんね？」

「やはり随分と目の肥えたお客様です」

アクセサリー商もテリスの観察眼の高さを評価しているのか、若干嫌そうな顔をする。

まあ商人的に考えて、こういう客は面倒だよな。

やがて、テリスに誤魔化しは通じないと判断したのか、アクセサリー商は秘蔵の品とばかりに懐からネックレスを出して見せた。

「なるほど……確かに名工様よりも熟練を感じさせる腕をお持ちのようです。ただ……」

そっとテリスはアクセサリー商にネックレスを返した。

「先ほども言いましたが、私の好みとは少しばかり異なりますね。ですがこれに魅了される方は多いでしょう。高く取引されそうです」

アクセサリー商はその少ない言葉でテリスが何を伝えたいのかわかったのか、頷《うなず》いている。

「これもまた、宝石の魅力を引き上げ、身につける人を魅了する装飾手段なのも事実ですね」

「わかっていますよ？　だから何なのですか？　私らしいでしょう？」

「ええ、無駄なことは私も言いません。その滾《たぎ》った感情でしか魅了できない者もいますから」

これ……間違いなくアクセサリー商の商人魂を見抜いた発言だな。

アクセサリー作りはあくまで金儲けの手段。

その根底にある何かがアクセサリーに宿っているとテリスは理解したってことか。

だが、それを指摘しても、アクセサリー商が心を入れ替えるなんて展開はあるわけがないもんな。

「彼女が喜ぶ品が欲しいならば、盾の勇者様にオーダーメイドしてもらった方がいいでしょう。わかりましたか？」

暗に諦めろと言うアクセサリー商。

「それじゃダメなんだ！　俺が、俺がナオフミの坊主並みの技術を得ないといけねえんだよ！」

ラルクは一歩も引かないといった様子でアクセサリー商に頭を下げ続ける。

……ものすごく軽い調子の若者に弟子入りさせてくれと頼まれ、いくら拒んでも引かない状況、だろうか。

こうも軽いと、この場で頷いても三日で飽きて逃げていきそう。アクセサリー商もそう感じているんだろうな。

「俺はそのためにこっちに来たんだしよ！」

「え……ラルクさん、それが目的だったんですか？」

黙って成り行きを見守っていたラフタリアが思わず声にしてしまうくらいの呆《あき》れた理由だ。

知りたくなかった、ラルクの様子がおかしかった理由。

何か別の企《たくら》みがあった方がまだよかったと思えてしまうぞ。

例えばラルクが実は転生者で、俺の裏をかこうとしているとかさ。

ありえないと思うけど、あったらとてつもなく嫌な話だ。

というか、異世界を渡ってきてやりたかったことがアクセサリー商への弟子入りって……。

思えば帰ってくる前、ラルクの部屋に顔を出した時……妙に鉱石とかが転がっていた。ロミナの工房にしょっちゅう通っているみたいな話もあったし、俺からの助言も熱心に聞いていたよな。

技術の向上は全然なかったけどさ。

「ナオフミの坊主達から聞くだけじゃなく、アンタにも教えてもらおうと思って来たんだ！」

そう言ってラルクは懐から無骨なオレイカルスターファイアブレスレットを出した。

品質は良くない。しかも俺が作ったやつの模造品。

これが今のラルクにできる限界なんだろう。

「どうか俺にアクセサリー技術を伝授してくれ！　ナオフミの坊主に教えたやつよりもわかりやすいように！　俺は不器用だから、こうでもしないとわからねえんだ！」

俺達はラルクのそんな様子に絶句することしかできない。

一体何がラルクをそこまで突き動かすんだ？

ただ……何だろう。

俺から教わっても上達しないから、その上の奴から教えてもらう。

自力で学んで腕を上げるべき技術を、人から教わるだけで良いものが作れるようになるはず、という勘違いで学校に通いだす学生みたいだと感じてしまった。

オタク仲間にもいたんだよな。

専門学校に通えばその手の職に就けると思って……何の技術も手につかなかった奴。

どこに行こうが、しっかりと学ぶ意志がなければ何にもならない。

むしろ専門学校に通った所為で妙なプロ意識が宿って扱いづらくなるなんて話もあるくらいだ。

「……生憎ですが教えるわけにはいかないですね」

おお、それでも引かないアクセサリー商。

さすがは商人、情には流されない。

俺には聞いてもいないのに技術を叩《たた》きこんだくせに。

「そんなに知りたければ盾の勇者様から聞くか……弟子を紹介しますので紹介料さえいただければ丁寧に体験させてあげますよ」

さりげなく金を要求する辺り、アクセサリー商の鬼畜具合が伝わってくる。

しかも体験だ。暗に道楽程度で我慢しろと言っているんだ。

「いや！　アンタじゃねえといけねえ！」

ラルクも引かねえな……諦めろよ。

コイツはアクセサリー技術を金稼ぎにしか使うつもりはない。職人じゃなくて商人なんだ。

さすがに営業スマイルでいられなくなったのか、アクセサリー商は猫を被《かぶ》るのをやめ、面倒そうに煙管《キセル》を取り出して咥《くわ》えた。

「はあ……盾の勇者様の手前、穏便に済ませたかったのですけどね」

非常に面倒そうだけど、ハッキリと答えないと相手も引かないと判断したな。

「正直に言いますと……ラルクさんでしたっけ？　貴方には教えたくない。なぜか？　それは貴方から商魂が微塵《みじん》も感じられないからです。商才があるかどうかは別で、ね」

まあ、それくらい言わないとラルクは、なあなあで済ませようとするのも事実か。

ラルクも一国の王をしているわけだし、対人会話って意味ではなかなか上手い方だ。

何か商売でもしようものなら、できる奴が集まってラルクを社長として置いておくだろう。

カリスマって意味でな。

ラルクが代表をするだけで人が集まり、その人々がラルクの声に従って上手く商売を成功させる。

そういった意味での商才はあると思う。

ただ、アクセサリー商が望む商魂とは異なる。

銅貨一枚であってもおろそかにしない筋金入りの商売人がアクセサリー商の好みの人間なんだ。

積んだ金よりも多くの金を手にする。非合法であっても金が手に入るのなら遠慮なんてしない。

いつ捕まってもいいという、犯罪さえも恐れない商魂こそがこのアクセサリー商の信念だ。

その果てにどこかで殺されたって、後悔は……きっとしないんだろうなぁ。

……まとめるとどんでもない下衆だな、コイツ。

正体を現した時の目つきが怖いしな。暗闇で怪しく光るし。

そういった意味では、武器屋の親父の師匠である元康二号の方がまだマシだろう。

ただ、アイツも武器作りは遊び代稼ぎのためにしかしないみたいだけどさ。

女をチラつかせれば二つ返事で教えてくれる分だけ楽だ。

「だから諦めて、できる者にアクセサリー作りをさせなさい。ここは体験教室じゃないんでね」

辛辣《しんらつ》な指摘だ。

まあ、ラルクには良い薬だろう。お前には世界のために戦ってもらわないと困るんだ。

アクセサリー作りなんて休憩の合間にやる趣味でいいだろ。

「嫌だ！　俺は！　絶対に諦めねえ！」

謎のオーラを噴出させながらラルクは顔を上げる。

何だろうか……ラルクの奴、いつの間にかカースにでも侵食されていたのか？

嫌だぞ。

こんなところでカース……テリスのことから考えて嫉妬辺りに侵食されたラルクと戦うなんて。

「アンタならナオフミの坊主よりも詳しいだろ？　わからねえことなら何でも答えてくれるだろ？　ニュアンスじゃ俺はわからねえんだ！」

今にも噛みつきそうな剣幕でラルクはアクセサリー商に頼み込む。

そんなラルクの殺気に押されてアクセサリー商が引いているぞ。

ラルクが言わんとしていることはわからなくもない。

察するってことがアクセサリー作りではできないんだろう。

俺の作った手本を元にしても構造を把握しきれない。

不器用だけど、テリスに気に入ってもらえる品を作りたいっていう一途《いちず》さは好感が持てる。

ただなぁ……ぶっちゃけ、アクセサリーにそこまで入れ込む理由がよくわからない。

「ラルク、いい加減諦めなさい。別に私は貴方のことを嫌いになったわけでも乗り換えたいと思ったわけでもないのよ？」

「慰めの言葉なんていらねえ！　俺は、テリスが胸を張って誇れる男になりてえ！　妥協されたくねえんだ！」

軽く見える男の一途さに揺れる女がいるってのもわかる。

アレだ。もっと良い男がいるんだけど既に恋人がいるから〜、みたいな感じに相手をされるのが嫌だってことなんだろう。

俺もラフタリアに、他に良い人がいるけど惰性で俺を選んでいるっぽい態度をされたらどうなるかわからん。

俺の場合は結構好き勝手してるけどな！

「俺は！　技術を学びてぇんだ！（寝取られたくない）」

この心の声が露骨に見える叫びさえなければなぁ……。

「ラルクさんがナオフミ様によく似た目つきに!?」

ラフタリアが戦慄《せんりつ》した表情で言い放つ。

え？　俺っていつもこんな目つきなのか？

「お、おう……わかった。弟子入りを認め、ようじゃないか」

「はぁ!?」

おいおい、アクセサリー商がラルクの剣幕に押されて弟子入りを許可したぞ。

「よっしゃー！」

かつてないくらいの喜びの表情を浮かべてラルクがガッツポーズを取る。

きっと脳内で感動のＢＧＭとか流れているんだろう。

号泣している……そんなに嬉しいことなのか？　オーバーな奴だな。

とはいえ……アクセサリー商に弟子入りするためにワザワザ異世界にまで来たその行動力は認めよう。そんなことをする暇があったら戦いに備えてＬｖ上げでもしていろと言いたくなるがな。

「おい」

通行人共が拍手している中で、額に手を当てて嘆くアクセサリー商を小突く。

「なんで許可なんかしたんだよ」

「私も後悔してますって。ですがあの魂の底から溢《あふ》れる、やり遂げる意志を宿した眼光を前にしたら断れませんよ」

守銭奴のアクセサリー商すら頷かせるラルクの眼光……俺の目つきに似ているらしいそれがアクセサリー商の頑《かたく》なな心を打ち破ったってことでいいのかね。

「なんか間違っている気がします」

「ああ、それは間違いないな」

ラフタリアの言葉に同意せざるを得ない。

「やると決めたからには、しっかりとやってもらいましょうかね……しょうがない人ですよ。どこかで妥協してくれるといいのですけどね」

そんなラルクをテリスは呆《あき》れたように見ていた。

「はぁ……しょうがない。授業料はさっきの交渉の内約に組み込んでおけ」

「こっちも落ち度がありますから……安くしておきますよ」

なんて俺とアクセサリー商の乾いた交渉は思いのほかアッサリと終わったのだった。

後に決めたことは、今後この手の交渉はラルクみたいな奴を連れている状況でやらないってことだな。

はぁ……。

二話　剣の勇者の責任感

そんなわけで予定よりも時間がかかったが、やっと村に戻った。ラルク達は置いてきた。

案の定、村の連中が揃《そろ》って俺達を出迎えてくれた。

お祭り騒ぎなんてものはなかったが……。

「兄ちゃんおかえりー！　今日はご飯が楽しみだなー」

「おかえりなさい」

「晩ご飯が楽しみー」

「ごはーん」

って感じで、みんな揃って俺の飯を欲しがった。

準備も既に整っており、帰ってくるなり料理をさせられたぞ。

どこに行っても俺のやることは変わらないのかね。

「ああ、イミア。お前のアクセサリー、あっちで役に立ったぞ」

「あ、はい……ありがとうございます」

「このアクセサリーを見て感激した奴が近々村に来ると思うから、そいつの相手をしてやってくれ」

「はい」

なんて感じで村の連中にそれぞれ言葉をかけていく。

「兄貴、姉貴……村に帰ってきたんだな」

食堂で調理中にフォウルがやってきた。

波に挑んだ際にも顔を合わせはしたんだけど、クズとの話を優先した結果、先延ばしにしたんだったな。

「ああ、いつあっちに戻るかわからんが、しばらくはこっちで様子を見る予定だ」

「そうか」

「そっちの様子はどうだ？」

「フォウル兄ちゃん、村にばかりいてあんまり王様……杖《つえ》の勇者のクズさんと話さないんだぜ？」

「キール！」

フォウルが居心地が悪そうにキールを叱《しか》りつける。

まあ、クズはフォウルの伯父に当たるので、メルティ以外にフォウルにも肉親としての情を抱いているのだろう。そんな扱いをされたら居心地が悪いのは理解できる。

「アトラに村を任されたんだしな。特に問題はなさそうで結構」

「ああ！　村の皆を鍛えてる！　みんながんばってくれているぞ」

フォウルの言葉に村の連中のＬｖをそれぞれ確認する。

ふむ……確かに揃ってＬｖが軒並み上がっているな。

ここから考えて鞭《むち》の強化方法を施して……波に備えた無敵の軍団を作っていくってところか。

「な、尚文《なおふみ》……おかえり……」

なんかやつれた表情の錬《れん》が食堂に顔を出して、挨拶をしてきた。

叱りつけようと思ったけど、割と本気で重症のようだ。

これは怒れない。どれだけ責任感が強いんだよ。

「すまない……後を任されたというのに」

「そこまで責任を持って挑めなんて言ってねえだろ」

ちなみに治療院の診断結果によると胃潰瘍《いかいよう》と極度の精神的疲労だそうだ。

ストレスによる寝不足もあったらしい。

寝ずに訓練していたという報告もある。

世界を背負って戦う重圧に負けそうにでもなっていたんだろうか？

……馬鹿じゃないのか？　真面目が過ぎる所為《せい》で苦労人な部分が更に加速しているな。

俺がいることでその負担も軽減していたってのはわかっていたが、ここまでやつれるとか。

元康《もとやす》共の暴走の所為なのか……それとも錬の責任感が強いのか。

「キュアアアアアアアアア！」

そこへ、錬を困らせたらしき元凶その二、ガエリオンが文字通り飛んできた。

「待ってガエリオン！」

「キュアアアア！」

「流星盾！」

結界を展開させ、念のために守っておく。

ベチッと、ガエリオンが俺の流星盾にぶつかる。

「キュアアア！　キュア！」

この壁が邪魔！　と言いたげにガエリオンが泣きわめく。

「魔竜にいいようにあしらわれて随分と暴れたらしいな」

「キュアアアア！」

「うん！　全然大人しくしてなくて剣の勇者を困らせたんだよ。私……恥ずかしくて……」

「煽《あお》ったアイツも悪いしなぁ……」

魔竜の奴が一体何をガエリオンに吹きこんだのやら……追加でもらった欠片《かけら》に何が収められているのか怖くて、渡すか迷うな。

「とはいえ、お前はドラゴンの王様だろ？　王様らしく振る舞わなくてどうするんだ？」

親ガエリオンが抑えればいいのだろうけど、子ガエリオンの我も強いからなぁ。

「キュアアア……」

「えーっと、ガエリオンはね、盾の勇者があっちの竜帝と関係を持ってないか聞いてるよ？」

「俺がそんな関係を持つと思っているのか？」

俺は節操なしか！

あの押しの強さはアトラを連想して嫌いではないが、そこまで入れ込むほどじゃねぇ！

「まったくですよ……本当に」

「ラフー」

どこをどう考えたら俺と魔竜が関係を持つと思うんだ。

人化して美少女になったとでも思っているんだろうな。

俺達の反応にガエリオンの顔が明るくはなったが、罰があることを忘れていないか？

「ともかく、ウィンディアや錬を困らせたお前の相手をする気はない。とりあえずどんな嫌がらせメッセージがあるかは知らんが、魔竜からの贈り物を受け取って待機してろ！」

ポイッと、ガエリオンに魔竜からもらった欠片を投げ渡してそう命令をしておく。

「キュア……」

ガエリオンは俺の言葉にシュンとしてウィンディアに抱きかかえられる。

「やっと大人しくなった……言ったでしょ？　盾の勇者があんなドラゴンに落とされることはないって」

「気色の悪い奴ではあったが、少なくともガエリオンよりは有能だったな」

「キュア!?」

「悔しかったらしっかりと鍛錬しろ」

「キュアアアアア……」

あ、ウィンディアに泣きついてる。

留守番もできないワガママドラゴンにかける慈悲はない。その悔しさをバネにがんばるんだな。

……親ガエリオンは状況が状況だから黙っているみたいだ。

「よしよし。これ以上盾の勇者に嫌われないように魔物舎に帰りましょうね」

そう言ってウィンディアはガエリオンを抱いて去っていった。

「盾のお兄ちゃん、おかえりなさい」

入れ替わりにラフちゃん二号を抱え、サディナとシルディナを連れたルフトがやってくる。

今は亜人姿だ。なんか微妙に他の連中よりも身長が高くなってきてないか？

比べると露骨に違いが出ているように見える。

やはりラフタリアと同じく成長が他の連中よりも早いのだろうか？

こうしてサディナとシルディナを連れていると、ラフタリアに似た雰囲気があるな。

やはり、なんだかんだ言ってクテンロウの王をしていただけはあるってことなのかね？

メルティやクズを間近で見ている影響が出ているのかもしれない。

ラフタリアも亜人姿のルフトに思うところがあるのか、複雑そうな表情をしている。

親戚故に……亡くなった父親の面影を重ねているんだろうか。

「ラフー」

「だふー」

ラフちゃんとラフちゃん二号が揃って挨拶を交わす光景に和みつつ、ルフトに声を掛ける。

「ルフトか。調子はどうだ？」

するとルフトがボフッと獣人姿に変身して楽しげな表情を浮かべる。

年相応の陽気な姿が獣人姿というのもなんだか悲しいような気がするけど気にしない。

だって獣人ラフちゃんみたいな姿だしな。

「外交に関してはメルティ女王様達の方が詳しいと思うよ。あとはボク自身の変化の研究をラトさんとしているところだよ」

「そうか。で？　ラフタリアにそれを施すことはできそうか？」

そこでガシッとラフタリアが俺の肩を掴《つか》み、カースに匹敵する何か強いオーラを放ちながら、張りついた笑顔を向けてくる。

「保留にしていましたが、やめてくださいね？」

「えー……」

ルフトが、ラフちゃんでもしないやや媚《こ》びたポーズの上目遣いでラフタリアを見ている。

「あらー」

「あちゃー……ルフト。前に比べて神経図太くなった」

「そんな目つきをしても許したりしませんよ？　私の留守中にナオフミ様ととんでもないことを……ルフトくん、あなたは実験台にされて嫌じゃないんですか？」

「全然？」

まあ、ルフトが望んだクラスアップの実験だったしな。

結果は素敵なラフ種獣人の誕生に繋《つな》がったわけだし。

可愛《かわい》さを維持できている分、いいとは思うけど……なんとなく危ないことをしてしまったような気がしなくもない。

ちなみにラクーンの獣人、ワーラクーン種っていうのとも異なる姿をしているらしい。

「この姿だとラフ種達とすごく仲良くできるんだよ？　何を言ってるのかわかるし、合唱魔法も頭の中に文字が浮かんできて簡単に唱えられるの！　それとメルロマルクの言葉もわかりやすくなるし」

翻訳機能付き……ではないだろうな。この辺りはラトに経過を聞いてみるとするか。

「ラフタリア。俺はいつもクラスアップの際に村の奴隷共に言っているだろ？　俺が選ぶのではなく自ら決断しろとな。ルフトが自ら望んでラフちゃん式のクラスアップをしたんだ」

「えー……私にはナオフミ様がその選択に追い込んだとしか思えませんよ？　フィロリアルよりもラフちゃんの方が可愛いとか、色々と」

「それは真実だ」

もちろん、ルフトに会った際の反応を見てからだがな。

結果的にルフトはラフちゃんを気に入ってラフ種相手に遊ぶようになったに過ぎない。

「だーふー……」

やれやれといった様子で嘆くラフちゃん二号を、ラフちゃんがポンポンと頭を叩いて慰めている。

「……既にやらかしてしまったことはしょうがないかもしれませんが、ナオフミ様、この問題は私も引きませんからね」

ラフタリアも諦めが悪いな。

「兄貴と姉貴、変わってなくてよかった」

フォウルが何か納得したように頷《うなず》いているけど、それでいいのか？

「これで俺も少しは楽ができる……」

「錬、お前はもう少し肩の力を抜くことを覚えろ。フォウルもフォローくらいはしてやれよ」

「俺は俺でやったぞ！　剣の勇者が勝手に倒れただけで！」

まあ、フォウルはなんだかんだ言ってアトラの世話をしていたから、村での面倒事に関してならある程度は対応できるはずだ。

どちらかと言えば錬のメンタル面の弱さというか、ストレスをどう解消させるかが問題か。

「当面は俺が様子を見るから、錬は回復に専念するんだぞ」

「あ、ああ……」

「ナオフミちゃーん、まだご飯できないのかしらー？」

「最近は毎日がお祭りみたいで楽しい」

サディナとシルディナが飯を所望している。

「そろそろできるぞ」

「ごしゅじんさま、ただいまー！　助けてー！」

あ、フィーロが着地すると同時に食堂に駆けてきて隠れる。

メルティはどうした？　どっかに送り届けたのかな？

どちらにしても……この流れは元康共がやってくるぞ。

「お前等！　元康とフィロリアル共を通行止めにしろ！　奴等の飯は後回しだ！」

「「「おー！」」」

「な、尚文！　そんな命令していいのか!?」

「いいんだよ。コイツ等は元気があり余っているんだからな。錬も覚えろ。村の連中はこうやって扱うんだ」

そこから始まった大騒動を無視し、俺は調理を再開したのだった。

騒がしい夕食の時間だ。

こっちは絆《きずな》のところとはやっぱり違うな。

人数が多くて、作っても作っても作業が終わらん。

面倒になったので、後はバイオプラント産の野菜でも食っていろと命じて俺も飯を食う。

そんな感じで皆、思い思いに飯を平らげて各々解散になったのだった。


「そうそう、フィーロ。フィトリアと連絡が取れるか？」

「んー？」

食事を終えた元康とフィロリアル共を追い返した後、食堂で持ち込んだバイオプラントの実を食っているフィーロに尋ねる。

あれだけ食べても、まだ食い足りないのか。

するとフィーロのアホ毛がピコピコと動き始める。

「うん。声が聞こえるよ。何？　だってー」

「ああ、お前も俺達の戦いに関しちゃある程度察しているだろ？　タクトとか波の尖兵《せんぺい》と呼ばれた連中のことを」

俺はフィーロ経由でフィトリアに波の尖兵の正体とその背後にいる連中のことを説明した。

「お前のことだから知っていたんじゃないか？」

随分と昔から生きているわけだし、事情を知らないってことはないと思う。

「んー……なんか昔すぎてぼんやりしてるってフィトリア言ってるよ？　ただ、波によって仕組まれた連中がいるのはわかっていたみたい」

「もう少し詳しく説明できないのか？」

「だから、ぼんやりで波はあの手この手してくるくらいしかわからないってー」

まあ、所詮《しょせん》はフィロリアルなのかもしれない。

割と呑気《のんき》な連中ばかりだからな。

「まあいい。それでだな、あっちの方の異世界で色々とわかったことなんだが、エスノバルトのことをフィーロ経由で知ってるな？」

フィーロがアホ毛通信をするのを確認してから話を続ける。

「アイツはあっちで言うところのフィロリアルと同じような魔物でな。どうもお前と同じような伝説の図書兎《としょうさぎ》ってのがいたらしいが過去に殺されているらしい」

神を僭称《せんしょう》する存在は、波にとって脅威となる存在を消すように暗躍する傾向がある。

その点で言えば……フィトリアは消されていても不思議じゃない。

俺はエスノバルトの故郷である古代迷宮図書館での出来事をフィトリアに説明した。

「それと、俺達が戦った連中がこっちの世界で暗躍しているらしい。お前も狙われるかもしれないから十分に注意しろ」

何が起こるかわからない。

セインの姉勢力の連中がフィトリアを生け捕りにして妙なことをしないとも言えないわけだしな。

「わかったーだって。で、なんかね、フィトリアも色々とごしゅじんさま達に確認してほしいことがあるから近々会いたいって言ってるよ」

「何？　また変な依頼を持ってきて困らせる気じゃないだろうな？」

元康の件、忘れたとは言わせないぞ？

「エスノバルトの件に近いお話があるんだってー。今日は日が暮れているから明日、時間を作れないか聞いてる」

「ふむ……わかった」

俺が頷くと同時にフィーロのアホ毛の動きが収まる。

「フィトリアさんですか……会うのは久しぶりですね」

「そうだな……思えば、最後に会ったのは霊亀騒動の時か」

あの時は怪獣大決戦って様相だったし、詳しく話をする暇もなかった。

あとは依頼が来た時くらいなもので、あの時に根に持ってからまともに相手をしなかったからな。

まあ……何事もなければいいが。

四話　フィロリアルの遺跡

翌日……俺達はフィトリアの導きでフィロリアルの聖域に来ていた。

前に来たことのある場所とは違うようだ。

「しかし……」

「何？」

「お前等は整頓という習慣がないのか！」

村に来たフィトリアが、一緒に来る奴をまとめて転送させた。

何も言わないがフィトリアの馬車……転送が使えるという点で非常に怪しい。

絆《きずな》の世界の武器が八つで、俺達の世界が七つ。そしてフィトリアは長く生きている。

ここから想像できる可能性は……。

「フィトリア。お前の馬車に関して色々と聞きたいことが山ほどあるんだが、それは眷属器《けんぞくき》……八つ目の七星武器なんじゃないのか？」

「……」

聞いても黙るし……答えやしない。

何か理由でもあるのだろう。隠しておいた方が都合が良いとか……過去の勇者に頼まれたとかな。

それよりも今はフィロリアルの聖域の調査だ。

フィトリア達がさっき村に来た時、過去の勇者が所持していた聖武器や七星武器以外の仲間に使わせるための武具の数々を持ってきてくれたのだが、中にはがらくたのようなものもあったのだ。

だから勇者と村の連中でフィトリアの聖域に行って必要なものを選別することにした。

クズは欠席している。なんだかんだ各国の調整で大変らしい。

ラルクは言うまでもなくゼルトブルでアクセサリー修行中。テリスも一緒だな。

ガエリオンとウィンディアも欠席だ。

で……俺達が来たのは遺跡？

周りは森で、廃墟《はいきょ》のような村の跡があって、その近くに神殿のような遺跡があるポッカリと開けている場所に出た。

そういやメルティが言っていたな。

フィロリアルの伝説だったかで迷いの森があって、その中では迷ってしまうとか。

多分、ここはその迷いの森の中なんだろう。

三勇教騒動の時とはまた違う場所だ。

今度はメルティも連れてきてやるか。

「ふおおおお！　この聖域を楽園にしますぞ！」

「……なんで槍《やり》の勇者まで連れてきたの!?」

「それはお前への嫌がらせだ」

ポータルの場所を登録して、それとなく村に帰り、元康《もとやす》に声を掛けて戻ってきた。

フィトリアの奴、元康を見た瞬間、目にも留まらない速度で距離を取ったぞ。

それでも接近して飛びかかろうとした元康がフィトリアに蹴《け》られて吹っ飛ぶ。

「ふべ！　なんのー！」

だけど大したダメージになっていないのか、即座に立ち上がってフィトリア相手に追いかけっこを始めた。

これは罰だ。フィトリアの態度に苛立《いらだ》つことが何度かあったからな。

というわけで元康達を無視して俺達は遺跡内の調査をすることにした。

俺がさっき整頓に関して文句を言ったのは、遺跡内に所狭しとゴミのような何かが転がっているからである。

光りものが多いのは鳥だからだろうなぁ。

フィーロが昔、宝物と称して集めていたものが思い出される。

「わーキラキラーいいなー」

うん。今も似たようなもんだな。

ここはフィトリアの巣だ。転がっている光りものも珍しい宝石から安物の水晶まで様々だ。

「とにかく、整理するぞ」

しかし……どんだけ集めていたんだ？

大きな遺跡というか神殿なんだが、まあ……言ってはなんだが、風情がない。

ダンジョンの財宝とかをイメージするかもしれないけれど、そんな感じじゃない。

まるでゴミのように無造作に物が転がっているんだ。

しかも鳥の羽根が沢山落ちていて小汚い。

「この際、羽根類を焼き払うか？」

「燃えたら困るものがあったらどうしますか？」

ラフタリアの意見ももっともだな。この案は却下だ。

とにかく、フィトリアの巣の中は長年の収集によってゴミ屋敷になってしまっているのだ。

ここにレアアイテムが眠っているかと思うと悲しくなるな。

良いものがあったら回収して分析する予定だから、選別していくしかあるまい。

ゴミの行く先は勇者共の武器の中だがな。

「じゃ、手分けして掃除を開始ー！」

そんなこんなでフィトリアの巣の清掃が始まった。

変なルールが息づく謎のダンジョンを住処《すみか》とする兎《うさぎ》と、ダンジョンのような危険そうな要素はないけど管理なんて全くしてない鳥だったらどっちがいいんだろうな？

「これはー？　なんかキラキラしてて綺麗《きれい》だよ？　すいしょうだっけー？」

「ゴミ！　しかもクズ石じゃないか」

「えっと、これって珍しい鉱石だったはずだぞ？　尚文《なおふみ》、どうする？」

「キープ、後で徴発する」

「なんで剣が転がっているんですか？　錆《さ》びてませんね。錬《れん》さん、これはどうですか？」

樹《いつき》とリーシアも掃除を手伝っている。

「ん？　って……まだ持ってない剣だ。えっと……アスカロン？　なんだこれ？　竜特効だ」

どこかで聞き覚えのあるような剣の名前が聞こえた気がするが、作業続行だ。

というかガエリオンが来なくてよかったな。

「なんで槍が布で縛られて吊《つ》るされているんですか？　元康さん取ってください。羽根を拾って嗅ぐのは後にして」

「わかりました！　ふぬ！　取れませんな」

「だふー」

ラフちゃん二号が……何か宙吊りにされている槍っぽいものの上に乗って鳴いている。

その槍……きっとどこかの勇者が再現したんだろう。

赤い布で縛られた妖怪退治で有名なマンガの槍に見える。

「ではコピーしたらいいのでは？」

「そうですな！　ビーストスピア？　おっと、オートで動きますぞ。便利な槍ですな」

うちは妖怪っぽい連中もそこそこいる。主にラフ種に特効とかないことを祈りたい。

「だふ」

ラフちゃん二号こと過去の天命が、元康が槍をコピーしたのを確認した後、槍の穂先をポンと突くとブツッと布が弾《はじ》けて手に収まった。

しかもラフちゃん二号に合わせてサイズが小さくなったぞ。

色々とやばいものが見つかっている気がする。考えるのは後にしよう。

「う……」

ラフちゃん二号のパワーアップに、シルディナが俺を盾にして様子を窺《うかが》っている。

苦手な相手だもんな。

「そんな脅《おび》えなくても大丈夫だよ、シルディナ。今ではシルディナの方が強いでしょ？」

「でも……」

同行したルフトに励まされてシルディナが札で守りを固めている。

ちゃんと強化するんだぞ？　そうすりゃ……多分、アイツが暴走しても負けることはないと思う。

そんな感じで、色々とレアアイテムとゴミが混ざっていた遺跡内を綺麗にさせていく。

「ドラゴンの骨とかも転がってんなー……とりあえず徴発しておくか」

何かの骨が山のようにあるぞ……どれだけの歴史がここに転がってんだ。

しかも壊れていないのはまだいい方で、大半が長年の風雨に曝《さら》されたりして風化したものばかり。

遺跡の一室には、三勇教の教皇が使っていた武器まで何種類か転がっていた。

これ……レプリカだよな。なんでこんなものまで転がってんだ。

再利用を考えたが……魔力の貯蓄が必要らしいし、難しいだろうな。

城や村に運び込んで武器屋の親父達に解析させてみるか。

ちなみにコピーしたんだが、別の盾が出た。

古代の盾ってやつだった。

効果は……あまり高くない。魔法防御が上昇する解放効果があるくらいだ。

それは錬達も同じで、どれも古代のシリーズだった。

こっちは魔法妨害という状態異常が掛けられる武器らしい。

便利といえば便利だけど、対人用だな。

「大きなフィロリアル様ー！」

「やー！」

おお、フィトリアもフィーロと同じ拒否の台詞を言うんだな。

というか、どんな経緯があったのか詳しく聞いちゃいないが、元康のことが苦手なのはフィトリアも同じか。

「……」

セインが元康を指差している。

ああ、足止めしなくていいのかってことか。

気にするなと手を振ったところで、セインとフィトリアを交互に見る。

服装が違うし羽の有無はあるが……なんか似てないか？

背はセインの方が高いけど、雰囲気が似通っている。

元が魔物のフィトリアと滅びた異世界の住人であるセイン……接点がない。

ただのそっくりさんってことで納得することもできそうだが……うーん。

「あ！　フィーロたん！」

「やー！　来るなー！」

そんでフィーロは元康が近寄ると素早く跳躍して空へと逃げるようになった。

「いいなー空飛んでるー」

「いいなー」

「どうやったら飛べるようになるんだろー」

フィトリア配下のフィロリアルの中でも喋《しゃべ》れる奴が羨《うらや》ましそうにフィーロを見つめている。

「え？　魔法で器用に飛ばしてくれる人がいるの？」

「じゃあその人にお願いしよー」

どこから聞きつけたのかシルディナにフィロリアル共の視線が集まる。

「たすけて」

シルディナがラフちゃん二号を抱き上げてルフトと一緒に守りに入った。

「……だふー」

やれやれとラフちゃん二号は呆《あき》れつつ、フィロリアル共の意識を逸《そ》らすために魔法でシルディナ達を隠蔽《いんぺい》した。

「作業が進まん！　遊びに来た奴は帰れ！」

「ＨＡＨＡＨＡ！　お義父《とう》さん！　この元康、フィロリアル様の聖域を楽園にするために尽力しますぞ」

「いいから掃除しろ！」

能天気な連中ばかりでウンザリしてくるな。

絆達の方が賑《にぎ》やかではあるが目的意識がしっかりしていたように感じる。

「まったく……ゴミが多くて困る。奥はどうなっているんだ？」

俺達は遺跡の奥深くへと進んでいった。

やがて、大きな祭壇のような場所へ辿《たど》り着いた。

ここまで来るとゴミは落ちていない。

地面は石造りで、時計を模《も》した装飾が施されているように見える。

「なんか重苦しい感じですね」

「そうだな」

「いやはや、フィロリアル様のお家《うち》は不思議がいっぱいですな」

「元康、勝手に前に出るな」

元康の奴が時計の真ん中に立って槍を地面に突き立てる。

するとカチッと音がした。

ゴゴゴゴゴゴッと嫌な感じの地響きが……。

「元康！」

「な、何が起こるのでしょうな！」

「知らん！　流星壁！」

念には念をと流星壁を唱え、元康と取り巻きのフィロリアル以外を守る結界を展開する。

「フィトリア、何か知らないか？」

「わかんない？」

首を傾《かし》げるなよ。ほんと頼りにならない奴だな！

「お？　お？　おおお……」

元康が槍の柄を差し込んだ穴から光が溢《あふ》れ出す。

そして……その光は残滓《ざんし》を残して槍に吸い込まれていった……。

「ふ、ふぇえ……な、何があったのですか？」

「さあな」

それ以上の変化はないように見える。

「元康、何かあるか？」

「そうですな……龍刻の長針という槍が出現しましたぞ」

元康が槍の形状を変える。

細い槍だ。

シンプルといえば聞こえはいいが……武器名どおり古臭い時計の針みたいだな。

「じゃあ、ここに武器を差し込むと効果を満たせるというやつか？」

俺は試しに、元康が差し込んだ穴の周りを探りながら盾を嵌《は》めてみた。

しかし何も起こる気配がない。

「もしかしたら先着一名ってやつか？」

錬も試しつつそう言う。

「元康！」

「し、知りませんぞ！」

まあ、あんなところに武器を差し込むとか、普通はやらないからわかりようもないか……。

「はぁ……もういい。とりあえず、この先へ行くぞ」

魔物はいないみたいだ。

というかフィロリアルの縄張りなんだから、その親玉であるフィトリアがいるのなら出会っても

問題はないか。

罠《わな》はあるみたいだけどな。

古典的な転がる岩とか針天井とかあったけど、勇者の前では無力だった。

みんなに掛けた流星壁に阻まれて、岩が止まった時は笑いかけたぞ。

ま、あとは謎解きがあるかと疑ったが、そこまでの仕掛けもなかった。

空間的な形状はサディナやシルディナに音波を出してもらって把握している。

そういった隠し通路的な場所を見抜ける能力は便利だよな。

遺跡の最後には、なんか……魔法で浮かんでいる石室があった。

浮かぶ石……グラウェイク鉱石だったか？　で作られた階段を上り、その先にある部屋に辿り着いて中を確認する。

……すごく重苦しい空気が石室の中にある。

魔力がここから漂っている気がした。

「ナオフミ様、ここって……」

「ああ、そうだな」

エスノバルトの故郷である古代迷宮図書館の館長室と呼ばれた場所にあった石室とそっくりだ。

「盾の勇者の話を聞いて案内するべきだと思ったから……」

フィトリアがそう説明する。

「こっちにもあったんだな」

フィトリアの家というか遺跡の奥には……小瓶が浮かんでいた。

その背後には……エスノバルトのところにもあった猫のような生き物に羽が生えている姿？　みたいな壁画が描かれている。

聖武器の絵もあるようで……いや眷属器のもあるなぁ。光っている絵もある。

ただ……同じ絵だと思っていたけど色々と違うな。

猫以外に鯨みたいな生き物が二匹、背後にいるみたいだ。

俺の視線を察したリーシアが壁画の調査を始める。

「エスノバルトさんのところにあったのと同じですが……こっちは壁に文字が書かれているみたいです」

「そうなのか？」

言われてリーシアが指差したところを見る。

一見すると模様にしか見えないところに文字がビッシリと書かれている。

遠くから見ると絵、近寄ると文字ってある意味芸術だな。

手が込んでいるけど、読める文字で書け。

「解析は任せたぞ」

ここは主人公であり、頭脳担当のリーシアに任せる場面だ。

「いろんな解釈や翻訳ミスをしそうですぅ」

「お前の解読能力の高さを俺は評価している。しっかりとやり遂げろ」

「だそうです。リーシアさん、がんばっていきましょう」

「ふぇええ」

で、エスノバルトのところで見た赤い液体の入った瓶を手に取る。

アッサリと取ることができたな。

……絆の方の異世界よりも残量が多いな。

なんで多いんだ？

考えられるのは……フィトリアが存命していることに関係があるような気がする。

あっちでは定期的に消費していた……とかだろうか？

「異世界の守護者が飲む薬ってそれでしょ？」

フィトリアが指摘してくる。

「これはなんだ？　何のために存在するんだ？」

「……よくわからない毒。前にフィトリアが飲んだ」

「そうか、ところでそれは人が飲んでも大丈夫なのか？」

「ダメって聞いた覚えがある」

ふむ……魔物限定らしいが、話によると延命効果がありそうだ。

不老長寿の薬なんだろうか？

「覚えているのは、一口は永久の苦しみ、二口は永劫《えいごう》の孤独、三口飲んだら……恐ろしい末路がある」

エスノバルトも同じようなことを言っていたな。

「まあ、これで出た武器で波の亀裂を攻撃すると時間が大幅に延びた。絆の世界よりも残量があるみたいだから勇者全員に行き渡らせることができるだろう」

過去の勇者が残した不思議な液体。

コイツは有効活用させてもらうが……異なる世界に存在するこの壁画は何の意味があるのか。

……考えても答えは出ないか。

俺は盾に一滴垂らす。


0の盾の条件が解放されました！

0の盾（覚醒）　0／0
能力未解放……装備ボーナス、スキル『0の盾』
専用効果　理《ことわり》の審判者　世界の守り手

ふむ、全てが0でスモールシールド以下の盾だ。

絆も手に入れていたが、何だこれ？

試しに変えてみると、見た目はスモールシールドそのままだった。

「0の盾」

スキルを使った瞬間。光が発生し、盾が輝く。

おお……見た目はカッコいいな。後で試してみよう。

特におかしな効果はないみたいだし、問題はない。

この盾自体は弱すぎて使えないが効果は優秀かもしれない。

ゲームではそういう武器や防具が登場することもあるからな。

「この先を乗り越えるために勇者達全員が持っているといい」

「まあフィトリアが全員にというのなら、みんなの武器に吸わせるのが一番だろ」

こうして俺達はそれぞれ小瓶の中身を一滴ずつ武器に吸わせた。

みんな同じ0シリーズが出現し、同様の効果だった。

「フィーロは飲んでみるか？」

「また聞くの？　やー」

エスノバルトが儀式をした際にも聞いたもんな。

嫌がっているみたいだが、結局飲む羽目になりそうだ。

こう、フィトリアの後継者的な意味で。

「次期女王のフィーロはそのうち、アレを飲むことになる」

「やー！」

毒と知ってフィトリアに飲ませた過去の勇者って何なんだろうか？

実はフィトリアは嫌われていたんじゃないか？

フィーロに飲んでみるかと勧めた俺が言うのもアレだが。

しかし……この猫みたいなやつが描かれた壁画の謎は解ける時が来るのだろうか？

波に関することが書かれた資料の近くに必ずある……波の黒幕って感じでもないようだしな。

それともこれが波の黒幕、神を僭称《せんしょう》する者なのか？

だとしたらリーシアが解読した古文書にもこの挿絵が入ってるはずだよな？

「フィトリア」

「何？」

「コイツに会ったことがあるか？」

壁画の猫を指差して尋ねる。

「ある……と思う」

「いつも自信のある返答ばかりするお前にしては確信がなさそうだな」

「動いてる姿を覚えてる。悪い生き物じゃなかったと思う……」

「神を僭称する者か？」

コイツがそうなら見つけると同時に即座に仕留められる。

「違ったはず。でも、勇者達と話をしていたのを覚えてる」

つまり、この壁画を描いた奴はこの猫に関する何かを伝えたかったたってことで間違いないんだよな？

だけど敵ではない。一体何者なんだろうか？

「……モル」

フィトリアが壁画に手を添えて……小さく何かを呟《つぶや》いているように見えた。

「とりあえずフィトリア、波の黒幕はお前みたいな奴を歴史の闇の中で殺そうとしているみたいだから気を付けるんだぞ」

「そんなことわかってる。なんでフィトリアが姿を現さないのかわからない？」

ああ、そういやエスノバルトは図書館勤務だけど、フィトリアはどこに出没するのかわからないもんな。

しかも迷いの森に巣を持っている。転生者でもフィトリアを見つけるのは難しいか。

魔竜と同じように、長生きをするうちに人間を軽蔑《けいべつ》して距離を取ったのかもしれない。

「フィトリアを殺そうとするような連中には何度も会ったことがある。アレがきっと波の黒幕の息が掛かった連中。人々を先導してフィトリアの信頼を何度も裏切ってきた」

ああ、フィトリアも何度か危ない目に遭ったことがあるわけね。

結果的に人間とは配下を通してしか関わらないようになったってことか。

「あ、ここ……読める文字です」

リーシアが文字を指で追いながら言う。

「この武器は永遠を持つ者に効果が高い……神を名乗る者から自衛するための……」

「文字的には0シリーズの武器群は波の黒幕、神を僭称する者に効果があるって説明か」

絆の方の異世界で、波の亀裂に攻撃をしたら次の波の到来までの時間が延びた。

おそらく、神を僭称する者に特別な効果のある武器だってことなんだろう。

推測でしかないが、実例がある。

「勇者は……助けが来るまでの楔《くさび》であり――ここまでしかまだ読めないです」

「それだけ読めれば十分だ。絆の方の異世界とも内容が被《かぶ》っているしな」

どうやら勇者が波で戦う意味は、何者かが助けに来ることを前提にしているらしい。

じゃなきゃこんな文面は出てこないだろう。

どこのどいつかわからない他人を頼らなくちゃいけないなんてな……不安は尽きないな。

本当に頼りになるのかね。

……まさかこの絵の生き物が神を僭称する者に対抗する奴だとでも言う気か？

それから俺達は掃除を切り上げて帰ってきたんだけど、ガエリオンが小瓶を持つ俺に近寄らなかった。

「キュア！」

「どうしたんだ？」

俺が近づくとそのぶん下がる。

『ち、ちかよるな！　汝《なんじ》から嫌な、背筋が凍りつく何かを感じる！』

俺は小瓶をラフタリアに渡してガエリオンに近寄ってみた。

するとガエリオンはそれ以上は下がらなかった。どうやら竜避《よ》けの毒でもあるみたいだ。

魔竜には実験してなかったっけ？

もしかしたら効果があったのかもしれない。

「……ああ、なるほど」

リーシアが解読した記述を当てはめると、竜帝は形こそ違えど不老不死に近い存在だ。

死んでも蘇《よみがえ》るし寿命なんてないに等しい。

そういった連中に効果があるってことか。

魔竜を脅《おど》すのに使えそうだな。実際、絆が使っているようなものだが。

「キュアアアアア！」

あ、子ガエリオンが俺に飛びつくチャンスを逃すはずもなく、近寄ってきた俺に飛びかかってじゃれてきた。

本能を感情で抑え込むとか凄《すご》いな。

なんでそこまで俺に懐《なつ》いたのか理解に苦しむ。

俺はお前に何もしてないぞ？

「ああ、はいはい。実験終了な」

勇者全員の武器を解放させたらフィトリアが返してほしいと頼み込んできたので、返却した。

ついでにラルクにも与えておいた。

あっちは在庫が不安だったけど、こっちはまだかなり残っているからな。

それで報告なのだが、この0の盾というスキル……というかシリーズ。

解放させた後、スキルで発動させて魔物の攻撃を受けてみたんだが、やはり何も起こらないし、攻撃に耐えることもない。

一瞬で壊れる。

他の連中も同様で、見た目は派手だけど魔物にかすり傷一つ負わせられなかった。

手加減とか関係なく、ダメージも0のスキルらしい。

クールタイムも0で、消費ＳＰも0だ。

まあ、そんなわけでフィトリアの巣の掃除というか、長い歴史の中に眠る古代の武具発掘は終わった。

結果として、なかなか優秀な装備を見つけたからいいだろう。

五話　村を襲う異変

フィロリアルの聖域へ行った翌日。

武器屋の親父達に経過報告に行って家に帰ってきたところ……。

「あ、ナオフミ。おかえり」

メルティがまるで我が家にいるようなだらけた態度で、俺とラフタリア、そしてフィーロが住む家の居間にいた。

ソファーに寝転んで俺達に視線を向けている。

ぶらぶらと足をばたつかせて……完全にリラックスモードだ。

「メルティ、お前は何様だ？」

「世界一の大国の女王様」

そうだな……確かにメルティは世界一になった国の女王だな。

間違ってはないが、そうじゃない。

「肩書きは確かにそうですが……」

「そうだったな。公務に行け」

「今日はお休み」

「一体どうしたんですか？　メルティちゃんらしくないですよ」

「最近、女王としての仕事が大変だっただろうって、父上がナオフミのところで羽を伸ばしてきなさいって言うし、ここくらいじゃないと気が休まらないの」

なんだかんだ言って俺の留守中もメルティは世界各地で会議をしたり情報のすり合わせをしたりしていたんだろうし、言いたいことはわからなくもない。

だが、それが俺の家でここまでだらけていい理由にはならないだろ。

「ついでに世界有数の勇者であるナオフミのところの視察って名目もあるわ」

「クズが思いつきそうな名目だな」

激務に疲れたメルティの休暇兼、俺への露骨なメルティ推し、しかも各国への盾の勇者と親密であるアピールも兼ねている。

しかも表向きは仕事だからな……抜け目のない計画だ。

クズは覚醒してから色々と恐ろしいな。

シルトヴェルトの連中から露骨な見合い話とかが来るかもしれないから勘弁願いたいんだが……その辺りはフォウルを抱え込むことで解消させているのだろうか？

「事情はわかったが……フィーロはどうした？」

そう、メルティがいるのにフィーロがいない。

まあ……あまりフィーロが自室にいることはないんだけどさ。

メルティを置いて部屋にいるにしては静かだ。

「フォウル兄ちゃん！　俺の力作を食ってくれよー！」

「なんで俺に構うんだ！　そういうのは兄貴に聞けよ」

「兄ちゃんに食わせるのってプレッシャー凄《すご》いんだぞ！　まずはフォウル兄ちゃんで練習するのがいいんだよ」

「お前等、だから俺に群がってくるのか!?　サディナの姉貴に頼めばいいだろ！」

「サディナ姉ちゃん達は出かけてんじゃん！　きっと島の方で兄ちゃん達が呼ぶまで酒盛りしてるんだぜ！」

窓から外を見るとそんなやり取りが見える。

……村は相変わらず賑《にぎ》やかだ。

一体何をしているのかは気にしないようにしよう。

あの輪の中にもフィーロはいない。メルティと一緒でもないってどんな状況だ？

「……フィーロちゃんは槍《やり》の勇者に見つかって逃げていったわ。私も止めようとしたんだけど……後でナオフミの家で合流しましょうって言ったから、こうして休んでいるの」

「ああ、だからいないのか」

元康《もとやす》も懲りないというかなんというか……ストーカーって怖いな。

俺にも魔竜やアトラというストーカーがいたからわからなくもない。

好いてくれるのは嫌じゃないけどさ。

元康の場合はなー……アレは完全に病気だ。

「だからわたしはフィーロちゃんの帰りを待ちつつ自由な時間を満喫しているのよ。最近はいろんな会議に出席していて疲れていたし……暗殺者とかを警戒してて自由にできないんだもの」

「世界一の大国の女王だもんな。そうなるか」

この村にはラフ種がいるから暗殺者は入れないもんな。

ラフ種はラフタリアと同じく幻覚系の魔法を使いこなせる。

外部の人間が隠蔽《いんぺい》魔法なんかで姿を隠していても一発でばれるんだ。

だから、他国の暗殺者なんかがここに乗り込んでメルティを殺すのは難しい。

メルティ自身もフィーロと修行に行った挙句、フィトリアの強化……今思えば鞭《むち》の強化方法で能力を上げてあるわけだから、勇者の関係者以外は返り討ちにできるだろう。

それこそセインの姉勢力が乗り込んでこない限りは問題ない。

「父上のお陰で地盤は大分固まってきたとはいっても、危ない時期なのは変わらないから」

一応、タクトの一族郎党関係各所の連中を処刑はしたのだが、その残党というか処刑から逃れた奴等がいないとは限らないってことで警戒を強めてはいる。

他にもメルティを暗殺することで利益になる連中もいる。

英知の賢王の愛娘《まなむすめ》を暗殺しようものなら、死んだ方がマシな苦しみが待っていると思うがな。

もう片方の愛娘は全世界指名手配状態なわけだが……もはや娘でもないか。

「メルティちゃんも大変ですね」

「それはラフタリアさんもじゃないの？　そろそろクテンロウに一度顔を出しておいた方がいいと思うわ」

「そ、そうなんでしょうけど……ルフトくんに任せたいです」

「生憎《あいにく》とルフトは書類上は処刑されているしな……他人の振りをさせるにしても数年は間を置かないとな」

「あの子、すごい優秀よ？　もうメルロマルクの公用語を話せるようになったし……教えたこと以上に覚えるのよ。さすがはラフタリアさんの親戚なだけあるわね」

メルティは、俺達が留守だったの間のルフトの様子を説明してくれた。

側近としてメルティの動向を見守っているに過ぎないわけだが、元が王様として振る舞っていた影響かメルティやクズがしてほしいことを即座に察してくれるそうだ。

それとなく必要な書類をクズやメルティに渡したり、気にならないタイミングで予備の黒板を手配してくれたりしたらしい。

他に暗殺者なんかの接近にも反応するから、他国の密偵も見抜けるとか。

「ルフトくんが褒められて嬉《うれ》しくはあるんですが……複雑な心境です」

「……愛嬌《あいきょう》があるし、あの獣人姿を相当気に入っているみたいよ。暇さえあればあの姿で毛並みを弄《いじ》っているわ」

何やらメルティがラフタリアに同情の目を向けているような気がする。

いいじゃないか。ルフトの成長だぞ。

この短期間であそこまで成長できたのはラフタリアの親戚だからこそだろ。

「あの子の質問にわたしも返答に困って父上が答えることが増えてきているもの。父上も一目置いているし……ナオフミがあの子をどうさせたいのか父上が後で聞こうって言っていたくらいよ」

「んー……ルフト自身に選ばせたいが……」

元々はルフトが代表として治めていた国だけどさ。

配下の連中が揃《そろ》ってろくでなしばかりだっただけで、今はもう違うだろう？

ルフト自身も王としてしっかりと学んだら、ラフタリアが形だけの女王をしているよりも良い状態になるかもしれない。

「ま、そこはラフタリアとルフトがそれぞれ話し合って決めてくれればいいさ」

「それはクテンロウの行く末を、ですよね？」

「ああ」

「はぁ……」

まあ俺自身は、波が終わったらラフタリアと日本に帰るって考えているから、できればルフトにクテンロウを任せたい。そのための布石と思ってくれればいいんだ。

「で、メルティ。クズから何か聞いてないか？　セインの姉やヴィッチ共がこっちの世界に潜伏しているかもしれないんだ」

「今のところは一応、静かとしか言いようがないわね。ナオフミ達が留守にしている間にわたしが女王であることに異議を唱えた勢力が小規模の反抗をしたくらいかしら……」

俺達に報告するほどでもない小さな事件か。

「昨日、フォーブレイの方で小競り合いがあって、父上が少し気にしているようではあったけど……ナオフミに報告するかどうかわからないわね」

世界には無数に事件が起こっていて、そのどれに敵が関わっているかわからない。

よくある物語とかだと登場人物がなんで気付かないのか？　馬鹿じゃね？　なんて言う奴がいるし、俺も思ったことがある。だが、今ならこう言うだろう。

お前は日常の中にあるものすごい小さな変化に一目で気付けるのか？　とな。

家の玄関の前に昨日は見なかった小石が転がっている。妙だな？　なんて気付けたらどこの名探偵だって話だ。

そりゃあ探せば事件なんていくらでも転がっているだろうよ。

だが、現在のメルロマルクの規模からして、事件なんて百や二百じゃない。千や万の規模だ。

その中でどれが当たりかなんてわかるはずもない。

「クズが気になったってことは調べて損ではないだろうな」

アイツの予想は予言めいているところがあるからな。

それこそ創作物に登場する名軍師並みだ。

「とはいえ、父上はナオフミ達にできる限り力を蓄えてほしいとも言っていたわ」

「そうだろうな……」

まあ、敵は実は絆《きずな》の方の異世界で活動していましたって展開もありえる。

もしかして騙《だま》されたか？　今頃絆のところに総動員してるんじゃないだろうな？

……どちらにしても二週間くらいは様子を見るとしよう。

その間に十分Ｌｖを上げて資質を上げないとな。

「そうだ、メルティ。どうせ今日は村に泊まっていくんだろ？」

「ええ」

「じゃあ、後で狩りにでも行くか」

「まあ、寝てばかりというのもアレよね。フィーロちゃんは？」

「元康から逃げ切ったなら誘ってやるさ」

「酷《ひど》い話です」

「ラフー」

なんて今日の予定を決めようとしていた矢先。

「ラフ!?」

ラフちゃんがバッと毛を逆立てて辺りをキョロキョロと警戒気味に見渡している。

どうしたんだと首を傾《かし》げつつ、俺達も臨戦態勢に入ろうとした直後。

『イワタニ、今すぐそこから逃げて！』

「何!?」

いきなりどこからともなくセインの姉の声が聞こえてきた。

同時にズーンと……なんか体が重くなるような感覚に支配される。

「ナオフミ様？　どうしたんですか？」

ラフタリア達には聞こえなかったのか？

「——!!」

バーンと俺の家の扉を蹴破《けやぶ》る勢いで、入り口で待機していたセインが駆けこんでくる。

バチバチと地面に稲妻が走っていて、外で何か起こっているのがわかる。

高密度の魔力的磁場とでもいうのか？

ガエリオンや魔竜、フィーロが放つ聖域を生成する魔法を強力にしたような何かが、辺りを埋め尽くしている。

「うわ!?　なんだ？」

「何が起こっているんだ!?」

村の連中も揃って声を上げている。

「急いで家を出るんだ！」

「はい！」

俺は家の外に出て盾を戦闘用のものに変化させ、臨戦態勢を取る。

状況は不明だが、いつでもラフタリアとメルティを守れるようにしておく。

「メルティ、いつでも逃げられるように準備をしておけ」

「わかってるわ！」

なんて言いながら家から飛び出したところで、村の中心に雷が集まり、眩《まばゆ》い閃光《せんこう》が辺りを埋め尽くす。

次の瞬間……強い浮遊感が俺達に襲いかかってきた。

バチバチと盾がスパークし、何かから俺達を守っているような衝撃が走る。

「な、何が……」

セインの裁縫道具やラフタリアの刀も似たような反応をしている。

そして……何度か瞬《まばた》きした後、俺達は辺りを見渡す。

……特に変化があるようには見えない。

いつもと変わらない村の風景が広がっている。

「何だったんだ？　すげー眩《まぶ》しかったぞ？」

「あ、ああ」

フォウルがキールやイミアを抱きかかえるようにして守っており、他の連中も揃って何度も瞬きを繰り返している。

俺は何か変化がないかを再度確認。

とはいえ、村の中に変化らしきものはない。

だが……村の外はそうではなかった。

「なあ兄ちゃん、村の外にあんな山あったっけ？」

……それは目に見えて俺達に異常事態を伝えてくれた。

「どういうことだ？」

そう、見慣れたはずの景色がガラッと変わっていたのだ。

見覚えのない山、そして森……。

咄嗟《とっさ》にポータルシールドを確認したのだが……飛べる場所は村以外なくなっていた。

一体何が起こっているのか、この時の俺は何もわかっていなかった。

六話　絶滅したはずの魔物

「兄貴……あの山、見覚えないか？」

フォウルが首を傾《かし》げながら村の外にある山を指差す。

生憎《あいにく》と覚えはない。

「知らん。どこの山に似ているんだ？」

「わからない……何か見覚えがあるような気がするって程度だ」

頼りにならんな。

どちらにしてもだ。情報収集は必要だろう。

「偵察向きの人材……フィーロとガエリオンは……」

魔物紋の登録自体は継続しているから呼ぶことはできるはずだと項目を確認する。

……通信途絶か。

絆《きずな》の方の異世界に行った際にガエリオンたちの項目を確認した時と同じ状態だ。

「サディナとシルディナは……」

アイツ等、勇者枠になっているから奴隷紋で行方を追えないんだよな。

ただ……こんな騒ぎがあったら急いで来るはずだから、目につくところにいないとなると当てにできない。

「とりあえず村の外を調査する前に……お前等集合！　しっかりと点呼！」

フィーロやガエリオンとは連絡ができない。

ラフちゃんはいるけど偵察をさせるかは後回しにしよう。

誰がいるのかをしっかりと把握しておかないと、対処が遅れる危険性があるしな。

「みんなー順番にね」

「そうだぞ！」

ルフトとキールが親しい連中に声を掛けて落ちつかせている。

ラフタリアとフォウルは村の連中を統括して点呼をしようとしているようだ。

「どうなってるのー？」

「こわーい」

「ラフー……」

フィロリアル共とラフ種が各々不安そうに辺りを見渡している。

見た感じだとフィロリアルはそんなにいないな。ラフ種も半分くらいだ。

「ナオフミ……」

メルティが不安そうに俺に擦《す》り寄ってくる。

こういう時は年相応の幼さが見える。

「フィーロちゃん、大丈夫よね？」

「巻き込まれたのは俺達の方みたいだからな。フィーロも今頃俺達の心配をしてるだろうさ」

「……そうね」

やがて我に返ったのか、何度か自らの頬《ほお》を叩《たた》いて喝《かつ》を入れた後、メルティは普段の表情に戻った。

「ここで不安を表に出したら女王を名乗ることはできないわ」

おお、さすがは元女王がしっかりと教育したクズとの娘。

ルフトの方に駆け寄って村の連中の点呼に加わる。

「な、何があったんだ？」

「イワタニ殿、これは一体……？　レンの見舞いをしていたのだが……」

体調の優れない錬《れん》を連れてエクレールがやってきた。

ああ、メルティの護衛としてエクレールが一緒に来ていたらしいな。

で、療養中の錬の見舞いに行っていたと。

「わからん。調査をする前に村の人員を数えているところだ」

俺も奴隷紋登録で、ここにいる奴隷共といない奴隷を確認している最中だ。

というか、錬はいるんだな。

運が良いのか悪いのか。

「錬、元康《もとやす》と樹《いつき》を知らないか？」

「……すまない。見ていない」

「そうか」

こんな騒動が起こっている時に、あの自己主張が激しい元康が出てこないことはないだろう。

樹達は……まだフィロリアルの聖域で解読をさせている最中だったしな。

ポータルの登録をしていたところに飛べなくなった原因を探らないといけない。

村には飛べるから妨害されているわけではないはずだ。

かといって、俺が登録してあるところを全て阻止されたとは思えない。

「大公～」

そこにラトがウィンディアを連れてやってきた。

俺を盾の勇者や名前ではなく地位で呼ぶ珍しい奴だ。

「一体何が起こっているのよ？」

「わからん」

一応、絆の方の異世界で手に入れた技術の解析を任せてはいたんだが、専門じゃないとか愚痴っていたな。

それでも解析の腕はなかなかのものだ。

最近ではラフ種とフィロリアルの研究を主眼に置いて何やら弄《いじ》っていたようだが……。

そもそも村の魔物共の体調管理を一任していたので役立たずってわけでもない。

まあ、ラフ種関連で若干引いていたが。

「ウィンディア、ガエリオンはどこだ？」

一応、ガエリオンの親代わりとして世話を任せていたウィンディアに尋ねてみる。

するとウィンディアは首を横に振る。

「盾の勇者に怒られてガエリオンはプチ家出してた。盾の勇者もガエリオンがどこにいるかわからないの？」

プチ家出……これはどう反応すればいいんだ？

「だから村にいなかったたってことか」

これはガエリオンに限らず、フィーロも含まれる。

そして俺が登録している奴隷、魔物の多くも同じ状態だ。

「そんな……じゃあ、ガエリオンはどうなったの!?」

「落ちつけ。フィーロやガエリオンがそう簡単にやられる奴じゃないのはわかっているだろ？　むしろガエリオン共よりも俺達の方が何かに巻き込まれたと考える方が自然だ」

「そうでしょうね。今は落ちつきなさい」

ラトがウィンディアを宥《なだ》める。

一応、ラトの方が魔物の生態に詳しいからウィンディアの方が弟子っぽい。

「ガエリオンの奴、本来はいつごろ帰る予定だったんだ？」

「晩ご飯には帰ってくるはず。いつもそんな感じだった」

「それってプチ家出なんですか？」

「ガエリオンは甘えん坊だから間違いない。どんなに盾の勇者にあしらわれても、なんだかんだ不満を言いながら帰ってきてた」

ふむ……気を引きたくて家出していたと……俺が気付かなきゃ何の意味もない家出だな。

もはや外出していただけ、としか表現できない。あのドラゴンの行動は本当に訳がわからん。

無駄に個性が強いからって、察しろってのは無理だ。

自称最弱を名乗る子煩悩な親ガエリオン。

俺への無駄な押しはアトラに匹敵するほどの魔法バカの魔王である魔竜。

ある意味、魔竜や親ガエリオンよりも考えが謎なのが子ガエリオンだな。

「ガエリオン達は無事だと信じて、現状の確認をするのがいいだろう。ラフちゃん」

「ラフ？」

俺はラフちゃんに呼び掛ける。

ラフちゃんは首を傾げながら呼びかけに応えた。

「何かわかることはないか？」

ラフちゃんはいろんなところで俺達の助けになってくれることが多い。

現状を把握するのが一番早いかもしれないから聞いてみた。

「ラフー……」

「だふー」

ラフちゃん達が揃《そろ》ってわからないとばかりに首を横に振っている。

村に植樹した桜光樹の前で何かやっていたが、わからないようだ。

ふむ……ラフちゃん達もわからないか。

なんて思っていると、ラフちゃんがメルティの後方を指差している。

「……そうでごじゃるな。こんな時こそ拙者の出番でごじゃる」

ニュッとどこからともなく影が姿を現した。

しかも肩には忍び装束のラフ種がいる！

いいな、そのコスプレ！　似合ってるぞ！

「お前……」

随分と久しぶりな気がするが、この喋《しゃべ》り方……間違いない。

女王の影武者をしていた、三勇教騒動時に暗躍していた奴だ。

あれ以来、全然出てこなかったが今まで何をしてやがったんだ？

「メルティ女王の護衛として念のために隠れていたでごじゃる」

「おいラフちゃん、暗殺者ポジの奴がいるぞ」

「ああ、もちろん盾の勇者殿の魔物達が察知しているのは当然でごじゃるよ。誠心誠意、事情を説明して見逃してもらっているでごじゃるからな」

「ラフッ！」

忍び装束のラフ種が合わせて鳴く。

……何だろうか？　村の警備って結構杜撰《ずさん》なんじゃないかと思えてきた。

ラフちゃんやラフ種達、お願いだから影にもしっかりと反応してくれ。

「アレ？　盾のお兄ちゃんどうしたの？」

ルフトが脱力している俺に声を掛けてくる。

「ラフタリアも知っていたのか？」

「えー……っとメルティちゃんの警護とかで配属されているとエクレールさんから聞いてました」

「ああ、密偵？　うん。お兄ちゃん達は知ってると思ってたよ？　見えるし」

隠蔽《いんぺい》系の資質持ちの二人が揃って答える。

いいよな。素でどこにいるかわかる奴等は……俺には見えないんだよ。

「これで槍《やり》の勇者が隠れてフィーロの後ろにいたのなら炙《あぶ》り出すんですが……知っている方だったので見逃していました」

元康相手だったら間違いない。

元康がフィーロの野生の勘すら誤魔化して盗撮とかしていたら捕まえるのは当然だが、影も見逃すって……村の安全的に考えて、それでいいんだろうか。

「ちなみに拙者達、クテンロウの者達と技術交換をしてしっかりと精度を上げていたでごじゃるよ。影であり……クテンロウの技術を習得した忍びでごじゃる。それすら見抜かれるほどの猛者が集まるのが盾の勇者殿達の村でごじゃる」

「その勇者自身が見抜けてないってのが茶番にしか見えんな。あと、忍びとか調子に乗るな」

もうラフちゃんを常時頭に乗せて生活するかな。

……今は緊急事態の対処を優先する時か。

「よし！　とりあえず村にいた奴等は全員集まったか？　隠れたりしていないか確認を怠るなよ」

「兄ちゃん、こんな時に隠れていたら悪ふざけが過ぎると思うぜ」

キールの指摘はもっともか。

なんだかんだ言って村の広場にぞろぞろと集まっている。

とりあえず順不同で数えていくか。

ラフタリアとメルティ、ラフちゃんにセイン。何かが起こった直後から一緒だな。

フォウル、キール、イミア。村の連中代表だ。他にも村の連中は多くいる。

主に技術系のルーモ種共が多いな。

錬とエクレール。自宅で療養中だったのは幸いなのか？　エクレールは錬の見舞いをしていた。

ラト、ウィンディア、ルフトの魔物好き連中。ラフ種やフィロリアル、魔物共を数えさせたところ、随分と減っているそうだ。

過去の天命である、ラフちゃん二号。だふちゃんとか色々と適当に呼んでいる。

で……メルティの護衛として潜伏していた影。

逆に連絡が取れないのがフィーロ、ガエリオン、ラルク達、樹達と元康達、クズもそうだな。

サディナとシルディナもいない。

奴隷紋の反応とキール達から聞いた話によると行商中で村を留守にしていた連中の反応がない。

「ここにいる奴等の共通することといったら当然だが村にいたという点だな」

一体何が起こっているんだ？

「何かしらの技術で村ごとどこかに飛ばされたとかか？」

村の外の景色が違うからな。

だとしても不自然な点が残る。

「ありえなくはない……だが、ポータルで村しか指定できない理由がわからん」

カルミラ島が活性化していた頃とも異なる現象だ。

「何かしらの結界が張られているとか……」

「そうだな。その辺りが妥当か」

転送妨害の結界を張っておいて俺達をどこかに転送したのか。

俺達の知らない場所や空間であると仮定すればありえなくはない。

異世界に飛ばされたのかと思いもしたが、Ｌｖ等から推測すると未知の世界に飛ばされたわけではないのがわかる。

「波の到来時刻は……？」

なんだ？　数字が安定しないぞ？

「ラフタリア、帰路の写本は使えないのか？」

「はい。できませんね……」

ラフタリアも何度か転送スキルを使用して移動しようとしていたようだが、できないようだ。

「正確には龍刻の砂時計の転送範囲外だと出ています」

範囲外、ね？　理由が不明瞭でわからないな。

「セイン、お前は？」

俺の質問にセインも首を横に振る。

どうやらセインも同様の症状になっているらしい。

「結局、調査のために村の外へ行くしかないだろう」

「よし！　やるか！」

フォウルがやる気を見せている。

情報収集は影の方が上手だろうが、身軽なフォウルも頼りになるはずだ。

とりあえず、可能な限り情報を集めるのが先決だろう。

「待ってナオフミ。何が起こっているかわからない状況で、みんなで出て大丈夫なの？」

メルティの指摘も間違いではない。

「何もしないよりマシだ。とりあえずフットワークの軽い奴等を筆頭にして、辺りの調査だ」

それなりに強くて空を飛べる連中がいないのが痛い。

具体的にはフィーロとガエリオンだが。

「何が出てくるかわからないから勇者も同行した方がいいだろう。グループ分けして探索するんだ」

「拙者にも任せるでごじゃるよ」

「ああ、しっかりと調査しろ」

そんなわけでグループ分けして行動することになった。

俺はラフタリアとメルティ、ラフちゃんとセインで北へ。

フォウルはキール達を筆頭とした村連中で戦いが得意な奴を中心にグループを作って東の方へ。

錬はエクレールとウィンディアと一緒に西へと調査に向かう。

影はラフ種を連れて独自に南へ行く予定だ。

ルフトやラト、それと残った村の連中で村を守る。

調査範囲は三〇分圏内。

何もなければいったん村に戻って、情報をまとめてから再度範囲を拡大させる。

地図があるわけじゃないから警戒するに越したことはない。

何かあったら合図として魔法を打ち上げることにしている。

村に残っていたフィロリアル共を足として利用することにした。

俺達が乗るのはフィーロの配下一号で、村のフィロリアル達の統括をしているヒヨちゃんとやらだ。


そんな出発前。

「……どうやらここが境界線みたいね」

ラトが村の外の地面を指差す。

そこには一本の綺麗《きれい》な線のような筋が伸びていた。

調べたところ、この筋は村を囲んでいる。

「何かしらの力や技術で私達を村ごと転送したのだとしたら、この範囲内ってことなんでしょうね」

「みたいだな」

随分と広い範囲を指定してやがるな。

村を丸々収めるとか……ああ、フィロリアル舎がないな。

魔物舎が一つ残っているだけだから、微妙な範囲を指定されたようだ。

一体どんな技術でこんな真似をしたのやら。

というか、俺はセインの姉に嵌《は》められたんだろうか？

「それじゃ大公、調査を頼むわね」

「ああ、そっちも村の方を頼んだぞ」

そんな感じで線を越え、予定通りに村の外へ調査に乗り出す。

「じゃあ散開！」

俺の指示に従って、みんなして調査のために村から離れる。

空は……別に暗雲とかはなく、普通に青空。

海辺の村だったから潮の香りがするはずなのだが、今はそんな香りは微塵《みじん》もない。

「お？」

村の外へ出て少し歩くと魔物が出現した。

ヒヨちゃんに撥《は》ね飛ばさせることも考えたが、しっかりと確認を取りたかったので下りて戦闘に入る。

レッドスネークバルーン

妙に細長いペンシル型の風船みたいなバルーンが空中を蛇行しながらこっちに漂ってくる。

バルーンアートとかに使えそうだな。

「スネークバルーン？　メルロマルクには生息していない魔物よ」

メルティが眉を寄せながら、敵意満々で襲いかかってくるバルーンを指差して言った。

ちなみにこのバルーンを俺は素手で掴《つか》んで既に動きを止めている。

頭っぽいところで懸命に俺に噛《か》みついてきているが、痛くも痒《かゆ》くもない。

「どの辺りに生息しているんだ？」

「シルトヴェルトとか亜人種の国ね。ただ……」

「ただ？」

「浮き輪に向いた形状をしているのと、バルーンアートブームがあった所為《せい》で大きく数を減らしたから絶滅寸前って聞いたわ。他にも普通のバルーンよりも用途の幅が広かったのが原因だとか……」

「ほう……」

なんて無駄話をしていた間に、スネークバルーンがわらわらと無数に出てきて俺達に向かって飛びかかってくる。

数が多いな。絶滅寸前とはこれいかに。

最近では滅多に使わないヘイトリアクションというスキルを使用して魔物共の注意を引いたら、更に群がってきた。

流星壁でメルティ達のことは守っているけど、俺は絶賛蛇風船共に集《たか》られ中だ。

鎧《よろい》の隙間《すきま》に入ろうとしてきて、うっとうしいな。

「あの……ナオフミ様？　大丈夫なのはわかってますが、そろそろ倒しませんか？」

「ああ、流星盾を展開するからタイミングを合わせて仕留めろ」

「はい」

「流星盾！」

バッと張った俺の結界で、無数のスネークバルーンが撥ね飛ばされる。

それに合わせてラフタリアが刀を振るい、メルティが魔法を放ち、セインがハサミを振りかぶる。

ラフちゃんはヒヨちゃんの背に乗っていて、ヒヨちゃんに蹴《け》り飛ばさせている。

一瞬でスネークバルーン共は壊滅……雑魚だな。

珍しいからといって強いわけではないようだ。

「まだ生き残っている奴はいるだろうから、後で生け捕りにするか」

「ナオフミ？　念のために聞くけど何のために？」

「売る。絶滅寸前ってことはコレクターとかに高く売れそうだし」

「こんな時でも金稼ぎなの？　もう大公なのよ？」

「大公だからなんだっていうんだ？」

「アクセサリー商人さんがナオフミ様を後継者にしたいって言う理由がわかる気がします」

「ラフー」

なんかラフタリアが嘆いているけど、しょうがないだろ。

珍しい魔物なんだ。利用しない手はない。

しかも沢山いるみたいだし、捕まえて持ち帰ってもいいだろ。

「まあ、それは後回しにするとしよう」

盾に収めて新しく盾を解放させる。

珍しい魔物って割にはバルーンの亜種程度の性能だな。詳しく語るほどでもない。

まあ、バルーンの死骸は持ち返って土産にすれば、村のガキ共のいいおもちゃになりそうではある。

そんなわけでバルーン共を仕留めつつ進む。

「それでメルティ。このスネークバルーンはシルトヴェルト近隣に生息する魔物ってことでいいんだな？」

「ええ」

生息する魔物でどこに飛ばされたのかわかるって便利だな。

フォウルが見覚えがあると言っていたのは知っている場所だったからだろう。

「とりあえずシルトヴェルトだと仮定して探索範囲を拡大するぞ。それとラフちゃんとヒヨちゃん。何かわからないか？」

「ラフー？」

俺に尋ねられて、ラフちゃんが鼻をヒクヒクとさせる。

「クエ」

ヒヨちゃんも含めて、よくわからないといった様子で首を傾げられてしまった。

「んー……」

メルティが辺りを見渡しながら唸《うな》る。

「どうした？」

「なんか見覚えがあるような無いような、不思議な景色なのよね」

「フォウルも言っていたな」

シルトヴェルトの近くと仮定するなら覚えていても不思議じゃない。

「ラフタリアは何かないか？」

人の名前を覚えるのが妙に上手なラフタリアの記憶力に頼ってみる。

「えっと……すみません」

ラフタリアは知らない場所のようだ。

フォウルもメルティも、俺達と出会う前にいろんなところを巡っていたからな。心当たりがあるんだろう。

そんなこんなで若干乾燥した地域……荒野ほどではない場所を一直線に歩いていると……。

「お？　街道があるみたいだな」

踏みならされた道にぶつかったので左右を確認。

どっちに町や村があってもいいが、近い方に行きたい。

念のためにポータルを登録しておく。

「道なりに進めば何かあるかもしれん。行くぞ！　まずは右からだ」

そんなわけで俺達は街道を進んでいったわけだけど、三〇分の捜索範囲では町や村に辿《たど》り着けなかった。

ただ……確かに雰囲気というか、何となくシルトヴェルトっぽいな。

こう、雨風に侵食されて出来たような、仙人が住んでそうな、やや中華風な山がそれっぽいのかもしれない。

とはいってもあんまり参考にできないんだよな。

シルトヴェルトって俺の基準だと自然がタイプ混合なんだ。

密林があるかと思ったら荒野があったり、細長い山があるかと思ったら普通に森林に覆われた山もある。

まだメルロマルクの方が統一感があるくらいだ。

……メルロマルクも温泉街は和風な雰囲気があるから、勇者が広めた文化が息づいているって感じだが。

「そろそろ一時帰還すべきだな」

三〇分じゃ早すぎたか？

まあ、ポータルで登録すれば、いちいち戻る必要がないから無駄にはならない。

今は少しでも情報の更新が必要だ。

そんなわけで村にいったん帰還した。


「大公！　凄《すご》いわよ！」

帰ってくるなりラトが興奮した様子で皆が持ち帰った魔物の死骸を持ち上げて言った。

「絶滅寸前のスネークバルーンの話か？」

「違うわよ！　絶滅している魔物も見つかってるの！」

絶滅している魔物？

「これは世紀の大発見よ！　魔物学の歴史を塗り替えることになるかも！」

「そうは言ってもな……他世界との融合現象が起こる波が発生する世界で、そんな発見が役に立つのか？」

「……大公ったら拍子抜けする反応ね」

「気持ちはわからなくもないが、俺からすると日本にいない生き物ばかりのこの世界で、これ以上興奮しろってのは無理な話だ」

異世界に来た当初は興奮もしたが、今はどんな魔物が出てこようと襲ってきたら返り討ちにすることと売り物にすることくらいしか頭に浮かんでこない。

アレだ……ラトの感性を日本人に当てはめると恐竜を発見したような感動なのかもしれない。恐竜はオーバーかもしれない……この場合はドードー鳥くらいか？

確か絶滅していたはずだ。

実は錬や樹、元康の世界では絶滅していない可能性もあるが、感覚としてはそんなところなんだろう……って、考えが脱線した。

「新種の魔物に関しては学会も着目してるところだけど、絶滅したはずの魔物が再発見された方が驚きになるんじゃない？」

「あー……まあ、それは確かかもな」

新大陸を発見！　未知の動物を見つける！

より も絶滅したはずの動物を保護！　の方が驚き具合は高い気もする。

「兄貴達も帰ってきたか」

「兄ちゃん、そっちはどうだった？」

フォウルとキールが俺達が帰ってきたことに気付いて近づいてくる。

「街道を見つけて道沿いに走ってきたぞ。そっちはどうだ？」

「川を発見したところで戻ってきた」

「ふむ……川沿いを探せば村や町が見つかるかもな」

「ああ」

「で、ラトに倒した魔物を見せたってところか？」

俺の問いにフォウル達は頷《うなず》いた。

絶滅したはずの魔物が混じっていたんだったな。

キールは俺達が持ち返ったスネークバルーンの死骸を紐《ひも》みたいに振りまわして遊んでいる。

あんまりバルーンの死骸で遊ぶようなら注意しないとな。魔物の命を玩具《おもちゃ》にしちゃいけない。

玩具に加工したならまた別だが。

「錬の方は……？」

アイツが遅刻するとは思えない。予定時刻までに戻ってこないってことは何かあったのか？

なんて思った直後、錬達が向かった方角に照明弾が上がった。

何か異常事態に遭遇したってことだろう。

「チッ！」

思わず舌打ちしつつヒヨちゃんの背に乗る。

「ナオフミ！」

「メルティは危ないだろうから留守番をしていろ。何かあったらフォウル、お前がメルティを守れ」

「わかった。兄貴達も気を付けてくれよ」

フォウルは頷いて小手を前に出す。

「でも……」

「今は現状把握が重要だけど、それ以上に村の守りを固めるべきだ。ルフトもラフ種達と一緒に村を守ってくれ」

「うん！」

「ラフタリア、セイン、ラフちゃん！　行くぞ！」

「はい！」

「……」

「ラフー！」

ラフタリアとセインを後ろに乗せて、ラフちゃんを頭に乗せてヒヨちゃんは走りだす。

照明弾の光に向かえばそんなに時間は掛からないはずだ。

徐《おもむろ》にリベレイション・オーラの詠唱を始める。

『我の出番！』

……相変わらず魔竜の加護というか魔法のアシストだけはしてくれるんだよな。盾の中から。

「リベレイション・オーラ――!?」

唱えようとして声が詰まって首を傾げる。

「ナオフミ様？」

「おかしい……魔法強化ができない」

完成したのはリベレイション・オーラだけだった。

一体どうなっているんだ？　思えばさっき流星盾を放とうとした時も似た感じだった。

最近は魔法が使用できないようにされていたり、盾が使えなかったりした環境に馴《な》れた所為である程度対応できるようになったけど、こうも中途半端にできることとできないことがあると混乱せざるを得ない。

「とにかく、少しでも早く錬達と合流しないとな！」

リベレイション・オーラをヒヨちゃんに掛けて速度を上げる。

「クエエエエエ！」

ヒヨちゃんが前傾姿勢で走りだし、俺達は錬達がいるであろう場所へと急行したのだった。

七話　二人の盾の勇者

「待て！　いいから話を聞け！」

「聞く必要があるの？　本格的に乗り込んできた聖武器の勇者の？」

「く……なんて戦いづらい相手なんだ」

「似てるのに全然動きが違う！」

照明弾のところに駆けつけると、そこでは錬《れん》達が未知の敵と交戦していた。

辺りには……知らない村が近くに見える。

エクレールとウィンディアに蜘蛛《くも》の糸のようなものが巻きついていた。

切り払うことはできるようだが、辺りには無数の糸が張り巡らされている。

錬もエクレール達を守ることに終始していて相手の攻撃を防ぐので精一杯って感じだ。

「あれは……」

大きなハサミを持った、セインにどことなく似た雰囲気を宿した女と、盾を構えている全身鎧《よろい》の男。

なんだアイツ等？　錬達が苦戦するほどの奴等なのか？

なんて思っていると、俺の意図を察したヒヨちゃんが無数の糸が張り巡らされた場所へと突撃した。

「スターダストブレイド！　……ナオフミ様、こっちもスキルの強化分がなくなっています」

くそっ……刀も不調か。

ラフタリアの放ったスターダストブレイドの光が糸を切り裂き道をこじ開ける。

「どっちにしてもやるしかない！　セイン！」

「うん」

短い言葉だったからかセインもしっかりと答えた。

エクレール達の援護を行うためにヒヨちゃんから飛び降りる。

合わせるようにセインが糸を出し、相手が再生させて展開している糸に絡ませて道を切り開く。

「尚文《なおふみ》！」

「大丈夫か、お前等！」

「ああ、助かる！」

幸い誰も怪我をしていないようだ。

さて、どこのどいつかは知らないが喧嘩《けんか》なら買ってやる。

「新手？」

「くそ、次から次へと……」

ハサミを持った女と盾を持った全身鎧の男が、駆けつけた俺達を相手に殺気を放ってくる。

連中の背後には亜人が各々武器を持ってこちらに対して構えており……あまり状況は芳《かんば》しく見えない。

まあ……亜人の全員が俺の味方というわけでもないしな。

ここがシルドフリーデンなら、俺への憎悪を募らせる亜人勢力もいるだろう。

「なんだ、その魔物……？　どちらにしても相手をするしかない！」

盾を持った全身鎧の男がヒヨちゃんの方を見ながらそう呟《つぶや》いた。

亜人と一緒にいるのにフィロリアルを知らない？

いや、今は錬達に事情を聞く方が先だ。

「一体何があったんだ？」

「村を見つけたから立ち寄って俺達の身分を説明して質問をした途端、村人が逃げていって、コイツ等が襲いかかってきたんだ」

「特に問題はなかったと思う。ここはどこかわからないが、私達が剣の勇者一行であることを前提に話をしようとしたんだ」

エクレールの返答を聞いて俺も対応に問題はないと判断する。

勇者という役職はいろんな意味で融通が利く。隠密で調査なんかをする場合は論外だがな。

自らの経歴を隠すなんて、今の錬や樹《いつき》はしない。

非常時だからこそ話がしたくて尋ねたのに襲われた？

「これはどういうことかしら？　どっちにしても捕まえて聞く必要がありそうね」

「ああ。みんな、畳み掛けるぞ！」

「おおー！」

盾を持った全身鎧を着た奴の声に呼応して、背後の仲間らしき連中も一斉に駆け寄ってくる。

随分と好戦的な連中だな。交戦はやむをえないか。

「ラフタリア、錬、お前等は俺がアイツ等の動きを止めると同時にスキルを放て！　セインは似たような糸使いの動きを妨害！　残りの奴は他の連中の動きを止めろ！」

「わかりました！」

ラフタリアが腰を落として、いつでもスキルを放てるように構えた。

「尚文！　気を付けろ！　そいつは――」

俺と交戦したいのか盾を持った奴が俺に向かってくるので、俺も盾を構えてスキルを唱える。

「「エアストシールド！　セカンドシールド！」」

何!?　そのスキルは!?

腹と背中に見覚えのある盾が出現して俺を挟み込もうとしている。

同時に俺の出した盾も全身鎧の奴を挟み込もうとするが――俺の肩を掴《つか》んで拘束しようとしてくる。

「今だ！」

更に二枚の盾が俺の回避を妨害するように脇に飛んでくるので、こっちもフロートシールドの二枚で受け止めた。

ギギギと盾同士がぶつかる音が響き渡る。

直後、全身鎧の仲間である亜人が剣や槍《やり》で攻撃してくる。

「は！」

気を練り込んで『壁』を生成させて動きを阻害。

「はあ！　霞《かすみ》一文字！」

ラフタリアが素早く回り込んでスキルを全身鎧の首目がけて放つが、ガツッと何か壁に当たったような音がして遮られる。

「な、これはナオフミ様と同じ――」

「ラフタリア、ラフちゃん、下がれ！　錬！」

「はい！」

「ラフ！」

俺の指示を受けて即座にラフタリアとラフちゃんは後方に下がった。

そして俺の考えを察した錬が苦しそうな表情で言った。

「く……尚文！」

「ああ、気にするな！　そのまま俺ごとぶちかませ！」

「わかった！　ハンドレッドソードＸ！」

錬に命じて剣を降らせるスキルを使わせる。

「「流星盾！」」

バキンと、俺と同じスキルを放つ奴と同時に流星盾を展開して、錬のスキルを受け止め……きれずに降りかかる。

錬が意識的に俺よりも敵寄りに降り注がせていたお陰で深手になることはなかったが、俺も少しばかり攻撃が貫通している。

錬の奴、ちょっと見ないうちに随分強くなったな。

スキル強化なしで受け止めるもんじゃない。

気を張り巡らせていたお陰でどうにかなったが、何度も受けたらスタミナがもたない。

「ナオフミ様！」

「尚文！　なんで!?」

なんで弱いスキルのままで受け止めたのか、って顔をされている。

「面倒な事情がある。だが、今は戦闘に集中しろ」

「味方ごと攻撃するだと!?」

おお、俺よりも受けたダメージがでかいはずなのに随分と元気そうじゃないか。

なんか非常に腹立たしいな、おい！

「味方をなんだと思ってんだ！」

「ち、ちが……」

盾を持った全身鎧の奴が憤慨した声で錬に敵意を向けた。

敵に糾弾されて、錬が迷ったような表情を浮かべている。

「誤解があるようだから補足してやる」

俺は錬を庇《かば》うように言う。

「錬は俺がしっかりと耐えきれるだけのスキルが使えると思って放ったんだよ。味方の攻撃よりも防御が高けりゃ耐えきれるだろ？　それに耐えきれないならこうすればいい」

『我の良いところ♪』

ああ、お前のアシストは便利だよ。

それは評価してやる。次に会った時は、しばらく撫《な》でまわすくらいは許可してやってもいいかもしれないな。

「リベレイション・ヒール！」

俺の周りに光が発生して痛みが即座に引いていく。

痛みで詠唱が上手《うま》くいかないなんてこともあるが、魔竜のアシストが加わったお陰で相当追い込まれない限りはどうにかできそうだ。

「これでわかったか？」

「自分ごと攻撃させるなんてめちゃくちゃだ……」

まあそうだよな。俺もそう思う。

ゲームみたいに味方にはダメージが入らないなら問題ないが、実際はタダでは済まない。

俺もできるなら味方の攻撃になんて当たりたくないが、そうも言ってられない時だってある。

「錬、畳み掛けるぞ！　もう動きは抑えたようなもんなんだからな」

「させるわけにはいかない！」

そこでセインに足止めをさせようとしていたハサミを持った奴が……背中から光り輝く蝶《ちょう》のような翼を展開させて無数の糸を出す。

「ソードワイヤー！　スパイダーポイズンウェブ！」

「な――」

スパッと、セインの頬《ほお》が切れ、血が垂れる。

辛うじて防いだけど攻撃の威力を殺しきれなかったってことか？

「クエエエエ！」

「うん！　魔法が出来た！」

「合唱魔法『竜巻』」

ヒヨちゃんとウィンディアが力を合わせて魔法を発動。俺達目掛けて上空から真空の風が降ってくる。

「そんな魔法で阻止できると思わないでほしいわ！」

バチバチと魔法と糸がぶつかる音が響き渡る。

「剛刀・霞十字！」

ラフタリアが糸に刀を振り下ろすが火花が散っただけだ。

くそ、えらく頑丈な糸だな。

「はあああああ！」

「く……」

錬が両方の手にそれぞれ剣を握りしめて、ハサミを持った奴と鍔迫《つばぜ》り合いを始める。

盾を持った全身鎧も厄介だが、あっちも相当厄介だ。

「鳳凰《ほうおう》烈風剣Ｘ！」

「は！」

錬の必殺のタイミングで放たれた火の鳥を放つスキルを、ハサミを持った奴が錬の肩に手を置いて前転するようにして避《よ》けた。

すごく動きが良いぞ！　サディナ並みの化け物か！

「シールドバッシュ！」

バシンと、盾を持った全身鎧が俺に向かってスキルをぶちかましてくる。

少しばかり失神する効果があるらしいが、それなりに強い相手にはめまいしか起こさない微妙なスキルだ。

衝撃……俺が放った時よりも威力があるように感じる。

む？　これは内部に気が混ぜられているな。

気が使えるってことなのか？　だが、練り込みが甘い！

体の中で気を導いて奴の中に返す。

「ぐっ……器用な真似を！　ふん！」

盾を持った全身鎧の奴がドンと後ろ脚を踏みしめると、俺が返した気を足元に逃がした。

衝撃が地面に響く。

どうやらあっちも、かなり気を使えるみたいだな。

……こっちはコイツを抑えておくので精一杯か。

「エクレール直伝！　多層崩撃！」

錬がそんなやり取りの合間に、ハサミを持った奴に向かってエクレールが放ったことがある技を放つ。

これは技だからスキルとは異なり、クールタイムを挟まない。

しかし、その多層崩撃の技は避けられてしまった。

「からの……リベレイション・マジックエンチャント！」

避けられることを前提にしていたのか、錬はそのまま魔法を発動させた。

剣を上空に掲げると、消えかけていたウィンディアとヒヨちゃんが唱えた合唱魔法が剣に集約していく。

「トルネードエッジ！　尚文、今度こそ下がれ！」

「わかった！　エアストシールド！　セカンドシールド！　ドリットシールド、チェインシールド！」

周囲に盾を展開させつつ、チェインシールドで盾を持った全身鎧の奴を拘束しようと試みる。

が、俺が手を放すと同時に相手も大きく距離を取りつつ……。

「エアストシールド！　セカンドシールド！　ドリットシールド！　トライバリア！」

俺の盾による拘束を三枚の盾で、流星盾とも異なる結界を生成させて受け止めながら下がった。

「真空流星剣X！」

俺が距離を取るのに合わせて、錬がハサミを持った奴と盾を持った全身鎧に向かって魔法を宿したスキルを放つ。

真空の刃《やいば》と化した無数の強力な星が竜巻となって敵目掛かけて飛んでいき……地面が抉《えぐ》り取られる。

辺りに土煙があがった。

「尚文、大丈夫か？」

「問題ない」

だが、これで相手にトドメをさせたかというと少しばかり怪しいので、警戒を強める。

避けられた可能性だってそこそこ高いしな。

「シールドブーメラン！」

土煙の中から円盤のように回転する盾が飛んできたので、こちらの盾で弾《はじ》く。

先ほどと同じく気が混ぜられている影響か、それなりに衝撃があった。

「……なんて威力だ」

「こっちも引けない」

砂煙が晴れたところで相手がまだ生存していることを確認し、俺は内心舌打ちをする。

無駄にタフな奴等だ。いや、避けられたと言った方が正しいか。

「次こそ当てる！」

「――その必要はないでごじゃる」

その声の方角を見ると、盾を持った奴の仲間らしき亜人の一人の首筋に影が後ろからナイフを突き付けていた。

「ひ……!?」

「動くと危ないでごじゃるよ？　力でどうにかできるとは思わないことでごじゃる」

一体いつの間に……。

「く……卑怯《ひきょう》な」

なんか人質を取るのって、昔タクトがやらかしたことを思い出して嫌な感じがするな。

まあ、今更善人面《づら》をするつもりもないが。

「戦いを仕掛けてきたのはそっちでごじゃる。場合によっては人質を解放するでごじゃる」

「何が目的だ!?　彼を放せ！」

……そのまま攻撃してきたりはしないのな。

影が人質に取っている亜人は男だ。もし波の尖兵《せんぺい》だったら人質を取ろうが、尊い犠牲とかいって攻撃してきそうだ。

しかし、盾を持った奴は動かない。そばにいるハサミを持った奴もだ。

ラフタリア達も状況を察してか、攻撃をやめて警戒態勢に移っている。

これなら会話くらいはできそうだな。

「まずは、どうして襲ってきたのかの理由を聞きたいでごじゃるな。それとも貴殿達は波の尖兵でごじゃるか？」

人質を取られて動けなくなった連中に影が尋ねる。

「違う！」

堂々とした態度で盾を持った全身鎧が答えた。

「ではなぜ戦闘をしているでごじゃるか？」

「それは……剣の聖武器の勇者が俺達の世界に乗り込み、盾の聖武器を模した武器も導入して俺達を殺そうとしているからだ！」

「だそうでごじゃる。どうするでごじゃるか？」

影は俺に向かって聞いてきている。

剣の勇者が乗り込んできた？

なんで戦っているのかさっぱりだったが、相手が誰かと勘違いしているみたいだな。

「生憎《あいにく》とこの盾は模したものではなく、本物の盾の聖武器だ。それと乗り込んできたわけじゃない。こっちは何かしらの事件に巻き込まれてここにいる」

俺の盾が偽物ならさっさと手から離れろって言いたい。

「それを信じろというのか！」

「まあ、信じろってのが難しいのはわかっている。俺達の言葉が嘘《うそ》か本当かはお前等が決めればいい。それよりも聞かせろ。お前等は何者だ？」

俺の盾と同じスキルを使う全身鎧の男。

コイツの正体だけでも知る必要があるだろう。

少なくとも味方を人質に取られたら動けなくなる程度には仲間を大事にしているのはわかる。

そして、あっちは俺が盾の聖武器の模造品を使っていると言った。

「……」

俺の質問に、盾を持った全身鎧の奴とハサミを持った奴が視線を交わしてから、ハサミを持った奴が一歩前に出てから言った。

「私の名前はレイン。こことは異なる異世界で裁縫道具の眷属器《けんぞく》に選ばれた勇者よ。故あって彼と協力関係にあるわ」

「裁縫道具?」

セインの方に目を向けると、とても驚いたように目を見開いている。

同じ武器の眷属器があるってことか。

そりゃあ波が発生して異世界同士がぶつかるわけだから、ありえない話ではないよな。

「奇妙な偶然だな。コイツも裁縫道具の眷属器の所持者らしいぞ? 生憎と出身世界は滅びているらしいがな」

セインがハサミをわかるように見せつける。

そして、相手が持っているハサミと全く同じ形状のハサミに形を変えた。

名前も姉妹かってくらい似てるもんな。

ただ、背中に翼が生えてたりするし、武器自体は元気そうだから、違いは多い。

「妙な偶然が重なるわね?」

「ああ」

で、今度は俺達に名を名乗れとばかりに指差される。

しょうがない……俺は名を名乗れと言った口で自分は名乗る必要がない、なんてほざくどこぞの波の尖兵とは違うからな。

「俺の名前は岩谷《いわたに》尚文。日本から召喚された四聖勇者の一人、盾の勇者だ」

俺の自己紹介に合わせて、全身鎧を着ていた奴が兜《かぶと》を脱いで俺達に素顔を晒《さら》す。

パッと見は好青年って雰囲気だ。しかし美形というわけではない。温和そうな顔つきっていうのか?

年齢は……俺と同じくらいだろうか?

「俺の名前は城野守《しろのまもる》、同じように日本から召喚された盾の勇者だ。この世界を襲う波を乗り越えるための戦いをしている。どこの世界から迷い込んだのかは知らないが早く帰った方がいい」

その言葉を聞いて、影が人質を解放して大きく距離を取りながら俺達の方に来る。

あちら側も人質が解放されて一安心ってところか。

「……盾の勇者、ね」

使ってくるスキルからして、おそらく嘘は言っていない。

ここがどこなのか……いや、どこの世界なのかは知らないが、同じ聖武器があったとしてもおかしくはないだろう。

考えてみれば武器の種類なんてそう多くはないんだし、被《かぶ》ったとしても不自然じゃない。

むしろ絆《きずな》達の世界と合わせて計二十三種が違った武器だったことの方が奇跡だ。

で、この盾の勇者は錬とは違う、別世界の剣の勇者と敵対関係にあると。

念のために桜天命石の盾が使用できるか確認する。

勇者相手だとこの武器が使えると効果が高い。

ふむ……使用することはできそうだな。交渉が決裂したらぶちかまそう。

「同じ勇者ってことか」

「ああ、盾の勇者」

「そうだな。盾の勇者」

……これはセインの姉勢力の所為《せい》で、どこか別の異世界に飛ばされたと判断するべきだろう。

Lvが据え置きなのは類似性が高いから……とかだろうか。

色々と辻褄《つじつま》は合わないが、仲の悪い世界同士の抗争に巻き込まれた、とかかな。

ふと……俺ともう一人の盾の勇者の盾が呼応するかのように核の部分が光った。

まるで盾が信用しろと言っているかのように……。

こうして二人の盾の勇者が出会ったってことになるのか。

「ん？　四聖？」

「四つの聖なる武器の勇者ってことで四聖勇者だ」

「そっちでは聖武器が四つもあるのか？」

盾の勇者、城野守とやらはそう聞いてきた。

……少なくとも俺の見てきた世界には四つの聖武器とその眷属器が存在する。

しかし、この世界では違うらしい。

俺達は一体どんな世界に迷い込んだんだ？　とりあえず話を続ける方がいいか。

「推測によると過去に二度、波を経験した所為で四つの世界がくっ付いて聖武器の勇者が四人になったんだろうって話だ。誤解を招きそうだから補足すると、波という世界融合が完了して二度目が過ぎ、三度目を経験しているって意味だ」

「そうか、俺達の世界とは随分と理屈が異なるんだな。こっちでは双聖の勇者とか聖武器の勇者と呼ばれる。お前達の理屈だと二度目の波だな」

ふむ……やはり異世界に来てしまったと判断するのが正しいようだ。

セインの姉め！　罠《わな》に嵌《は》めてくれやがったな！

そこで、異世界の盾の勇者が錬の方に視線を向ける。

「ああ、この剣を持った奴は剣の勇者で天木《あまき》錬。勇者仲間だ」

戦闘継続の意思はないとばかりに錬も構えを解いている。

相手側もその辺りを察したのか、近づきこそしないが話をする気はあるようだ。

「そうか……話を聞かずに戦いを仕掛けて申し訳ない」

まあ状況が状況だしな。

だが、ここで簡単に謝罪を受け入れたら後々どんな不利になるかわかったもんじゃない。

「こっちが戦闘意志がないんだから、攻撃をいったんやめりゃよかったんだよ。錬は話し合いをしたがっていただろ」

「……」

あっちの勇者も自らの非を感じているのか、申し訳なさそうに視線を逸《そ》らす。

「マモル……？」

ラフタリアが守を見ながら呟く。

「どうした？」

「いえ……」

「あの……彼女は？」

守がラフタリアを指差して尋ねてくる。

「ああ、俺の右腕として共に戦ってくれているラフタリアだ。持っている武器はここことは異なる異世界で手にした刀の眷属器だ」

「随分といろんな武器を持っているんだな」

「それはお互い様だろ？」

俺はレインとやらに視線を向けながら答える。

「そうだな……しかし、知人によく似ているので驚いた」

守はラフタリアを見ながら言っている。

ラフタリアに似た奴、ね。

「ほう……妙な偶然があるもんだな」

「その知人は東の海の先にあるクテンロウから来たらしいが、君はこの世界から召喚されたのか？」

「え？」

「……は？」

今、クテンロウって言ったか？

「ラフタリアの両親みたいに国を捨てた奴の子孫とかがこっちの世界に召喚されたってことか？」

実は召喚に巻き込まれた遠縁の血筋が生き残っていた……とかならありえるかもしれない。

勇者召喚が現代日本だけじゃないとシルディナの件で明らかになっているしな。

「クテンロウを知っているのか？」

「俺達の世界にある国名だぞ？」

「こっちの世界にもあるぞ？」

……？　どうも会話が上手くかみ合っていない気がする。

何かを根本的に勘違いしているような感じとでもいうのだろうか。

「あ！」

ラフタリアも守の方を見てから、驚きの表情で俺の方を向いた。

「マモル……いや、まさか……」

エクレールも相手の名前を聞いてから何度か首を傾《かし》げている。

ラフタリアとエクレールが気になるってことは、有益な情報に繋《つな》がりそうだな。

「何か知っているのか？」

「いえ……ありえない話だと思います……」

「リーシアの時もそうだっただろ？　今は何が起こっているのかを知りたいんだよ。ありえないという固定観念は邪魔だ。正しいかどうかは俺が判断する」

「わ、わかりました」

ラフタリアはエクレールと見つめあってから、呼吸を整えるようにして答える。

「四聖勇者の伝説っていろんなお伽噺《とぎばなし》として語られるのですが……前回の災厄の波で活躍して信仰

の対象となり、シルトヴェルトの創始者としても有名な盾の勇者がマモルという名前なんです」

八話　信仰される勇者

「何!?」

俺はもう一人の盾の勇者の方を見て、驚きの声を上げた。

ラフタリアの言葉通りありえないと思うが……中途半端に使用できない強化方法、異世界転移したにしてはＬｖが初期化しない現象、絶滅した魔物、そしてフォウルやメルティが見覚えがあるような気がすると言ったこと……その謎が一つに繋《つな》がったような嫌な感じがした。

「どうしたんだ？」

「ああ……城野守《しろのまもる》とかいったな。お前も現代日本出身なんだよな？」

「そのつもりだが……」

「なら理解できるか。どうやらな、俺達はお前等からすると遥《はる》か未来から、罠《わな》に掛かってタイムスリップしてきてしまったという可能性が考えられる」

「つまり……」

「ああ、俺からするとお前は……波に挑む先代の盾の勇者ってことになるのかもしれん」

俺の言葉に守は半信半疑といった表情で俺達を見る。

「未来から……だが、異世界召喚が実際に存在するんだから、時間跳躍がありえない話では……」

「ないかもしれないだろ？」

理解が早くて助かるが、他の連中は事態に追いついていない。

揃《そろ》って顔を見合わせて、俺達が何の話をしているのかと首を傾《かし》げている。

どこをどうしたら、世界同士が融合しようとしている波が発生している状況で過去に飛ばされる事態になるんだ？　この手の時間的な問題ってかなりややこしいことになるんだぞ？

「それを証明する手段はあるのか？」

「さあな。創作物みたいに未来で起こることを予知すればいいのかもしれないが、俺達の時代じゃ色々と資料が消失していてお前等はお伽噺《とぎばなし》の登場人物扱いだ。どれが事実なのか、大きな出来事以外は明確に言い当てる手段はない」

こういった時に四聖勇者伝説に詳しい奴が話をしてくれたりするといいのだろうが……生憎《あいにく》と神を僭称《せんしょう》する者の所為《せい》で、俺達の世界じゃその伝説が実際に起こったことなのか創作なのかよくわかってないんだ。

「仮にお前が先代の盾の勇者だとするなら、後にシルトヴェルトっていう亜人の国を建ち上げる人物だってことくらいだな」

「シルトヴェルト……」

「俺達が色々と事情を説明するくらいしか、お前等が信用できる材料を提示することはできないだろうな」

「……わかった。君達が俺達と戦う気がないなら、こっちも戦う理由がない。しっかりと事情を教えてほしい」

だが……と守は俺に言った。

「もしも本当に未来から来た場合、その未来が変わってしまう可能性があるんじゃないか？」

「そこなんだよな……俺達が過去に来ることも含めて、既に歴史に織り込まれているなら何をしてもいいんだがな」

それこそ死ぬ運命にある人物を助けて未来をより良くする、とかな。

どっちにしても色々と事態を把握しなくちゃ始まりそうにない。

「ところで先代（仮）」

「妙なあだ名をつけてくれるなよ……」

「気にするな。事実だとわかったら（仮）は外してやるからさ。とりあえずそっちが暴れたり罠に掛かけたり、こっちを攻撃してくるようなことがあったら容赦はしないってことをしっかりと認識しといてくれ」

警戒はしているが、争っても始まらない。今は事実確認をするのが先決だ。

コイツ等と村の連中や他の奴等と話をして、状況確認をするしかできることはないんだからな。

「同じ盾の勇者だ。弱点だってお見通しなんだ。もし妙な真似をしたら何倍もやり返すだけだ」

「随分と警戒心が強いな」

「そうでもしないと次の時代じゃ生き残れなかったんでね。性根が腐った連中が多いんだ、どこの世界もな」

「すまない……」

ここで錬《れん》が俺に頭を下げてきた。

今はお前に嫌味なんて言ってねえだろ！

「調子に乗って力になれなかった」

「錬、お前は別にいいから話に混ざってくるな」

そんな会話をしていると守は神妙な顔つきで言った。

「……わからなくもない」

何やら心当たりがあるように頷《うなず》いている。

「自らの利益のために勇者を利用したり罠に嵌《は》めようとしたりする奴はいる。勇者の全てが正しい選択をしているわけでもない」

「ああ、こっちでも波の厄介な侵略行為が判明してるのか？」

俺の質問に守は頷く。

この時代にわかっているのに、なんでその情報が未来に残っていないいんだよ。

まあ波の尖兵《せんぺい》共が上手《うま》いこと隠蔽《いんぺい》したんだろうが。

「俺も召喚当時は色々と巻き込まれた。酷《ひど》い連中はどこにでもいるんだな」

まあ、そもそも他世界の連中に頼るって時点で何かが間違っているんだろう。

口にすると自分に返ってくるから黙っているがな。

そんなわけで俺達はより事態を把握するために、村へ守達を案内することにしたのだった。

「……こんなところに村なんてなかったはずだ」

守が村を見た直後、納得したように頷いた。

境界線みたいなものまであるし、俺達の方がイレギュラーな存在だということは証明されたな。

「ナオフミ、お帰りなさい」

「兄貴達！　帰ってきたか！」

メルティとフォウルが俺達を見つけて駆け寄ってきた。

が、守とその仲間達を見て、誰なのかといった様子で俺を見る。

「その武器の形状……話によると未来の小手の勇者か」

「仮定の段階ではあるがな」

「兄貴、コイツ等は？」

「ああ、その件で色々とあってな」

俺はメルティやフォウル、村の連中に守達を紹介し、もしかしたら過去の世界に来てしまったのかもしれないと説明した。

「誰か盾の勇者の伝説に詳しい奴はいないか？　その辺りから手がかりを得たい」

「お伽噺としてなら色々と語れることはあるわよ。ただ……」

それからメルティは何やら内緒話をしたいというように俺を手招きする。

今の状況での密談は相手の印象に悪影響があるんだが……。

「未来には変わった魔物がいるんだな……」

「ラフー」

「なーにー？」

守達の意識はラフ種とフィロリアル共の方に向いている。

亜人と一緒にいるというのも含め、もしかしたら動物好きなのかもしれない。

……話を聞くなら今か。

「で、奴等に言えない話ってのはなんだ？」

「波で召喚されたナオフミの先代の盾の勇者のことならわたしも多少知っているし、母上から色々と教わっているわ。きっと生きていたら母上も喜んだでしょうね」

おお、それは助かるな。

さすがは歴史マニアの女王の娘ってことかね。

「シルトヴェルト創設に関わった一番偉大で信仰の対象となった勇者で、彼をモチーフにした英雄譚《たん》は数々残されているわ。戦う術《すべ》のなかった亜人達に力を授けたとか色々とね」

「本当のことだったら、とんでもない有名人と出会ったことになるな」

あくまで仮定の段階だ。実証する手立てがあるかどうかは知らん。

しかし、ラフタリアの話も含め、どんだけ絶賛されているんだ？

「ただ……ナオフミも知っておいた方がいい話として、光があれば闇もある。シルトヴェルトの敵国だったメルロマルクでは、もっとも嫌われた盾の悪魔……魔王とも呼ばれる勇者よ」

俺を嫌う連中……三勇教とかが口にする呼び名だ。

この前樹《いつき》が捕らえた鎧《よろい》もそう呼んでいた。

「……盾の魔王、ね」

まあ、それはしょうがないだろう。

樹やリーシアが思い悩む正義と悪の認識の違いだな。

どちらが正しいかなんて、その時の価値観次第でもある。

そして、どちらかの味方をしたらもう片方の敵になるということだ。

利権とか色々と関わってきたら、当然のように出てくる問題だ。

「母上が前に零《こぼ》していたわ。世界の勇者伝説でメルロマルクよりも前の国の記述を探すと盾の勇者がある時、突然出てくるようになったって。おそらくそれまでは存在しなかったんでしょうね」

……やはり波による世界融合の影響だろう。

過去に起こった波の時点では盾の勇者なんていなかったんだろうし。

「メルロマルクになる場所は剣と槍《やり》の勇者がいた世界ってことだな？」

「でしょうね……その二人の勇者伝説は弓の勇者よりも多いわ。それに父上の血筋を遡るとわかるんだけど、槍の勇者が始祖の家系なのよ」

あー……確かクズって元々ランサーズとかランサーローズとか、そんな名字だったとか女王が言っていた覚えがある。

元康《もとやす》を優遇していたのはそういった理由もあったのか。

「どちらにしても俺達が未来から来たかもしれないってことを検証したいんだ。メルティ、守達に知っていることを話してみてくれないか？」

「わかったわ」

さて、メルティとの内緒話は終わった。

次は……フォウルが見えたので声を掛ける。

「フォウル」

「なんだ兄貴？」

「お前なら血筋的にアイツが知りたいだろう話ができるかもしれないから、メルティと一緒に盾の勇者について話してくれないか？」

なんだかんだ言ってフォウルはシルトヴェルトの代表種族の一つであるハクコ種だ。

種族的に代々語り継ぐ物語とかきっとあるだろう。

「それくらいなら……」

というわけで、村の魔物達に意識が向いていた守達にメルティとフォウルを紹介する。

「よくおいでなさいました、盾の勇者様。わたしはメルロマルク国の女王をしているメルティ＝Q＝メルロマルクと申します」

ここぞとばかりにメルティが公務時の態度で一礼して守達に声をかける。

見たことがないわけじゃないけど、普段を知る俺からすると何か違和感のある態度だよな。

「あ、ああ……メルロマルク？　やはり聞いたことがない名前の国だな」

「おそらく、この時代には無い国の名かと……世界も異なるかと思われます」

「今は無い国の女王だから普通の少女にジョブチェンジだな、メルティ」

ゴスッと、メルティがここぞとばかりに俺の脇に肘鉄《ひじてつ》をかましてくる。

残念ながら俺は盾の勇者だからな。全然痛くない。

しかし、接客中に器用なことをするな。

「……」

守がそんな俺達の態度に引いてるぞ。

「小手の勇者をしているフォウルだ。シルトヴェルトに関して、この村では詳しい方だと思う」

続いてフォウルも守に自己紹介を行い、話を続ける。

「話は私共の知る盾の勇者であるナオフミ＝イワタニ卿から聞いております」

うえ……俺の名の後に卿とか付けられたぞ。

すごい貴族っぽいフレーズ。鳥肌が立ってきた。

メルティも相変わらず公務時の気色悪い態度を続けている。

「マモル様が確証を得られるかどうかはわかりかねますが、物語として語られる盾の勇者の話なら数多くできると思います」

「うん、できれば教えてほしい。こっちも事実かどうかの確認がしたいんだ」

そんなわけでメルティとフォウルが代表として守達に盾の勇者の話をする。

概要としては、弱小だった古代シルトヴェルトに召喚された盾の勇者であるマモルは国民に戦う術を授け、世界を救うために波に挑み、危機的状況を乗り越え、世界を存続させたって話になるみたいだ。

戦う術って、勇者の加護を考えるとそんなに難しいことじゃないだろうな。

一応、エピソードごとに色々とあるみたいだけどさ。

英雄譚の全てを細かく語ると時間がな。

興味がないわけじゃないが、どこまでが真実なのか……。

「他国の侵略行為に怒り、盾の勇者マモルは仲間と共に力を合わせて退け――」

「その話は調べたら語れる話だ」

「では実際の話ですか？」

「うん」

「では次の話ですね。古代シルトヴェルトは盾の勇者様から戦う術を授けられた者達で構築されたと語られており、その恩威をもっとも受けたのが代表四種……ハクコ、アオタツ、シュサク、ゲンムの四代表とされております。そう、小手の勇者様がその代表の一種、ハクコの血を継いでおられますね」

メルティがそう話をしてから、フォウルの方を手で示して視線誘導する。

「ハクコ……？」

「いないのか？」

「こんな種族はいないはずだが……」

どういうことだ？　ここが過去ならハクコ種もいるはずだ。

まあ、このあと俺達の時代までに生まれた種族なのかもしれないが。

「なんかマモルっぽい名付け方じゃない？」

レインが楽しげな様子でフォウルをじろじろと見た後に呟《つぶや》く。

「し、失敬な！」

「でも、マモルなら名付けそうな名前だと私は思うなー」

「レイン！」

「ああ、ネーミングセンスが悪いのか」

コイツか……このセンスのない種族名を付けた勇者は。

「漢字を弄《いじ》っただけの呼び名だろ？　何かに仮の名を付ける時にそういった癖があるんだな？　犬系の魔物にケンとか名付けてそうだ」

「そ、それは……」

守は気まずそうに視線を逸《そ》らした。

「ピンポーン！」

正解とばかりにレインが俺を指差している。

やはりそうか。

「何かあると二号とか付けるナオフミ様も大概だと思いますが……」

ここでラフタリアが俺へ誤射！　図星なだけに回避は難しい。

「俺はいいんだよ。歴史に名が残ることはきっとないからな」

あくまで、名乗らなかったりする奴に名付ける仮の名なんだからさ。

基本的には敵ばかりだし。

「ウィンディアちゃんを心の中で谷子とか呼んでいたり、ルフトくんを私の従兄弟《いとこ》だからって従兄弟と呼んでいたのにですか？　仮に私達の活躍で世界が平和になった際、ウィンディアちゃんの名がナオフミ様が呼んでいた方で残らないと言いきれますか？」

「う……ラフタリア、言うようになったじゃないか」

「もう付き合いも長いですからね……このやり取りを前にもしましたね」

なんか二人で遠い目をしたくなるな。

思えば遠くに来たものだ。遠すぎてウンザリするけどさ。

「魔竜さんの城に行った際に名乗らなかった人がいましたよね。あの人をなんて心の中で呼んでました？」

ラフタリアも食いついてくるな……もしかして結構気にしているんだろうか？

名前を覚えるのが得意な分、気になるとか。

「クールを気取っていたから錬二号と名付けたぞ。正義感が強かったら樹二号だったんだがな」

「おい。それって昨日教えてくれたあっちでの出来事だよな？　敵に俺達の名を付けて内心呼んでいたのか!?」

錬がここぞとばかりにしゃしゃり出てくる。

「しょうがないだろ。相手が名乗らなかったし、昔のお前に似た調子に乗った奴だったんだから」

今のお前はしっかり皆と連携しているし、仲間想いだけどな。

もはや別人だ。

「く……わかってはいたし反省はしているけど、いつまでも付き纏《まと》う問題なのか！　次に似た雰囲気を持った奴には三号と付けたりするんだな？」

「当然だろ？　元康とクズは三号までいるぞ。クズ二号は真っ二つにされ、クズ三号は筋肉達磨《だるま》になった後、檻《おり》の中だがな」

「……誰かわかりました。でも三号は女性じゃないですか！」

あ、ラフタリアが額に手を当てて嘆いている。

ちなみに元康三号はテリスだ。

やがて何かに気付いたのか、ハッと俺に視線を向けてから言った。

「ちょっと待ってください。前も疑問に上がってましたが、クズ二号の名前をナオフミ様は――」

この質問に答えるわけにはいかない。ラフタリアが確信する前に話を逸らそう。

本音で言うとツグミの想い人である波の尖兵なんてどうでもいい話だしな。

ツグミも今は絆《きずな》一筋だろう。

おや？　俺の脳裏で、絆とツグミが揃って首を横にぶんぶん振っているが違うだろうな。

本人達は百合百合《ゆりゆり》しているしな。で、グラスが間に入ってラブコメになる。

「ふむ……イワタニ殿の場合はもととなった人物を知っていれば、どんな印象の者なのかがわかりやすいな。人を覚えるのによさそうだ」

「エクレール!?　これは参考にしていい話じゃない！」

ここでなぜかエクレールがボケる。

錬がめちゃくちゃ驚いているぞ。

「なんで谷子？」

お？　ここで守が食いついてきた。

同時にウィンディアが渋い顔になったな。

「知りたいか？」

「なんとなく……」

「ふむ……日本から来たといっても同じ日本とは限らないことが俺達の間でわかっていてな。通じるかどうかわからんが」

俺は村にいる元がキャタピランドだったラフ種を手招きして、ウィンディアの背後辺りに行くように指示する。

「そこで芋虫姿」

ボフンとキャタピランドが昔の姿に化ける。

「村に馴染《なじ》んでいなかった頃のウィンディアや村の連中が俺に隠れて魔物を育てていてな。俺にばれた際にそれを隠すように体を張って、魔物はいないと言い張ったんだ」

あ、守がその光景を想像して目を細めている。

遠い目をしているのは気の所為じゃないだろう。

「その反応からするとお前の世界にもあるのな」

結局、勇者はどこかオタクな奴が召喚されるって慣例があるのだろう。

有名アニメなんだけどさ。

考えてみればアニメなんてもう随分と見ていない。ちょっと懐かしいな。

「だから谷子か……」

「勇者同士でしかわからない会話をされるのは嫌！」

「じゃあ錬に聞いて理解を深めろ」

「嫌！」

即座に答えられた……錬はウィンディアに嫌われてるな。

「理解を深めるためにどっかの勇者が話を持ち込んだりしているかもしれないぞ？」

「なんか……見覚えがある気がするわ」

メルティが呟いている。

王族だからな。きっとどこかの劇とかで見たことがあるのかもしれない。

「あの……この流れだと、ウィンディアちゃんの名前が歴史上で谷子になっちゃいますよ？　そうしたいんですか？」

ふむ、確かに名の由来を広めたら、後の歴史でウィンディアは間違いなく谷子となってしまうな。

「絶対やめてね！」

「わかったわかった」

「ナオフミ様に協力する場合、絶対に名乗ってください。じゃないととんでもないことになります」

ラフタリアも敵のあだ名は容認してくれるのな？

ま、言っても名乗らない奴は名乗らないからな。

へたすりゃ偽名を名乗るだろうし。

そっちの方がまだマシか？　バレたら偽名野郎のレッテルを貼るがな。

「って話がずれてるな。ハクコ種はいないのか」

「……」

守が何やら黙り込んでいる。

「ただ、これは……知ったらいけないことなのかもしれないがな。お前が未来で行う新発見の種族かもしれない。どこか人里から離れたところに隠れて生息している強力な種族みたいにな」

「そういった物語もあるわ」

おお、メルティの補足まである。

あれだ。どこぞの変幻無双流みたいに、波の尖兵の影響で数を減らしているとかな。

で、運良く生き残るって感じだ……まあ憶測《おくそく》でしかないが。

クテンロウみたいに鎖国をしているとか、どこかに封印されているのかもしれない。

恩着せがましく守が親しくなって抱え込んだとかかな？

もしくは波って現象を利用して移民を受け入れたなんて可能性もある。

波の所為で色々と歴史が歪《ゆが》んでいるから、何が正しいかわからん。

「やや半信半疑なところはあるが……」

「ネーミング的にマモルっぽいから私は信じようかな」

レインが軽い調子で言い切る。

「疑っていても始まらないし、戦う気もないようだ。正直、総出で不意打ちもありえると思っていた」

まあ、俺達が侵略者だったら、そういう手を使ってもおかしくはない。

それこそ全員でコイツに総攻撃を仕掛ければ倒せるかもしれないし。

「それはお互い様だろ？」

「……そうだな。とりあえず来訪者として俺達は君達を受け入れることにするよ。できる範囲で協力もする。ちゃんと帰れる術を探した方がいい」

「ああ」

「ところであの背中に羽の生えた者達は？」

「ん？　フィロリアル共か？」

「……フィロリアル？」

守が何やらフィロリアル共を見て、眉を寄せている。

何か気になることでもあったのか？

「その反応を見るに、こいつ等もこの時代にはいないみたいだな。馬車を引くのが好きっていう変わった魔物だ。未来じゃ割とどこにでも野生のフィロリアルが生息しているぞ」

移動用から食用まで用途の広い生物だ。

残念ながらフィーロのように飛べるフィロリアルはいないがな。

「フィロリアル……ね」

レインまでフィロリアル共を見ながら呟いている。

……ここまで含みがあると何かあるのか疑いたくなるんだが。

「なーに？」

「どうしたのー？」

「んー？」

「気にしなくていいわ。ところで知らないところに来ちゃっていると思うけど貴方達《あなた》は怖くないの？」

「んー……大丈夫。きっと、いわたに達が解決してくれると思う。それでも無理なら、きたむらが助けに来ると思うしー」

「ねー」

能天気なことをフィロリアル共は言っているな。

考えることを放棄してやがる。さすがは量産型フィーロ。

残念ながら元康は過去には来ない。というか来てほしくない。

だけど……アイツならできそうで怖いんだよな。

「話はわかった。俺達は尚文《なおふみ》達の推測を信じようと思う」

守が、そんな会話のやり取りを聞いた後に答えた。

「聞きたいことは山ほどあるんだが、できれば早めに元の時代に帰りたい」

昔の俺が騙《だま》されずに戦い、何の気がかりもない状態でこんな時代に流れ着いたのなら割と興奮するような状況だったんだろうが、今は帰ることを優先したい。

時間を移動させるような攻撃を仕掛けてきたんだ。

おそらく元の時代ではセインの姉……ヴィッチ勢力が暴れ回っているだろう。

そんな状況を放置しておくわけにはいかない。さっさと戻って奴等を仕留めなきゃならん。

「尚文達がこうして状況を説明してくれたんだ。俺達の方の拠点も見てもらいたい」

「気持ちはわかるが……」

俺はメルティや村の連中の方を見る。

俺達が元の世界に戻るにはどうしたらいいんだろうか？

盾に干渉したりラフタリアの刀に転送を頼んだりすれば行けるか？

この時代に来てしまった直後に確認した時にはそれも無理そうだったよな。

なんて考えていると、ラトがここぞとばかりに胸を張っているように見える。

「ふふん……」

ああ、はいはい。絶滅した魔物の生態を詳しく調べたいんだな？　後にしろ。

視線を逸らして守達の方に意識を向ける。

「ちょっと大公。私に頼らないの？」

「ぶっちゃけ古文書解読とかの実績を視野に入れると、ここにはいないリーシアとクズ以外は頭脳担当と見ていなくてな」

ラトって研究者らしいけど、正直なところ俺のところでは魔物の医者って感じで、あまり頼りにしていない。現に異世界の技術の解析もかなり渋々していたし。

フォーブレイ関連で研究をしていたらしいが、タクトに潰《つぶ》されてメルロマルクに流れてきたという実績だしな。そのタクトを仕留めたことに便乗して研究所の施設を増築させたのは知っている。

「偉そうな割に思ったよりも実績がない」

ウィンディアの台詞にラトがムッとした表情で睨《にら》んでくる。

有能なのはわかっているが、事実でもあるだろ。

「私は後先考えず……検体を大事にしない研究は嫌いなだけなの！　その証拠に大公が気に入っているラフ種の健康チェックとか色々としているのよ？　異種変異のクラスアップによる後遺症を軽減させたりしているんだから」

「なに？　後遺症なんてあるのか？」

「そりゃ当然でしょ。大公、ある日突然、体が別の形に変わったら、上手く動かせたとしてもどこかで不具合が出るわ。私はそんなラフ種に変わった子達の変化適応の手伝いをしていたわよ」

縁の下の力持ちだと主張しているが……うーん。

この手の実績だけで評価するのって地味に難しいんだよな。

とはいえ、やっていることは実に褒めるべき内容だ。適当な回答はできない。

「一応、大公が他者に頼んでいた技術関連も目は通しているのよ？　投擲具《とうてきぐ》の七星勇者であるアイヴィレッド嬢が解読した文字なんかも一応控えを受け取っているんだから。他にも異世界から持ちかえった品々の報告書類とかね」

んー……万能型器用貧乏？　ラトはリーシア二号だったのか。

特化しているのは魔物関連だが、実は他もそこそこ詳しいと？

「あのね大公。錬金術師っていうのは広い分野の知識が必要なのはわかってるはずでしょ？　アクセサリー技術にしろ料理にしろ、その手の実績がある有能な盾の勇者様なら？」

む……ラトの言い分にも一理あるか。

料理に使った魔竜の血とか、カテゴリーでいえば魔法道具系の素材に属する品だったわけだしな。

ラトは博識であるからこそ、今こそ自分の出番だと自己主張しているのだろう。

「「ラフー」」

ラフ種化した魔物共がラトに群がっている。

信用して頼りにしてもいいんじゃないかってことか。

魔物枠からの信用度は俺の次にあるらしいんだよなぁ。

魔竜と会わせたらどんな反応をするのか見てみたい気もする。

「ラフ種共が勧めるならしょうがない。ラト、何かあるか？」

「なーんか非常に引っかかる言い回しで聞いてくるのね」

「正直なところ、ラフ種に勧められてってところで色々と抗議したいのですが、よろしいでしょうか？」

ラトとラフタリアが揃って不快そうだが、頼りにしろと言ったのはお前自身だろうが。

「脱線するからラフタリアの話は後な？　そもそもラフタリアはラトが頼りにならないと思っているのか？」

「いいえ、皆さんの健康診断とかもしてくださいますし、頼りになる方だと思ってますよ」

「じゃあ決まりだな。ラト、何か手掛かりになるものを一緒に探すぞ」

「専門じゃないけど、今は大公のところで詳しいのは私しかいないわけだし、ついでに過去の世界ってところに非常に興味があるわ」

本音が出てきたな。

絶滅しているような魔物がいる状況にラトのような研究者が反応しないはずがない。

何があっても資料が欲しいと思っているんだろう。

「とりあえずラトは来るとして……念のために村の守りは固めておくべきか。総出で行くと罠に掛かった際に逃げづらい」

「俺達を信用していないのか？」

守が眉を寄せて聞いてくる。

「してないとは言ってないだろ？」

そう簡単に信用したって痛い目を見るだけだろ。

「盾の勇者の先輩として忠告をする。盾の強化方法はなんだ？　信頼だろう？」

「む……」

痛いところを突いてくる。

盾の強化方法にあるのが、信頼し信頼されることで能力が上がるというものだ。

信用することが力となる。

ある意味、信頼の勇者とも言えるのが盾の勇者だ。

「わかっちゃいるが、俺は警戒しなきゃ生きていけなかったんだよ」

「未来はどんな暗黒の時代なんだ……俺達の戦いが無意味だと突きつけられたような気がするぞ」

なんか守が嘆いている。

知らんな。お前の実績でどう良くなったのか判断ができない。

そもそも、この世界が何年前なのかすら知らん。

まさか十年や二十年ではないだろう。俺の想像では最低でも百年単位だ。

記録のなさとかを考えると千年いってたりしてな。

シルトヴェルトって建国何年だったっけ?

なんか聞いた覚えがあるはず……少なくともかなり昔だったはずだが。

「あまり気にしない方がいいんじゃなーい?」

レインの方はなんか能天気な返事をするな。

「この場合は人質ってわけじゃないけど、こっちの味方を村で非武装にして預かってもらうとかどう? 何かあったらこっちが困るでしょ?」

「では、私が……」

レインの提案に、守の仲間が頷いて武器を外して両手を上げる。

影に人質にされた奴が真っ先に立候補した。

一歩間違えば最初に殺されるのに立候補……それだけ守を信じているってことか。

「これでいいか？」

「まあ……」

ここまでされたら信じるしかない。

「ナオフミ、わたしも一緒に行くわ。一応、世界の代表なんだもの……こんなところで隠れてなんていられないわ」

珍しくメルティが積極的なことを言っている。

フィーロがいなくて不安だろうに……なんだかんだ言って女王ってことかね。

「それにナオフミ、貴方はわたしが何かあった時に守れないの？」

暗に女王を守れない事態になるような実力なのかと俺を脅《おど》してきやがる。

これもメルティの成長と思っておけばいいのか。

それとも、クズの教育で妙な方向に成長をし始めているのか判断に悩むな。

「はぁ……わかった。メルティの代わりにルフト、お前とフォウルに村の皆を任せる」

「うん！」

本来はメルティと一緒にいさせたいが、状況が状況だ。

ルフトにはメルティの代わりに村の連中を見守ってもらっておこう。

まったく、俺達の陣営にいる奴等は口だけは立派になって……しょうがない。

「メルティ、絶対に俺から離れるんじゃないぞ？」

「ええ、むしろナオフミの近くが一番安全でしょ？」

「あ！　メルティちゃん、ずっりー！」

キールがそこでメルティを指差して文句を言っている。

「騒ぐな！　何が起こるかわからないから、お前等は引き続き村の警護をしつつ俺達が帰ってくるのを待て！　すぐに帰ってくる」

「拙者も同行するでごじゃるよ？」

影がここぞとばかりにメルティに敬礼しつつ答える。

ま、お前なら役に立ちそうだもんな。

諜報《ちょうほう》とか護衛とか、色々な意味で。

「……」

セインも同じ武器を持つ勇者に興味があるのか、一緒に来たがっている。

まあ、放っておいても勝手に付いてくるだろうし、頭数に入れておくか。

そんなわけで俺、ラフタリア、ラフちゃん、メルティ、ラト、セイン、影で行くことになった。

割と珍しい構成なのではないだろうか？

具体的にはフィーロがいないとか、影を連れているとか、ラトが外に出るとか。

メルティを心配してエクレールも同行したがったが、錬のために残ってもらうことにした。

「じゃ、行くわよ」

守と裁縫道具の勇者らしいレインが俺達にパーティー勧誘を飛ばしてくる。

転送人数の制約なんかもあるしな。

「跳躍針！」

「ポータルシールド！」

フッと視界が切り替わり俺達は城の中庭っぽいところに移動した。

九話　古代シルトラン国

辺りを見渡したところ、人々の活気はあってもメルロマルクと比べると建物が古臭く、戦いの爪痕を修復中という印象を覚える。

「ここは？」

「俺を召喚したシルトランという国だ」

「古代シルトラン国ね。古い歴史書に載っているわ。古代シルトヴェルトよりも前の国よ」

ふむ、メルティの補足で多少なりともわかってきた。

ただ……なんていうかメルロマルクとかシルトヴェルトに比べると城が妙にこぢんまりとしているような気がする。

なんだかんだでシルトヴェルトも歴史が進んで豪華になったということなのかね？

「こんな風だったのね。建築方式からするとヴァニラ形式なんでしょうけど……アレ？　ちょっと違うんじゃないかしら？」

メルティが首を傾《かし》げている。

何か違うのだろうか？　というかヴァニラ形式ってなんだ？

「未来に城は残っていないのか？」

「戦火の影響で色々と消失してしまっているわ」

「……またか」

どうせ波の尖兵《せんぺい》が暗躍して後世に残らないようにしたとかだろ。もうその話は聞き飽きた。

しかし、そういった暗い未来の話とか、連中に聞かせない方がいいんじゃないか？

今住んでいる国が後の歴史で消えるとか言われたらやる気が出ないだろ。

「しかし……なんだ？　こう……」

俺からしても言葉を選びたくなるくらい……一言で言うなら城もそうだが、人は多いものの町並みが殺風景だ。しかも波の影響なのか瓦礫《がれき》が多い。

中世っぽい世界だけど、輪を掛けて古い感じとでもいうのか？

絆《きずな》の方の異世界であるラルクの国ともなんか異なる古さ。

というかシルトヴェルトを知っているけど、あの国みたいな西洋と中華が混合した町並みとは違う。造りの粗い石造りと木造の混合家屋が並んでいる町並みだ。

「龍刻の砂時計はあるのかしら？」

「ああ、そこの建物で管理されている」

守《まもる》の指差したのは城の目の前にある建物。

やはり龍刻の砂時計を城の近隣に設置するのはこの世界の常識か。

となると未来での所在地と照らし合わせれば……。

「ナオフミ、多分考えてそうだから注意しておくわ。龍刻の砂時計って川の流れが長い年月で変わるように、位置が移動する時があるから参考にしない方がいいわ」

そんな性質もあるのかよ。地味に面倒臭いな。

「そうか……うーん……」

辺りを見渡してみても未来と繋《つな》がりそうな気がしない。

なんとなく遠くの景色がシルトヴェルトで見た光景と重なるような気もするけど、ここがシルトヴェルトになると言われても、頷《うなず》くのは難しい。

シルトヴェルトの城下町の近くには密林があるんだが……ここはどちらかというとやや荒廃した草原みたいだしな。

まあ、ぱっと遠くを見た感じでしかないが。

「とりあえず城に来てくれ。来訪者ってことで話を通したい」

「ああ」

守の先導で俺達はシルトランという国の城内に入る。

外観と同じくこぢんまりとした城内だな。

メルティが特に違和感もなく歩いていくのでそれに続く。

ここが後にシルトヴェルトになる国なのかね……その割に行き交う亜人はあんまり強そうに見えない。シルトヴェルトに駐在した時の野性的な人種の坩堝《るつぼ》とは異なる、大人しい人種的な雰囲気の者達ばかりだ。

獣人種も小柄なコボルトと呼べるような奴だったりして、大柄な奴がいない。

羊獣人なんかもいるな。

あ、リザードマンみたいなのがいる。シルトヴェルトでも見ない筋肉質なワニタイプだけど。アレは戦闘力が高そう。人数は少ないみたいだけど……。

んー……どちらかといえば、これはクテンロウの人種に近いな。

亜人種も耳や尻尾の形状から考えて、ネズミやイタチっぽい奴が目立つ。

ん？　ラフタリアがイタチっぽい亜人種に目を留めているな。

「どうした？」

「い、いえ……何でもないです」

「ラフー」

ラフちゃんが何やらラフタリアの肩に飛び乗って鳴いている。

あまりキョロキョロするのは失礼だと言っているようだ。

そんな感じで俺達はシルトラン国の謁見《えっけん》の間に通された。

「お帰りなさいませ、マモル様。ハイ」

そこに羊獣人が出迎えてくる。

しかも燕尾服《えんびふく》を着て、「羊の執事」って冗談を言いたくなるような格好をしている。

それと……語尾がすごく気になる。気のせいってことにしておこう。奴とは無関係のはずだ。

「何かあったのでしょうか？　後ろの方々は一体？　ハイ」

「ああ、彼等は故あってこの時代にやってきた、未来の勇者なんだそうだ」

「なんと！　ハイ！」

「で、この人はシルトランの大臣をしている人」

「王様は？」

「城の魔術師の裏切りの所為《せい》で亡くなってしまってね。人望のあった方だったのに……」

俺は裏切りという単語に不快感を抱いて眉をひそめる。

どうしてこうも、この世界では裏切りが多いのかね。

「だから彼が代わりに細かい公務をしてくれているよ」

「亡き王に代わり、シルトラン国を守ろうとする盾の勇者マモル様のために公務をしております」

「つまり守が実質王様代わりってことか？」

「代表ってことで言えばそうなる。とはいっても色々な人達が支えてくれているから飾り的なところがあるけどね」

「メルロマルクにおけるナオフミのポジションと近いかもしれないわね」

「何か必要なものがあるんだったら、彼に言えば大抵のものを用意してくれるよ。まずは国内外の地図がいいかな？」

「わかりました。手配いたしますです。ハイ」

おいおい、地図って割と重要な代物なんだぞ？　地形を知るってことは色々な面で役立つからな。

まあ見せてくれるというなら見せてもらうが、そんなものをおいそれと見せていいのか？

「どうぞ。未来の勇者様」

羊の大臣が命じると、配下のものが地図を運んできて俺達に渡してきた。

何枚か広げて確認を取る。

一応、前にシルトヴェルト内をパレードさせられたから地理はある程度把握している。

うん……国名とか町村のある場所は違うし、国土が随分と小さいけど、山などの地形はなんとなく見覚えがある。

世界地図の方は……全然わからんな。似たような地形があるような気もするが……。

メルティ達にも確認してもらっているが、やはり首を傾げている。

波で融合する前の世界ってこんな感じなのか？

某有名大作、最後の幻想の五作目だと第一世界と第二世界がくっ付いて第三世界が出来るわけだが、そんな感じで世界は混ざるのだろうか？

ただ……クテンロウのある東の島辺りは共通だな。問題は島の形状が描かれていないことで、この先にあるだろうという想像の場所が描かれているっぽい。

「気になったから聞くんだが、その裏切った魔術師とやらは？」

「……敵国である大国ピエンサにシルトラン王の首を手土産に凱旋《がいせん》さ」

「どの時代にもそんなクソはいるんだな！」

「王と一緒に波から世界をお救いくださいと言っていた口で好き勝手していたんだ。正直、報いを受けさせたい、というのが本音だ」

これは暗に手伝えと言っているのか？

正直、俺が好みそうな話題ではあるが、生憎《あいにく》とそうはいかないぞ？

「いつ攻めてくるかわからないのが恐ろしいところだ」

「マモルがいるから大丈夫だと思うけどね」

レインが補足してくる。

ほう……コイツは敵からそんなに評価されているのか。

「大きな国でね。力で何でも解決している国なのよ。人種差別がないことを謳ってるけど……ね。自国の正義こそが世界の正義って認識の国」

シルドフリーデンみたいな国だな。

俺も又聞《またぎ》き程度しか知らないんだが、メルティやクズ曰《いわ》く、自由を掲げていながら権力を渇望している奇妙な国なんだとか。

それもそのはず、タクトの取り巻きだったアオタツ種が統治していた国だからな。

思い切り歪《ゆが》んでいたってことだろう。

敗戦を知るなり手のひらを返したのはあまりにも有名な話だ。

「膨大な国土を持ちながら利益を寄こせ、勇者は我が国にこそ相応《ふさわ》しいってね」

「言うことを聞かなかったマモルを消そうとしてるんだよね」

「うん。気にくわないからって何度も暗殺者が来たものさ」

そこでチョンチョンとメルティが俺の脇を突《つつ》いて内緒話をしてこようとする。

「歴史上だと横暴な態度で暴れていた国として語られているわ。最終的にはシルトヴェルトに戦争で負けて滅ぼされるわよ」

結果論的な判断でいくならば、俺達が関わる必要はない案件になりそうだな。

「で？　俺達があの村の場所を使うことを条件に復讐《ふくしゅう》を手伝えってことか？」

「別に俺達は尚文《なおふみ》達に戦争への協力を頼んだりしないさ」

「嘘《うそ》だったら承知しないぞ？」

「当然。ただ、十分に気を付けてほしい。盾の勇者がもう一人増えたってことが公になれば、尚文達にも被害が及びかねない。何より、あそこは少し立地が悪い」

「どういうことだ？」

「俺達があそこにいたのも、奴等が攻めてこないか警戒していたからなんだ」

「……」

つまりシルトラン国とピエンサの間に俺達の村が出現してしまったってことか。

戦争が始まったら、村の連中を揃《そろ》って避難させた方がいいかもしれないな。

守るために戦うか、逃げるか……。

「だから注意してほしい」

「わかった。そんな警告をするなら、国内で自由に動けるようにしてもらえると助かるんだが」

「用意させるよ」

守が大臣に命じて手形を発行させるようだ。

「ま、ピエンサって国を刺激しないために、錬《れん》やフォウルを含めて勇者勢には経歴を語らせないようにしよう。そうすりゃ多少は誤魔化せるだろ」

「それがいいと思うよ」

「さて……これからどうするべきか。正直な話、元の時代に戻る手段を考えるべきなんだが、生憎と思い浮かびそうにない」

これで絆の世界だったら古代迷宮図書館とか便利な設備があるんだけどさ。

それこそ、あそこにはタイムマシンの設計図とかありそうだよな。

「大公、私は近隣の調査とか今のうちにしておきたいんだけど、いいかしら?」

「その前にその辺りの資料をこの城で入手できるかもしれないだろ」

「そうね」

「それならば、我等が城に優秀な方がいらっしゃるのでぜひともお会いすることをお勧めしますよ」

大臣の言葉に守が視線を向ける。

「うん。彼女ならば色々と力になってくれると思う」

「ただ……先ほどあの方はお出かけになってしまったところでして……ハイ」

「あー……入れ違いになっちゃったか」

「はい」

優秀な方、ね。

「どんな奴なんだ?」

「俺達にとってなくてはならないくらい、優秀な研究者だよ」

「ついでに鞭《むち》の勇者でもあるのよ?」

鞭の勇者ね……タクトを連想して嫌な感じだ。

まあ鞭の七星武器を救助することはできたから、未来でもどこかで勇者を選定してくれると助かるんだがな。

「じゃあ勝手に研究室に行くと怒られそうだね」

なんて話をしていると。

「マモルお兄ちゃん達お帰りなさーい！」

元気な声と共に亜人のガキ共が玉座の間になだれ込んでくる。

うん。ガキ共と表現するのが正しいだろう。子供にしか見えない連中だ。

「アレ？　こっちの人達は誰ー？」

「人間種だよね？」

「なんかマモルお兄ちゃんに雰囲気似てない？」

「そうかー？　ちょっと怖くね？」

「んー……マモルお兄ちゃんよりも優しそう」

ガキ共が俺達をじろじろと見てくる。

正直不快なんだが……懐《なつ》かれても面倒なので傲慢《ごうまん》さを出すために顎《あご》を上に向けておく。

「ナオフミが優しそう？」

「野心溢《あふ》れるじゃなく？」

「驚きでごじゃるな」

メルティとラト、そして影が意外といった顔で俺を見ている。

確かにな。俺自身もなんで優しそうと言われたのか理解に苦しむぞ。

「ナオフミ様が正しく認識されてる……ここまで早いのは驚きです！」

「ラフー」

「……」

ラフタリア、ラフちゃん、セインがそれぞれ驚きの表情を浮かべているぞ。

残念ながらその反応は間違いだ。

「ラフタリアには俺が優しそうに見えるのか？」

「えー……見た目ではなく、心が……」

そこで言葉を濁すのは、逆になんとなく悲しくなってくるような気がしなくもない。

まあ俺は子供みたいに、やられたことはやり返すしなぁ。

これはアレだな。シルトヴェルトの連中もそうだが、盾の聖武器の補正で亜人や獣人種に本能的に味方だと思わせる効果があるとかだろう。

ネコ耳が生えた女の子が俺に小首を傾げながら近寄ってくる。

「……優しい目をしてるよ」

「俺は猛獣かなんかか？」

何なんだこのガキは！

「あの人見知りするシアンがそう言うんだから間違いない！」

なんかガキ共が俺達に親しげな態度で接してくる。

くっそ！　俺を舐《な》めるなよ！

「俺に勝手な評価して近寄るなよ？」

「なんかこの兄ちゃん、無理してるみたいに見えるー」

「……なんだと、クソガキ」

「ナオフミ様、子供なんですからムキにならずに」

く……なんでこんなところまで来てガキ共に舐められなきゃならんのだ！　不愉快だ！

「確かに……ナオフミって一緒にいるとなんか無理をしてるように見えるのよね。案外わかるものね」

メルティ！　お前、覚えてろよ！

「ラフー？」

「わー何この生き物ー？」

「かわいいー、ふわふわしてるー」

「ラッフー」

ラフちゃんがこれ見よがしに愛嬌《あいきょう》を振りまきながら鳴く。

やや乱暴な様子で撫《な》でまわされているが、この程度でラフちゃんは嫌がったりしないぞ？

ここでもラフちゃんを布教し、歴史に名を残してくれる！

「ナオフミ様？」

む……これ以上考えるとラフタリアが勘づくからやめておこう。

守の方に視線を向ける。

「彼等は戦争で親をなくしてね。俺が保護しているんだ」

「ほー……」

慈善活動をしているんだな。とても真似でき……してるか。俺の村も似たようなもんだしな。

キール達と仲良くできそうな奴等だ。

「こっちのお姉ちゃんは見たことあるぞ？　あれ？　違う人？」

ラフタリアを誰かと勘違いしたのか、ガキは首を傾げている。

「ああ、その件なんだが後で紹介――」

「そうだな。ラフタリアに似たクテンロウから来てるって奴とはぜひとも話がしたいところだ」

「うん。彼女の所在も探しておかないと」

「すぐには呼べないのか？」

「そこまでの仲じゃなくてね。色々とあるのさ」

「マモルは彼女からの信用が足りなくてね。仲良くしようとしているんだけど、立場とかもあって仲良くできてない感じなのよ。こう……割と真面目な感じで、ナオフミの右腕をしている子よりも気が強そうな感じじね」

レインがぺらぺらと、会わせたい人のことを言い始めた。

「ふーん……」

「ホラホラ、話ができないから早めにここから出ていってくれ」

「えーでもー」

ガキ共が何か言おうとするのを守は、人差し指を口元に当ててここから先は内緒とばかりに宥《なだ》めている。

なのだが……シアンって子供は若干暗い表情になった。

なんかありそうで嫌だな。不信感が募るぞ。

ただ、その表情には戦いを決意した時のキールと似た印象を覚えた。

「わかったよ。後でねー」

「ばーい」

元気に手を振る連中に軽く手を振り返して部屋から追い出す。

「うーん……ちょっと無駄足にさせちゃったかな？　絶対に紹介するから待っていてほしい」

「別にそこまでじゃない。いきなり来たら用意もできんだろう。それに、しばらく滞在しなきゃいけなそうだしな」

正直、帰る術《すべ》をどうにかして見つけなきゃいけない。

そして、未来に戻る術がそう簡単に見つかるとも思えない。

遅かれ早かれ、色々と知ることになるだろう。

「今回は龍刻の砂時計で武器登録をするってのも目的の一つだ。波の到来時間の確認もできるようになる」

じゃないと俺の視界に浮かんでいる妙な波の到来時間が安定しそうにないからな。

「それとだな。セインの関係もあって」

俺はレインの方を見て尋ねる。

「お前は裁縫道具の眷属器《けんぞくき》の所持者らしいが、色々と聞いていいか？」

「いいわよ。私に何を聞きたいの？　マモルとの出会いとか？　それとも私の方の世界のこととか？　もしくはこの世界の美味《おい》しい食べ物のこととか？」

立て続けに質問してくるので返事をするタイミングが掴《つか》みづらい。

そして、なぜ飯の話になった？

「まずお前の世界に関してだ。セインのいた世界と同じなのかの確認を取りたい。眷属器ってことは聖武器もあるんだろ？　何の武器なんだ？」

「わかったわ。私のいた世界の聖武器……と呼ぶには所持者も微妙なんだけど、鎧《よろい》の聖武器と指輪の聖武器があるわ」

「鎧と指輪？」

それって武器なわけ？　どちらかといえば防具とアクセサリーだろ。

ふとセインの方を見ると、ビクッと反応して視線を逸《そ》らす。

「どうやら間違いないようだな」

「まあまあ……嫌ね。私の世界の未来が滅んでるなんて話」

レインが眉を寄せて、否定しないセインの反応に困惑している。

「その『まあ』の連呼は癖じゃないよな？」

「違うと思うけど……」

うーん……セイン達の世界にある共通の会話パターンってことなのかもしれない。

子孫にしてはセインが羽を生やすなんて真似をしたのを見たことがないし。

「しかし、鎧と指輪ってどんな武器なんだ？」

というか樹《いつき》の配下の鎧が頭にチラつく。

俺が心の中で呼んでいるニックネームの所為なんだけどさ。

「指輪は輪なら大抵許容する寛容な武器で、どちらかというと魔法が得意な性質があるわね。鎧は盾と同じく防御系ね」

「基本的なことは変わらないってことか」

「色々と波で他世界と交流……交戦した感じだと、鎧も盾も守りの聖武器カテゴリーね。もっと研究したらより詳細がわかるかもしれないわ。とはいっても鎧の勇者様は全身鎧を着込んで暴れ回ってるから、守りと呼ぶのはどうかと思うわ」

「暴れ回る？」

全身甲冑を着けた奴が魔物にしろ対人にしろ攻撃されても痛くもかゆくもないとしても、防御系だとしたら俺と同じような戦い方しか想像ができない。

そんな鎧野郎がどうやって暴れまわるんだ？

「そこそこ便利な聖武器なんじゃないかしら？　小手の部分を射出して殴ったりできるし」

途端に脳内で鎧がロボットに変わる。

ロケットパンチか？

「そんなことしてるの見たことない」

あ、セインが首を振っている。

どうやらセインの知っている鎧の勇者はロケットパンチを使用しないようだな。

「なおふみと同じ」

「俺と同じく受け専門ってことか」

コクリとセインは頷いた。

「盾が受け専門？　いや殴ればいいじゃないか」

守が俺達の問答を聞いて驚くべき質問をしてくる。

いや、それは俺が逆に聞きたいぞ。

「何言ってんだ？」

「だからなんで受け専門なんだ。少しくらい攻撃して気を引かないといけないだろう」

「ん？」

本当に守は一体何を言っているんだ？

そういや戦った際にそこそこ衝撃があったよな？　アレはもしや……。

「ナオフミ、ここは実際に見てもらえばいいんじゃない？」

メルティがここぞとばかりに俺を挑発して、試しに殴ってみろと言ってくる。

まあ、ここにいる面子、ラフタリア、ラフちゃん、メルティ、ラト、セイン、影の中でわかりやすく守達に説明するのだと……。

「絵的に影を別人……タクトに化けさせて殴りつけるのがいいんだが」

「そんな！　拙者を殴りたいでごじゃるか？」

「ここぞとばかりに自己主張するな。メルティだと俺が悪人っぽいだろ」

「いやん、でごじゃる」

何がいやん、だ。素直に化けて殴られろ。

「ふん。ナオフミの攻撃なんて痛くも痒《かゆ》くもないわよ」

「ハッ！　言うじゃないか。まあわかりやすいからいいか」

「お、おい……何の話をしてるんだ？　まるでその子を尚文が殴るみたいに」

「まあ見ていろ」

メルティが頬《ほお》を殴れって馬鹿にするので殴りつける。

守達が信じられないといった様子で口を開けるなか。

「やっぱりナオフミはナオフミよね」

予想通りメルティは傷一つついていない。

Ｌｖの影響もあるだろうが、本当に無傷だ。

「く……メルティ、覚えてろよ」

「昔、わたしを小馬鹿にしたことは許してないわよ！」

「仲が良いのか悪いのか……それがナオフミ様とメルティちゃんの関係ですよね」

「正直、大公ってすごく可哀想《かわいそう》だわ……よく生きていけるって感心するわよ」

なんだと？　タクト如きに学会を追われた奴が他人を哀れむのか？

「黙れ、俺を可哀想な者を見る目で見るな！」

くっそ！　ここまで身内に同情されるのは不愉快だ！

絶対に何かしらの手段でこの報いを受けさせてやる！

「あの……ナオフミ様？　誰と戦っているんですか？」

「俺に同情の目を向ける全てとだ」

「敵が多いわねー」

メルティまでそんな目で見やがって！

俺に可哀想な奴を見るような眼差しを向けるな！　俺は哀れじゃない！

「……まさか、未来の盾の勇者は攻撃ができないのか？」

「ご覧の通りよ。その反応からして先代の盾の勇者様はできるのかしら？」

すると守は頷いた。

やはりそうか。さっきの攻撃はダメージが入るのか。

「そういや妙な衝撃があったもんな。スキル限定か？」

「いや……盾で殴ればダメージが入る。仲間に比べたら心許《こころもと》ないけど」

「ナオフミ様、まさか使い方が間違っているってわけじゃないですよね？」

「……俺は無理だぞ」

ヴィッチを連れて初めてバルーンを殴った時に証明済みだ。

素手でダメなら盾で！　は、もちろんやった。

それでもダメージが入らないんだよ。

今でも時々魔物との戦闘中に盾で殴るけど、攻撃が入った覚えはない。

ステータスも攻撃の値はどれだけ上げても全く動かない。

僅《わず》かに存在する解放ボーナスで1か2を少しばかり上げられるに過ぎない。

そういった盾も最近では無くなって、上げる手段がないに等しくなって久しい。

くそ……盾ぇ。先代の勇者である守は攻撃できるのに俺はできないってどういうつもりだ。

「ここでこの事実を話してよかったでごじゃるか？」

影が小声で聞いてくる。

いいんだよ。攻撃手段がないわけじゃない。

俺が戦えないと知って油断して何かしらやってきたら返り討ちにしてやればいいだけだ。

それをメルティもわかった上で挑発してきたんだ。

「ゲーム風に言うならビルドやステータス違いってことだろうか？」

「そうなんじゃないか？　もしくは、盾の精霊の気まぐれとかな」

オンラインゲームの類《たぐい》では、好みでステータスを割り振ることができるなんて珍しくない。

この場合、俺は攻撃に割り振るステータスを完全に捨てた防御特化型で、守は攻撃もできるようにしたバランス型。

最終的な防御力は俺が勝るけれど、戦いやすさなら守の型も悪くないとか言われそうだな。

正直……好んでタンクをしているわけじゃないんだから、守の型が羨《うらや》ましくてしょうがない。

少しでも俺が、特にスキルとかを介さずに攻撃できりゃ、戦いやすいはず。

「今と未来に違いでもあるのだろうか？」

「未来だと弓の勇者が銃器を使えたりするもんな」

弓からクロスボウ、クロスボウから銃器って感じで適応範囲が広いのかもしれない。

そういえば錬の剣は刀も該当するんだったっけ。

元康《もとやす》の場合は長柄なら大抵該当するとか……実は杖《つえ》とかも棒扱いでコピーできるものが存在する。

その点で言えば……盾は範囲が狭いなぁ。

大盾とかないわけじゃないし、今まで通りでどうにかなっているけど他にも用途の幅が欲しい。

……あ、一応手甲《てこう》と小手の一部もコピーできたっけ。

あくまで守ることを前提にした運用だけど。

「銃器か……」

守がなんか呟《つぶや》いている。

「弓の勇者には知られちゃいけない話ね」

「なんだ？　何かあるのか？」

「まあね。この時代の弓の勇者と盾の勇者は味方同士とは言いがたい関係なの。そんな弓の勇者に銃器もカバーしてるなんて知られたらね」

弓の勇者と和解とか……樹とわかり合うのが難しかったことを思い出すと理解できる。

ものすごい難問だ。話し合いでどうにかできる相手じゃない。

かといって殺すわけにもいかない。

「四面楚歌《しめんそか》だな、お前等」

「しょうがないでしょ？　波の黒幕が暗躍しているんだし」

「神を僭称《せんしょう》する者か」

「そういうこと。神様気取りの嫌な連中ね」

ゲーム知識すらも罠《わな》となっている。

こんな過去の時代から暗躍していたのか。

まあ、波とは切っても切れない存在が起こしているわけだからしょうがない。

「神を僭称する者と対抗できる者達が駆けつけるまで私達は戦わないといけないってことよ。それは私の方の世界でも同じ」

「そうだな。それでお前等、その対抗できる奴とは会ったのか？　他に……後の歴史のために何か建造したりさ」

なんとなく聞いてみる。

すると守達も首を傾げているようだ。

だから紙を取り出してフィトリアの遺跡の壁画に描かれていたやつを描いてみせる。

「こんな感じの猫っぽい獣人が描かれた壁画が俺達の時代の遺跡にあるんだが」

「猫獣人？　これが神を僭称する者と対抗できる存在なのか？」

あ、これは知らないって反応だ。間違いない。

フィトリアルもいないみたいだし、ここより後の時代にフィトリアは生まれたってことでいいのかもしれないな。

いつの勇者があの遺跡を作ったことやら。

まあ謎が多いのは仕方ない。

「今よりも未来、俺達の時代よりも前には来たってことらしくてな。多少は頭に入れておけばいいかもな」

「そうか……わかった」

「未来の盾の勇者は他に聞きたいことはないの？」

「じゃあ、レイン。お前がなんで守の仲間として行動しているんだ？　それとも客として仕事を手伝っているだけとかか？」

ポジション的にグラスとかラルクみたいに、俺達の方の世界に来訪して未知の武器を解放しているのではないだろうか。

その過程で協力関係になったとか、そんな感じを想像している。

「勇者同士が仲良くしちゃいけないってわけじゃないでしょ？　争い合うように誘導されることが多いけどね」

「まあな。そこは未来も過去も一緒か」

神を僭称する者はいろんな企《たくら》みをして勇者同士を争わせようとしている。

錬や樹、元康に間違ったゲーム知識を与えて中途半端な強さにして、他者を出し抜くように考えさせたりな。

「私の場合は妹が波の所為でこの世界に迷い込んじゃってね。その縁でマモルと仲良くなったのよ」

「妹、ね」

それとなくセインの方を見る。

姉があんな性格でいろんな世界を渡り歩いている。

裁縫道具の眷属器って割と因縁が付き纏《まと》うんだな。

「他には何かある？　できればもっとなおふみ達と話をしたいわ」

「お前、随分喋《しゃべ》るの好きなんだな」

「ええ！」

そこで嬉《うれ》しそうに答えないでほしいもんだ。

「ねえ、なおふみ」

「なんだ？」

「やっぱりなおふみのエッチは痛くないの？」

「お前は何を言っているんだ!?」

ここに来て突然の猥談《わいだん》を持ち出すレインに、思わず怒鳴りつける！

何が痛くないの、だ。そんなこと知るか。

「え？　だって攻撃力がないんでしょ？　ということは痛くないってことじゃない。気持ち良いだけってことになるんじゃないの？」

当然とでも言うかのように、首を傾げて純粋な疑問をぶつけてくるレインに殺意が湧いてくる。

「……理屈で言えばそうなりそうね」

ラトがここで新発見といった様子で答える。

「お前もか！　ふざけるなよ！」

その理屈が実証されると、俺は生きた性の玩具《おもちゃ》認定されてしまう。

絶対に認めるわけにはいかない！

ここにきて、攻撃力がないという問題がそんな卑猥な疑問を浮上させるとは思いもしなかった。

下手に攻撃力がないと判断されて奇襲されるよりも面倒臭いことになるぞ！

絶対に広めさせてはならない！

「まさかなおふみって……」

レイン、お前が名乗らなかった場合のあだ名は決定したぞ！

下ネタ女だ！

よかったな。俺の前で名を名乗ったお陰で不名誉な呼ばれ方をしなくてな。

レインが俺を指差しながらラフタリア達の方を見る。

するとみんな揃って肯定するように頷いた。

「真面目なのね」

「うるせーよ！　しょうがねえだろ！」

なんか色々とあって、その手のことをやる気が起きないだけなんだから！

魔竜にしろ何なんだ！　やらなきゃいけないってのか？　ああ!?

「いい加減、大公もラフタリアさんとやってみたら？　そうすれば痛みがあるかわかるでしょ」

「そうね。ナオフミって健全すぎるのよね」

「いい加減、お預けは生殺しになるのではないでごじゃるか？」

「あの皆さん？　ナオフミ様をこれ以上刺激しないでほしいんですけど……」

「ラフー」

「ぜってーやらない！」

今、確認をするわけにはいかない。

仮にラフタリアに口止めしたとしてもどこで盗み聞きされているかわかったもんじゃないしな。

しかもラフタリアに手を出して元の時代に戻った時、その事実を知ったシャチ姉妹の反応が恐ろしい。

アイツ等、ラフタリアと俺が関係を持ってからとか、順番にとか連呼していたからな。

「……」

セインもちょっと興味ありげな顔でこっちを見てくるな。

面倒なので無視する。

「ああもう。ナオフミ様がこの手の問題でやっと心を開いてくれたのに閉じこもってしまったじゃないですか！」

ラフタリア、その反応も嫌だ。この話題から逸らしてくれないか？

アトラの頼みがあってもここは譲れない！

守の方を見るとサッと視線を逸らされた。

お前……そうかよ！　女に性的なことでからかわれる悲しみを分かち合えないのか！

同じ盾の勇者であっても決定的な差がありそうだな。

「レイン、可哀想だからこの話題に踏み込むのはやめてあげよう」

「そう？」

レインが玩具を見つけたみたいな、セインの姉を連想させる顔を俺に向けてくる。

これ以上踏み込んできたら報いを受けさせるぞ！　俺を憐《あわ》れむんじゃない！

「話題を変えましょう。レインさん、翼を生やしてましたよね？　アレは魔法かなんかでしょうか？」

ラフタリアがレインに尋ねる。

今はレインの背中に翼は生えていない。

だけど戦闘中には翼があって、能力が上昇していたように見えた。

「あ、光翼のこと？　これは私の種族由来の特殊能力よ」

そう言って、レインが力を込めると背中に光る翼が形成された。

ふわっと浮かび上がっている。飛行機能付きってなかなかに便利だな。

「難点は体力と魔力、それと生命力の消耗が激しいから長時間は出せないことなんだけどね」

「亜人が獣人化するみたいなもんか」

「概《おおむ》ね間違いはないと思うわ」

そんな力があるのか。

「種族由来ってことは、レインは人間じゃないってことでいいんだよな？」

「そうね。私の世界だと、天人種って言われていて、人間は天人種を天使と言ったりするわ」

「一見すると人間にしか見えないのに亜人種なのか」

世の中広い……って、よく考えればグラスもテリスも外見だけで言えば人間に限りなく近いか。

半透明になったり宝石が付いていたりするだけなわけだしな。

「貴方《あなた》の近くにいるセインさんも天人種じゃないの？」

「そうなのか？」

セインの方を見ると、セイン自身が身に覚えがないといった様子で首を横に振っている。

「知らない」

「でも……」

レインがセインに近づいて肩に手を置いて何か気のようなものを流し込んでいる。

「うん。ちょっと力の流れが弱いけどセインさんも同じように力を出せるはずよ？　よければ教えようか？」

「そうだな。セインはぜひとも覚えた方がいいだろう」

正直に言えば裁縫道具の眷属器の動きが正真正銘ぎこちなくなってきているし、セイン自身の弱体化が顕著になってきている。

料理強化やＬｖの底上げでどうにかしているけどいい加減、限界が近いのは明らかだ。

そんな時に降って湧いたセイン自身の底上げ方法なので、覚えておいて損はない。

「だけど、なんでセインさんは知らないのかしら？」

「セイン、お前の世界にレインみたいな力を使える奴はいたか？」

俺の質問にセインは首を横に振る。

なるほどな。大体想像できた。

「割と都合のいい推測を言うぞ。神を僭称する者にとって、その光翼って技は都合が悪い。だからレイン、お前の種族は奴等に滅ぼされて歴史から抹消されたんじゃないか？」

変幻無双流が失伝しかけたのと同じように、波にとって脅威になりかねない要素を駆逐したいってことでな。だけどセインはそれからどうにか免れた末裔《まつえい》として血筋だけは残っていたってことなんだろう。

「実は血筋を辿《たど》ると何かしらの事件が起こって禁じられた……とかかもな」

ゲーム的な発想だとありそうな話だ。

「別の異世界じゃクテンロウに該当する国も滅ぼされていて、固有の力が使用できなかったからな」

グラスなんかもその例に該当する。

「どちらにしても、セイン。奴との戦いに備えてレインから教わって使えるようになっておけ」

俺の命令にセインはコクリと頷いた。

やる気はあるようだな。

セイン自身がより強くなる方法を模索するのはいいことだ。

なお、奴という表現を使ったのはセインの宿敵が自身の姉だからだ。

姉妹同士で殺し合いとか、外聞が悪いから伏せておいた。

「異世界の未知の人種……私も興味があるのよね」

ラトがそんな様子を見ながら呟く。

魔物専門であってもその辺りにも興味はあるのか。

しかしレインを見ると……なんとなく似てるような気もする。

背格好はセインの姉の方に似ている気がするけどな。

名前も似ていて紛らわしい！　絶対先祖だろ！

フィトリアもそうだが、最近そっくりな奴が多い。

「尚文達は随分といろんなところを巡っているんだな」

「言われてみればそうだな。守はどうなんだ？」

「まあ……この世界はそこそこ周《まわ》ったつもりだけどさ」

考えて見ればメルロマルクに留《とど》まらずシルトヴェルトやクテンロウ、フォーブレイ、絆の方の異世界と、俺もいろんなところへ行ったもんだ。

そして今度は過去ときた。

「話は大分まとまってきたようでごじゃるな」

「それが俺にラフタリアと強引に関係を持つように茶化した奴の台詞なのか？」

全然まとまってないわ！　まだ知らなきゃいけないことが沢山あるだろ。

「ところで守、トライバリアは何の盾で出るんだ？」

エアストシールドから連なる連鎖系のスキルであることはわかる。

上手《うま》く運用できれば使い勝手は良いかもしれない。

まあ……味方を守る場合は流星壁って手もあるんだけどさ。

前提が地味に面倒そうだったしな。

「それはこっちの台詞だ。チェインシールドはどうやって習得するんだ？」

同じ盾の勇者だからこそ共有できる有益な話だな。

「チェインシールドは……この世界とは異なる世界に行った際に戦った魔物である白虎クローンを盾に収めたら出たやつだな」

「トライバリア、正確にはコンボバリアっていうスキルなのだが、弓の聖武器の強化にあるジョブＬｖでステータスの底上げをしていたら出たスキルだ」

ヘイトリアクションと同じく特殊なスキル習得？

まあその手の解放条件は見つけるのがなかなか面倒臭いんだよな。

「俺も結構やっているが見たことがないぞ？」

「大公ってその手の強化でも攻撃を上げられないんでしょ？　それが条件だったりしないの？」

「「……」」

俺と守の両方が沈黙してしまう。

くそ……盾ぇ。その辺りの補完をしっかりしろ！

攻撃力の条件があるんじゃ、覚えられないスキルばかりじゃねえか！

「白虎クローンか……」

守がポツリと呟く。

ハクコ種はいないからどうやって覚えるのか、悩ましいところではある。

「おい、入手できそうなら俺が損だ。代わりに何か良いスキルが出る盾を教えろ」

「しょうがない。昔ネタで作った盾が倉庫にあるからコピーしていっていい」

「ネタってなんだ？」

「見てのお楽しみだ」

そう言って守は大臣に命じ盾を持ってこさせる。

緑の帽子がトレードマーク。ゲームにおける王道な台座に刺さった聖剣を引き抜く勇者の血を引いている、あの有名なゲームをまんま再現した盾が運び込まれてきた。

守……お前もしっかりとゲーマーなんだな。

「鉄の盾とかじゃないのか？」

「その辺りの芸は細かいよ」

徐《おもむろ》に盾を掴んでコピーしてみる。


ウェポンコピーが発動しました。


異国の王国の盾の条件が解放されました。

異国の王国の鏡の盾の条件が解放されました。

異国の王国の盾
能力未解放……装備ボーナス、背面防御力上昇（中）

異国の王国の鏡の盾
能力未解放……装備ボーナス、光耐性上昇（中）スキル『シャインシールド』

若干微妙な性能を持った盾だな。

なんで一つの盾をコピーしただけなのに鏡の盾も出たんだ？

……もしかして鏡の眷属器の影響が出ているのか？

俺の手から離れたわけじゃないみたいだし。

徐に異国の王国の鏡の盾に変えてみる。

「ん？　そんな盾だったか？」

「まあ実験だ。シャインシールド！」

盾が光って……懐中電灯みたいに明かりが一直線に伸びていく。

実験とばかりに守に向ける。

「眩《まぶ》しいな」

「……」

なんか効果的に見えないぞ。これまでの腹いせに影にも照射してやる。

「眩しいでごじゃるな」

「何でしょう。キールくんが行商で仕入れた鏡で太陽光を反射させて遊んでいた姿と重なります」

ラフタリアが魔法を軽く唱えると、明るさが調整されてしまったぞ。

「錬の閃光《せんこう》剣みたいにならんのか！」

「不意打ちで放てばどうにかなるんじゃないでしょうか？」

かなり微妙なスキルだな。

用途が想像できないぞ。明かり代わりになるくらいじゃないか！

「スキル強化ができれば……」

「それで錬の閃光剣と同じだと泣けるぞ」

なんで下位互換なんだよ。

そもそも目眩《めくら》ましならラフタリアが光属性の魔法を使えば一発だろ。

ラフちゃんだって使用可能だ。

とりあえずネタスキル枠ってことにしておこう。

敵と取っ組み合いとかをした際に何かの役に立つかもしれないし。

「まあいい。しばらく世話になる」

「これからよろしく。尚文達が元の時代に帰還できるように俺達も協力するよ」

そんなわけで守達から国内での活動の許可をもらった後、俺達は和解というか、それぞれの目的のために協力することになった。

十話　邪悪な研究者

守《まもる》に話を通してから、龍刻の砂時計に立ち寄って登録後、村の方へ帰ることにした。

諜報《ちょうほう》ってことで影には守の城に残ってもらい、それとなく独自調査をするよう命じてある。

「盾のお兄ちゃん達、おかえりなさい」

「尚文《なおふみ》、やっと帰ってきたか！」

ルフトと錬《れん》、ウィンディアが出迎える。

エクレールもいるようだが……なんだこの様子は？

「だふー！」

ラフちゃん二号が全身の毛を逆立たせて村の中を威嚇している。

「あのね。外から村に入ってきた人がいて、ウィンディアちゃんがすごく困ってるんだ。どうもその人は先代の勇者様の仲間の人の知り合いで、戦う気はないそうなんだけどね」

「俺達の留守中にまた何か起こったのか？」

「ああ、ただ敵じゃないとは言ってるんだが……」

「危険かもしれないから念のためにみんな避難させたよ」

ルフトは判断力があるな。

もしもの時の対処として素晴らしいの一言だ。

「妙に素早くて、フォウルが一応監視してくれているけど、そいつはフォウルにも興味を持ったらしくて押されている」

どうしてこうも立て続けに問題が起こるんだ？　さすがに苛立《いらだ》ってきたぞ。

「何もしないとか言って、研究所が荒らされそう！」

「なんですって!?」

ラトがウィンディアの言葉を聞いて声を荒らげている。

「はぁ……一体何者なんだ？」

ん？　この流れ、どこかで経験した覚えがあるぞ？

「この国が抱える研究者だって。先代の盾の勇者の仲間が言っていた」

「何？　……ラフタリア、守を呼んできてくれないか？」

「わかりました。すぐに戻りますね」

ラフタリアに命じて守のところに帰路の写本で向かってもらう。

まったく、ゆっくりする暇もない。こうも連続して問題が起こるとはどういうことだ？

「わー！　なになになにー!?」

ここでフィロリアルの一匹の、悲鳴に似た驚きの声が聞こえてくる。

「もーちゃん、メルティちゃん、ゴシュジンサマ助けてー！」

その悲鳴……うん。フィーロとよく似た感じだ。フィロリアルという生き物が統一規格で似た性格なんだなと思い知らされる。

「ちょっと！　何してるのよ！」

メルティが助けを求めるフィロリアルに駆け寄り、触診している奴に注意する。

「人語を解するんだね。随分と変わった魔物だけど、これは新種と見るべきか、それとも……」

髪の色はプラチナブロンド、ロングヘアーで肌は褐色。見た感じ人間。

身長はやや小柄。年齢は……いくつくらいだ？

リーシアよりも少しばかり年上で、錬と似たりよったりの年齢に見えなくもない。

服装は白衣を着ている。

その見た目というか、なんか雰囲気が俺の隣で絶句している奴を連想させる。

おそらく、村の連中や錬が揃《そろ》って対応に困っているのも、これが原因だ。

「羽毛が深いんだね」

「やめなさいよ！　嫌がってるでしょ！」

「いいから落ちつけ」

この先の動作を予測して、フロートシールドで盾を間に挟み込んでフィロリアルから注意を逸《そ》らす。

「おっと」

白衣の女が遮る俺を見たかと思うと……即座に視線を逸らして今度はラフ種へと視線を向ける。

「ラッフ？」

「おや、大人しい。さっきの槍《やり》を持った子は随分と威嚇してきたけれど、これはこれは……ふむふむなんだね」

「コイツか」

「ああ！」

「兄貴！　帰ってきたのか！」

フォウルが駆けつけてくる。

「妙に素早いんだ。下手に近寄ると触診してきて……」

「ああ、大変だったな……しかし」

なんていうか醸し出す雰囲気が誰かを彷彿《ほうふつ》とさせるな。

「おっと、どうやらわたーしに興味があるみたいだね？」

ラフ種の触診を終えたのか、とある人物を連想させる女が俺の方を向く。

「この村に滞在する友人達から多少話は聞いているんだね。マモルとも異なる盾の勇者なんだそうだね」

「ああ、お前は？」

おそらく、守が会わせようとしていた鞭《むち》の勇者兼、研究者って奴なんだろうくらいは想像できる。

だが、念のために確認を取りたい。

「わたーし？　わたーしの名前はホルン＝アンスレイア。親しい人はホルンと呼ぶんだね」

「俺の名前は岩谷尚文《いわたに》だ」

そして俺達は半眼で同じ名字の女に目を向ける。

「ふむ……先ほどこの村の者と知人達から聞いた話を参考にすると、どうやらわたーしの血縁者ではないかと思える者がそこにいるようだね」

「そ、そうね。私の名前はラトティル＝アンスレイアよ」

「それで……この村の者達を洗いざらい調査していいわけだね？」

「いいわけねぇだろ」

「ふむ……では隙《すき》あらば調査するんだね」

おい……妙に押しが強いな。

「あまり強引なことは――」

メルティがホルンに注意しようとするのでやめさせる。

「お前等はこれ以上刺激しないように周りの奴等に距離を取らせろ。俺が対応して宥《なだ》めておく」

「でも……」

「まあ、問題はないと思うけどな。おそらく、コイツと話をしておかないといけないだろう」

「わかったわ」

メルティを筆頭に同行していた連中のほとんどを村の警護に回させる。

何が起こるかわからないからな。

「錬とエクレールもな。ウィンディアは村の魔物共を落ちつかせておけ」

「うん……」

って感じで人を散らせておく。

「ラフー」

念のため、俺の肩にラフちゃんを乗せておいた。

「で？　お前は何なんだ？　守が俺達をお前に会わせようとしていたんだが」

「そうだろうね。このような事態にはわたーしこそ相応《ふさわ》しい。ここでわたーしを紹介しなかったら盾の勇者との盟約を切るところなんだね。ま、紹介される前に異変を察したわたーしがここに辿《たど》り着いてしまったのだがね」

なんだろう。ラトとは別の妙に鼻に掛かった口調というか自信が見え隠れしている独自の喋《しゃべ》り方。

考えてみればラトの家柄とか全く聞いてはいなかったけど、元々はフォーブレイ出身だったわけだから、それなりに良いところの家の出なのか？

「なあラト。お前の家ってどんな感じだったんだ？」

「研究者肌な血筋ではあるけど、そこそこよ。そりゃあ遠縁に勇者の血筋を持ってはいたけどね」

つまり未来において研究者系となる血筋に割と多い苗字《みょうじ》ってことか？

「私は研究内容の所為で一族内でも異端扱いされていたけど。あと、タクトの配下にいた白衣も私の遠い親戚だったわね」

その始祖ってことなのかもしれないが……安易に決めつけるのは危ないな。

「しかーし、話を聞いて設備を見たのだけど、未来の世界でもあまり文明は発展していないようだね。わたーしがもっと良くしているかと思ったが」

「波の黒幕が暗躍した所為でな」

「なーるほど、嘆かわしいことだね。より良いものの開発をしても潰《つぶ》されるとは」

やれやれといった様子でホルンは言った。

「ただ、文明が発展した時代がいくつかはあったらしいぞ？」

「時代は移り行く。それも人の性《さが》のようだね。最終的に文明レベルを調整されているってことだね」

そこは否定しない。

中世よりもローマ時代の方が文明が発達していた、なんて有名な話だ。

「さて、世間話はこれくらいにして、お前の目的はなんだ？」

未来の研究、未来の出来事をこの手の奴に見せて大丈夫なのか？

俺達の行動一つで未来が大きく変わりかねないんだが。

「わたーしは常に知的好奇心を満たすことが喜びの研究者さ。その興味に引っ掛かりそうな場所を嗅ぎつけたまで。未来の盾の勇者、何か知りたいことをわたーしと共に考えてみないかね？」

「ふむ……どうせ守を通してお前に聞こうと思っていたんだ。俺達はどうやら敵の攻撃を受けて、遥《はる》か過去の時代に飛んできてしまったようでな。どうにかして元の時代に帰りたい。何か手立てはないか？」

「その質問をすることはわかっていたんだね。わたーしも興味はあったからぜひとも手伝わせてほしいんだね」

ホルンは村の境界線となっている土地を確認しながら答える。

「より詳細を見せるとしたら、研究所で確認するのが早いんだね」

「じゃあ行くか」

そんなわけで俺はメルティや錬、フォウルを待機させてホルンとラトを連れてラトの研究所に向かい、施設内の奥にある大規模な端末……ファンタジー的なパソコン機材みたいな石板の前に行く。

ラフ種の健康診断とかの時に来たが、随分と変わった場所だよな。

「この建物を構築する植物はとても面白いんだね。これも未来の技術なんだね？」

「過去の錬金術師が作った問題のある植物を盾で改造してラトと一緒に発展させた」

「なるほどなんだね。とはいっても問題を起こすような代物なんて、わたーしなら処分するんだね」

暗に自分が作ったものじゃないと言いたげだな。

ふと、研究所内の水槽で泳ぐ謎の生物と目が合う。

なんかものすごく興味津々って様子で俺達を見てるぞ。

コイツ、一体何なんだろうな？

確か……ラトが時々みーくんとか呼んでいたような覚えがある。

で、ホルンはカチャカチャと素早く何かを打ちこんで、俺達に村の地図を見せる。

そして境界線を構築……詳しく確認していなかったけど枝葉みたいな形状をしているんだな。

「ここまでが未来の範囲だったのは誰でもわかるだろうね」

「ああ」

「生憎《あいにく》と手持ちの機材だけでは解析が上手《うま》くいきそうになかったから近くの設備を少々使わせてもらったけど、この村固有の植物から発せられるネットワークを利用して空間を切り取られたのではないかと思われるんだね」

「桜光樹を使って敵が罠《わな》を仕掛けたってことか？」

「そこまでは言っていないんだね。範囲指定の目標にされたんじゃないかって程度だね。わかりやすく言えば盾の勇者の結界に敵対者が粘性の高い液体を振りかけると、どうなるんだね？」

「結界に液体がくっ付くな」

「その液体が範囲指定の大元になったようなものだね。あとは植物から発せられる守る力を逆に利用すれば、この通り驚異の技術だね」

「ふむ……」

ご先祖の方が状況理解が早いようだな。ラトも所詮《しょせん》は末裔《まつえい》か？

「大公？　その目をやめてくれないかしら？」

「彼女も優秀ではあるよ。ただ、研究内容を見ると随分と魔物優先なようだけどね。経歴を聞いて推測できる範囲だと研究自体は邪悪と世間には見られているようだが内容は健全ってところだね」

おお……ラトを完全に理解しているな。

あれだ。ラトも天才らしいが、それを上回る感じだ。

「完全に上位互換じゃないのか？」

「この人を私よりも上と見るっていうことかしら？」

「ああ」

あ、ラトがすごく悔しげな表情を浮かべている。

なんだかんだでその辺りのプライドはあったのな。

「妙な研究をして魔法災害でも起こしたら、たまったもんじゃないでしょ」

「そんなミスは三流のすることだね」

何だろうか。脳内でゾンビ物を題材にしたサバイバルゲームの設定が思い出される。

細菌災害みたいなタイトルだったな。

この場合は……ラトの台詞から魔法災害？　マジカルハザードって呼んだらカッコイイかもな。

でも、ラトってかなり慎重に研究を繰り返すタイプだから、その心配は無用だろう。

……逆に成果が上がらない可能性も高いが。

バイオプラントの研究もできる限り慎重に、をモットーにしていたようだったし。

ざっくりと俺が改造しているからどうにかなっているけど、ラトだけに任せていると時間が掛かりすぎる傾向はある。

「ただ、なんだね」

「ちょっと！」

ホルンがカチャカチャと弄《いじ》ると、今度はラトが作った隠しファイルっぽいものが映し出された。

ハッキングされている。

これは笑えばいいのか？　それとも笑えないのか？

ホルンが石板に指を置くと、石板から液晶画面が飛び出して一つの設計図を表示する。

3Dのように何かの物体が構成されていた。

前に見たな。クズをここに連れてきた時に。

馬車型魔物だったか。

「こんな代物を作ってどうするんだね。馬車なんて制約が多い面倒な代物でしかないんだね」

ズバッと切り捨てられてるな。

「自走できない魔物でしかないからあくまで試作よ。上手くいき次第、破棄するわ」

確かにこういう難しい魔物は試作しなきゃいけないだろうな。

多少サイコが入っているが、それを承知でラトを配下に加えた時点で今更だ。

「破棄とはどういうことだね？」

「自我形成されていないボディで遠隔実験をするだけよ。神経接続はしてもらう子がいるけど」

「それでしっかりと結果がわかるんだね？　研究には犠牲が付きものなんだね」

「無駄な犠牲は不必要なのよ。その程度で犠牲を出さなきゃいけないなんて、先祖も程度が知れるわね」

「ふふ、わたーしにここまで挑戦的とは……面白いんだね。邪悪な研究者を自称しているからには負けられないんだね」

仲が良いのか悪いのか。

過去と未来の研究者が手を取り合い、恐ろしい代物が完成しそうだな。

「いいでしょ。認めてあげるわ。でも私も譲れないところがあるし、私の方にも優れたところがあることを教えてあげるわ」

「いい返事なんだね。わたーしもそういった感情を持つ者は嫌いじゃないんだね」

ホルンの方はラトを気に入った様子。

「で、単刀直入に聞くが、俺達は元の時代に帰れるのか？」

「原因がわかれば解決方法もわかる。手立てがないわけじゃないんだね。ぜひとも協力をさせてほしいんだね」

「そうか。交渉は成立しそうだな」

「そうだね。ところでこの研究の先は武器型の魔物なんだね？」

「違うわ。そういえば前に大公が異世界の武器型魔物の話をしていたわよね」

「ほう……他人が既に完成させたものに興味はないが、耳にくらいはしておくんだね」

「ああ、ここことは異なる世界でキョウって奴が作っていた武器な」

俺はホルンに霊亀の力を悪用した武器の話をする。

「……守護獣の力を媒介にするとは業が深いんだね。でも、それだけの力を使ってその程度のものしか作れないとは呆《あき》れるんだね。完全に無駄な代物だね」

「その理屈だと、お前の方がより凄《すご》いものを作れるのか？」

「そうだね。その認識で間違いはないいんだね。良い素材で良いものができるのは当然なんだね。本物は良いものを最高のものにするんだね」

言いたいことはわからなくもないが……。

「ちなみに未来の盾の勇者に教えておくんだね。聖武器や眷属器《けんぞく》の中には遺伝子改造のシリーズがあるんだね。それを使えばより容易《たやす》く改良ができるんだね」

「お前な……」

とはいってても俺もバイオプラントを改造しているんだから、やっていることは同じか？

上位武器の可能性がある。

「その肩に乗っている魔物を気に入っていると聞いたんだね。もっと好みに合わせて強くさせるのはどうなんだね？」

「ラフちゃんをより強くかー」

「ラフー？」

「素で色々と成長しているからな……」

ぶっちゃけラフちゃんって俺が望む方向に変化してくれるしな。

ラトの馬車型魔物研究から連想して、猫のバスみたいに乗り物になる姿を想像してみる。

既に大きなラフちゃんのお腹に抱きつく遊びはした……次はラフちゃん型の乗り物か。

ふと脳内に、ラフタリアが俺の肩を掴《つか》んで刀で脅《おど》している光景が浮かんでくる。

嫌がりそうだなぁ。

「ラッフー」

俺の想像を察したのか、ラフちゃんが肩から下りて四本足で乗り物歩きをしている。

うん、なかなかに可愛《かわい》らしい。

「自律進化が激しくてな。下手に弄らない方が良い結果になると判断している」

「なるほどなんだね。製作者がいなくなっても進化を続ける……参考にしておくんだね」

「一時期、村中の子がラフ種に侵食された時はどうなるか不安に思ったんだけどねー」

なんて話をしていると、タイミング良くラフタリアがやってきた。

「ナオフミ様！　マモルさんを連れてきました！」

危ない危ない。危うくラフちゃん改造計画を聞かれるところだった。

話に乗らなくてよかったな。

「自己紹介は既に済んでいるようでなにより」

「当然なんだね。ここには随分と面白そうなことが散りばめられていて興味が尽きないんだね」

ホルンと守が親しげに会話を繰り広げる。

「尚文、既に話をしたと思うけど、彼女がシルトランが抱える研究者だよ」

「ああ、ここを嗅ぎつけてきたみたいだな」

「当然なんだね。先ほど、彼等が元の時代に戻る方法を探すのに協力する約束をしたところなんだね。とはいっても現状把握はもとより、色々と調べなきゃ答えの出しようがないんだね」

「話が早くて助かる」

「ここまで面白そうな話に混ざらない方が嫌だからいいんだね」

とりあえず優秀そうな奴が話に加わってくれて助かるな。

……ふと閃《ひらめ》いた。

「過去に飛んでしまったのなら、ラフタリアの刀の眷属器で絆《きずな》の方の異世界を経由すれば戻れるんじゃないか？」

波の召喚に合わせて皆を編成で移動すれば、若干面倒ではあるが少なくともこの時代からは抜け出せそうな気がする。

ラフタリアの方を見るとラフタリアが、ステータス画面を確認するようにしてから首を横に振った。

「ダメですね。反応がないです」

「となると、あまり勧められる方法じゃないんだね」

そこでホルンが答える。

「異世界の眷属器が反応しないのには理由があるんだね。理由は無数に思い浮かぶけど、行けたとしても過去の異世界にそのまま行ってしまうかもしれないんだね」

「む……」

ありえる話だとは思う。

「わかった。とりあえず元の時代に帰還するために色々と調べていくってことでいいんだな」

「それでいいと思うんだね。じゃあ改めてこれからよろしくなんだね」

「さて……守、手を煩わせてしまったな」

「元々紹介したい人だったから問題ない。気にしなくていい」

「そんじゃ子孫、一緒にこの問題に取り組んでいくんだね」

「……しょうがないわね。じゃあ大公、この先祖らしい人と私は調査を始めるわ」

「ああ、任せた。縁の下の力持ち」

こんな感じで……ラトの先祖らしき鞭の勇者であるホルンが村に押し掛けてきたのだった。

ちなみに皮肉は無視された。


夜、倉庫内にある食料で調理をして、村の連中は各々不安な夜を……。

「兄ちゃん兄ちゃん！　もう一人の盾の勇者が連れてってくれた城に俺達は行けないのかー？」

「うん。興味あるよね」

キールとイミアが興味津々といった様子で俺に声を掛けてくる。

なんというか、不安そうな感じは微塵《みじん》もない。

秘密基地を作っているガキみたいな……いや、実年齢はガキだったな。

「歴史に触れる……どんな歴史研究家すらも来ることができない地に私達は来ているということなんですね、メルティ女王」

「そうなるわね。母上だったら童心に返っていそう」

「この時代のクテンロウとかどんな風なのか興味があるなぁ……確か盾のお兄ちゃん達の話だとメルロマルクはこの世界にないんだっけ？」

「ええ、おそらくないわね」

エクレールとメルティ、ルフトが見慣れない山の方に視線を向けて雑談を交わしている。

この三人、一緒にいる期間が長い所為か、意外に仲が良いよな。

「知らない道ーどこまでも続いてるのかなー？」

「ラーフー」

フィロリアルとラフ種も外に興味を示している。

不安でも何でもなさそうだ。逞《たくま》しいといったらそうだけどさ。

こう……村ごと漂流生活状態なんだぞ？

不安に押し潰されないように平常を装っているだけだと信じたい。

「なー兄ちゃーん、明日はもう村から出てもいいだろー？　俺も探検したい！」

「キールくん、盾の勇者様が困ってるよ。ここは役に立ちたいって言わないと」

「そうだな！　さすがはイミアちゃん！　兄ちゃん！　俺も兄ちゃん達の力になりたい！　行商して情報を仕入れればいいんだよな？」

「逞しいな、お前等」

うん、コイツ等に普通の精神を期待したのが間違っているのかもしれない。

まあ変にビクビクされても困るが。

「えー……皆さん。なんか間違っている気がしますが。少しは不安な様子を見せるべきではないでしょうか？」

ラフタリアも、どうしてこんな質問しちゃってるんだろうって顔をしながら言っている。

台詞だけ聞くと悲しくなってくるな。

「え？　何言ってんだラフタリアちゃん。波ってのは何が起こるかわからないから、こんなことで不安に思ってちゃ乗り越えられないって兄ちゃん達がいつも教えてくれたんだろ？」

「あー……まあな」

何が起こるかわからないから、どんな事態にも備えられるように村の連中達を育ててきたつもりだ。

バイオプラントを植えて驚かせもしたし、色々と事件が起こるたびに対応してきた。

そんな日々が村の連中を逞しく育ててしまったってことなのかね。

「剣の兄ちゃんや槍の兄ちゃんだけなら不安だけど、兄ちゃんとラフタリアちゃん、それにフォウル兄ちゃんやメルティちゃんだっているんだ。元の時代に帰れるに決まってんだろ！」

キールの元気な答えに、皆思うところは同じなのか、俺の方を見て頷《うなず》いている。

それはポイント稼ぎか？　と俺の捻《ひね》くれた部分が訴えているな。

まあキールにそこまでの考えがあるとは思えないが。

「それに、異世界に何度も行って帰ってきてるラフタリアちゃんならわかるんじゃねえか？　過去の世界らしいけど、俺達からしたら異世界に来たってのと変わらねえよ。今度は俺達の番だって思えば楽だぜ」

ふむ……キールの言うことも一理あるな。

しかも今回はLvは下がっていないわけだし、ある程度余裕はあるってことか。

「確かに……考えてみれば今までの私達とあまり変わりはないですね」

守と話をした際にも言ったけど異世界召喚が実際にあるわけで、タイムスリップだってそれと大した違いはない。戸惑って不安に思うより、こんなテンションでいる方がタフに生き残れるような気もする。

「今度は兄ちゃん達に任せるだけじゃなくて、俺達も兄ちゃん達の力になれるように皆がんばろうと思ってるんだ」

親が無くとも子は育つ、なんて言葉があるけど、キール達の成長を目に見えて実感したような気もする。

この逞しさに逆に教えられているな。

「そうだな。異世界に迷い込んだと思えば少しは楽だな」

絆の世界に最初に行った時のことを思い出せ。

Lv1になって対人ができるのがリーシアだけの状況で、なんだかんだあって生きて戻ってこれたんだ。

そもそも俺は召喚されていきなり冤罪《えんざい》を被《こうむ》らされて、それでも生き残ってきたんだ。

今はそんな不利な状況じゃない。何も変わらない。

案外、キール達の方も精神的にタフなのかもしれないな。

「そうだな……兄貴、姉貴。俺達も元の時代に戻れるようにがんばっていこう」

フォウルもキールの言葉を聞いてやる気を出したようだ。

「ああ、当然だ」

そんなわけで……村には思いのほか平和な時間が流れている。

「過去の時代にタイムスリップした……か」

錬がなんか若干遠い目をしながら呟《つぶや》く。

「やりこんだゲームのイベントとかでなかったか？」

錬……俺以外の四聖勇者は召喚当初、それぞれがやりこんだゲーム知識で活動していた。

こういう時にゲーム知識とかが何かの役に……立ったらいいがあんまり信用はできないな。

ゲーム知識は波の黒幕によって事前に仕掛けられていた罠である可能性がかなり高い。

「過去の追体験って設定で描写されることはあっても、フィールドやイベントに過去の波の時代に戻るものはなかったと思う」

「そうか」

まあ、そんなイベントがあったら、今回タイムスリップしたらしいとわかった時点で俺に言ってくるだろうしな。

「俺はもう少しゲームのバックストーリーを追うべきだっただろうか？」

錬がそう言うが、オンラインゲームではＬｖ上げや対人にしか興味がない奴ってのも案外多い。

俺のやっていたゲームとかだと、ゲーム内のバックストーリーを全く知らずに遊んでいる奴は結構いた。経験値がもらえるイベントという認識で、ストーリーを追わずにお使いクエストと比喩されるイベントをクリアするだけの作業をな。

錬はなんだかんだやりこんだらしくゲームに関して詳しいけど、知らない部分が見つかってしまったということだろう。

「気にするな。どうせ波の黒幕の所為で色々と違うだろうしな」

もう少し気楽に生きてほしいが……まあ、かといってゲーム脳で活動されたら困るか。

樹《いつき》もそうだが、どうしてこうも極端な思考をしているんだ、面倒臭い。

薄情だったのはこの強い責任感の裏返しか？

こう、責任感が強いからこそ安易に責任を負いたくなかった、みたいな矛盾した感覚。

「あまり根を詰めずに明日に備えて休んでおけ」

「そうですよ。ナオフミ様もそうですが剣の勇者もゆっくりと体を休めて、いざって時に備えることが重要だと思います」

ラフタリアの進言に錬も頷く。

「わかった。まだ少しばかり調子が悪いんだ。早めに休ませてもらうよ」

なんだかんだ言って錬はまだ体調が優れない。

昼間はかなり活躍していたと思うけどさ。

「エクレール、錬を家まで送ってやってくれ。メルティはフィーロの部屋で休ませるから、しっかりと療養させるんだぞ」

少なくとも部屋で剣の素振りなんてさせないように、とエクレールに注意しておく。

「わかった。さあ、行くぞレン。体を休めるのも必要なことなのだ。みんなイワタニ殿のようにできはしないのだからな」

「俺がなんなんだよ！」

まったく！　どうしてこうも俺の周りの連中は俺に対しておかしな幻想を抱いているんだ？

あ、そうだ。村の連中に鏡の強化を一応施しておくか。

ラフタリアの刀が中途半端に機能しているんだ。できなくはないだろう。

底上げくらいにはなるはず。

「尚文がいるとホッとするな」

錬はそう言うと、エクレールに連れられて家へと帰っていった。

なんか錬の後ろ姿が哀愁を誘うというか、四聖勇者の中で最年少なのに老いを感じてしまうのは俺の主観が混じっているからだろうか？

……元康《もとやす》の暴走に付き合うとああなるのかもしれない。

十分に注意しよう。最悪、メルティに丸投げして逃げる。

「ナオフミ、何かわたしに用？」

「いや？　特に何も考えてないな」

「なら、なんでわたしを見ていたのかしら？　正直、なんか嫌な感じがしたわよ？」

本当、俺の周りの連中は勘が鋭くなって困るな。どうにかして話題を逸らしておくべきか。

「そういやメルティ、女王の公務の合間に俺の家に休憩に来ていたわけだが、結果的に長期休養になりそうだな」

「……そうね。ただ、文字通り休むことにはならなそうよ。本当、ナオフミと一緒にいるといろんなことが起こって目が回ってくるわ」

「全部俺の所為なのか？」

何もかも俺の責任とかいうんだったら怒るぞ。

まあ敵が多いのは認めるが。

「別にそこまで言ってないでしょ。ナオフミじゃなくてもきっといろんな事件が起こったわ。ここ最近が少し平和すぎたのよ」

これは否定できないか。

メルティやクズの周りでは、タクト討伐後はそこまで大きな事件は起こっていなかった。

だけど俺が帰ってくるなりこんな事件が起これば、愚痴の一つも言いたくもなるか。

「姉上が関わっているのでしょうけど、いい加減ウンザリしてくるわね」

「激しく同意だな。散々痛めつけたが、まるで懲りない奴だ」

俺だったら火達磨《ひだるま》にされた後、串刺し&鞭で百叩《たた》きの後に殺されたら、蘇《よみがえ》ったとしても関わりたくないと思う。

まあ、あの女がその程度で反省するような奴とは思えないが。

「ナオフミは女王が休業状態になるって言いたいようだけど、休むつもりはないわよ？　昼間は村の代表としてシルトラン国の方々と色々と調整をするつもりだから」

ナオフミ達は勇者として元の時代に戻るための手立てを探しなさいとメルティは続ける。

見た目の年齢に釣り合わない責任者の顔をするようになってきたな。

もう少し年齢相当に休めばいいものを……とはいえ、助かるか。

なんだかんだ言って、召喚された勇者がその世界の公務に関わっても細かいところには手が届かない。

上手い案を出したつもりになって失敗したら目も当てられん。

この世界では国の代表は勇者が動きやすい環境を整えるのが仕事みたいなもんだ。

「錬にも言ったが倒れない程度にな」

「この程度で倒れたら今頃生きていないわよ。息抜きくらい弁《わきま》えているわ。むしろ心配なのはフィーロちゃんよ」

「あー……まあな」

メルちゃん、ごしゅじんさまどこー……？

フィーロたーん！

やー！

って、フィーロの悲痛な叫びと元康の元気な声が今にも聞こえそうな感じだ。

「フィーロちゃんのためにも今は少しでもやっていかなきゃね。当面の生活基盤は村で群生しているバイオプラントや狩猟で得る魔物の肉でどうにかなるでしょうけど、長期滞在となると金銭の調達も視野に入れて考えていかなきゃいけないわね」

「そうだな」

メルティがなんか算盤《そろばん》でも弾《はじ》きそうな感じで俺に確認してくる。

「この辺りはナオフミの得意としていることだから先に提案しておくわ。情報収集の面も考えると、行商をするのがいいわね」

「ふむ……」

行商をしていると自然と色々な情報が集まってくる。

幸いなことにこの村は俺の指示で行商をよくやっていたから、その辺りは得意な連中が多い。

「いくら未来の情報を知っているといっても、実際の情勢が正しいかなんてわからないわ」

そういや、俺の知る日本の歴史でも史実についての見解が変わっていったりする。

つまり過去の記述なんて結構曖昧だから、冒険譚《たん》で語られる内容と違うことだって起こりうるとメルティは言いたいんだ。

ただでさえ、波の黒幕が暗躍しているわけだしな。

「今は強くなることも重要だけど情報も金銭も重要。ナオフミ、その辺りは任せたわ」

「言われなくてもわかっているさ」

まったく、メルティが俺に命令するなんてな。

ちょっと見ない間に女王が板についてきたってことかね。

なんて思いつつ、ふと……鳳凰《ほうおう》に挑む前までの状況を思い出す。

結局、俺達のやることにそんなに変化はないってことなのかもしれない。

「明日から忙しくなるな」

立て続けに問題が起こっているが、やることは変わらない。

俺達は世界を平和にするために強くなり、情報を集めていくしかない。

なんて、メルティとこれからの方針を決めたところで……。

「兄ちゃん！　やっぱ料理作り上手くなったんじゃねえか！」

キールが飯を平らげて言い放った。

「あっちで無駄に作ったしな」

「いいなー！　今度こそ俺は兄ちゃんと一緒に異世界に行きたいぜー！　いや、今も異世界に来たようなもんか！　がんばるぜ！」

ふむ……村の連中が元気なのはキールの台詞に釣られているのかもしれない。

そんな感じで、陽気なキールのお陰で皆も特に不安を感じることなく……過去の時代での生活一日目は過ぎていったのだった。

十一話　パンの木と食料問題

翌朝。

「すげー！　こんなの初めて見た！」

日課にしている村の魔物共への餌やりをして軽めの運動をしていると、研究所近くでキールの声が響き渡った。

フォウルが人の輪から少し離れたところで、困惑の表情でキールの方を指差しているぞ。

俺が行けってか？

「どうしたキール？」

騒がしいので近寄るとキールと村の連中が……ホルンと何やらワイワイと騒いでいる。

ラトも輪に混ざっているけど微妙な顔をしていて、村の連中は妙に興奮している感じだ。

フォウルが輪に混ざらない理由はわかった。

ホルンが苦手なのか。

だが、その反応はフィロリアル共と同じだぞ？

野性的なところがあるから、危険な相手には近寄りたくないって発想になるのかね……。

「ああ、未来の盾の勇者なんだね。せっかくだから君も見るといいんだね。わたーしの手始めの代物を」

ホルンが見覚えのない木を指差す。

なんだアレ？　パッと見はバイオプラントなんだが、実っているものが違う。

普通だとトマトみたいな赤い実や果物みたいなものが実るはずなんだが、パンのようなものが実っている。

「兄ちゃん兄ちゃん！　ほら！　すごくね!?」

キールがパンっぽい木の実を俺のところに持ってくる。

毒とか危険なものはないか念のために確認。

……うん。毒物判定での反応はない。

実を半分にしてみる。うん……普通にパンだな。

試食してみてもおかしなところはない。まんまパンとしか言いようがないな。

あ、中に種っぽいものがある。

柔らかいな。そのまま食べることもできそうだけど念のために取っておく。

キールが持ってきたのはコッペパンだけど木にはフランスパンのようなものもぶら下がっている。

「パンの木ってか？」

そんな、子供の夢物語じゃないんだから、と半ば呆《あき》れる。

「はっはっは。この植物は自由に弄《いじ》れる幅が大きくて実に使い勝手がいいようだね。実験的に作ってみたがここまで思った通りに出来るとは驚きなんだね」

驚きなのは俺の方だよ。

なんだよこれ。バイオプラントでこんなものも作れるのかよ。

遺伝子組み換え技術の行き過ぎた危ない食べ物に見えなくもない。毒性はないけどさ。

「なああホルンの姉ちゃん！　クレープの木ってのはできねーのか？」

「クレープというのがなんなのかわからないんだね」

「兄ちゃん兄ちゃん！　ホルンの姉ちゃんにクレープを作ってくれよ！」

「知的好奇心の観点から、ぜひとも未来の盾の勇者から教わりたいものだね」

「その程度、守《まもる》も知ってるだろ」

「知っていても実物を作れるとは限らないんだね」

「大公、あんまりこんなことしていいかわからないのだけど……」

まあ、過去から帰ってきたら未来でパンの木が当然のように群生とかしてそうだもんな。

非常に危ないかもしれないから管理は厳重にしたい。

とはいえ……こんな植物が簡単に出来るなら村の食料問題が多少は楽になるか？

うーん……どうしたものか。

「なー兄ちゃーん！　クレープ食いたいー」

キールがここで、どさくさに紛れて俺が作ったクレープを食いたいと連呼する。

「朝からクレープか？」

キールが好むのは甘いクレープであって、食事というよりデザートに近いぞ。

昨日のうちに仕込んでいたメニューとは大きく異なるから正直作るのが面倒臭い。

あの程度のお菓子なら作れなくはないが無駄に物資を消費するのもな。

小麦粉だと俺が思っている食料の在庫にも限りがあるわけで……。

この辺りはシルトランの連中から仕入れなきゃいけない。

あればいいが無かったら悲惨だ。

まあ、そういった面でもホルンにバイオプラントを改造させて、食料自給率を高められればいいのか？

「作ってもいいが、しっかりと仕事をするんだぞ」

「よっしゃー！　絶対にやり遂げてやるぜ！」

「キールくんならできるはずだよね」

「おう！」

まあ、キールが村の連中のうちでも行商の成績が良いのは確かだしな。

なんだかんだ言って俺が行商を離れて久しい。

フィーロはアイドル的な人気でメルティ主催で行われた祭りで稼いだが、継続的な稼ぎで言ったらキールの方が上だ。今は情報も欲しいわけだから……キール達のやる気を上げておくのは結果的に良い方に転ぶか？

「あんまり俺達の内情とかペラペラと話したりするんじゃないぞ？　何が起こるかわからないんだからな？」

「わかったぜ兄ちゃん！」

本当にわかってるのかね？　隣にいるイミアに視線を向ける。

イミアはキールと仲が良い。上手《うま》いことキールの舵《かじ》取りを頼みたいな。

イミアは俺の視線に気付いて、若干照れくさそうに頷《うなず》く。

俺の意図を察してくれたか。

なんていうか、イミアって出会った頃のラフタリアを彷彿《ほうふつ》とさせる時があるな。

「アクセサリー作りは後回しにしてキールと一緒に行商を任せるぞ」

「は、はい。何が売れるのか判断できませんし……調査します」

「クレープクレープ！」

キールが犬モードで思いっきりはしゃいでいる。

「ラーフー」

ラフ種がそんなキールを微笑《ほほえ》ましいといった顔つきで見つめているな。

その光景は見る者の心を和ませる……のかもしれない。

「わたーしがちょこっと本気になったら、この程度造作もないんだね。未来の盾の勇者、この植物を使えば仮設の家ではなく城だって容易《たやす》く建てることもきっとできるはずなんだね」

「そりゃあ凄《すご》いとは思うが……土壌とか大変そうだな」

「課題はその辺りだね。さすがに城まで建てると辺りが草一本生えないことになるかもしれないんだね」

危険なことを平然とぶちかましてくるな。さすがはラトの先祖か。

いや、比べるといかにラトがまともなのかがわかる。

「何よ、騒がしいわね」

メルティが眠そうな顔をしながらやってくる。

ちなみにラフタリアは不安でなかなか寝つけなかったらしく、まだ寝ている。

これ以上騒いだら起きてくるだろう。

俺がパンの木を指差すとメルティも眉を寄せつつ何やら呆れ顔。

「随分と変わった植物が生えたわね」

「ああ、ラフタリアが起きたら驚くだろうな」

「そうでしょうね」

「未来には無いんだね？」

「うーん……似たようなものといったら冬期が旬のチョコレートかしら」

「は？　チョコレート？」

カカオじゃなくて？

「チョコレートが木になるのか？」

「ええ、過去の勇者が広めたバレンタインってイベントの影響でね」

バレンタイン……異世界でもそんなイベントがあるんだな。

波の所為《せい》でそれどころじゃないけどさ。

「とある地方にチョコレートが実る木があってね。その時期になると大量に世界中に出荷されるわ」

「へー……」

チョコレートが実る木……それは完成品の方だろうか？

どこかで聞いたことのあるような話だな、と俺はパンの木に目を向ける。

こんな感じで作られたのかな？

「繁忙期のチョコレート農家は大変って話はよく聞くわね」

チョコレート農家……凄い言葉だ。

まあ、チョコの木が実在するなら農家のカテゴリーに入ってしまうのかもしれない。

しかし……そんな幻想植物が存在するとは驚きだな。実に夢に溢《あふ》れた代物だ。

それも転生者が作ったのだろうか？　それとも正式な勇者が遺《のこ》した代物なのか……。

バイオプラントなしで作ったのなら相当な代物だろう。

「それも興味深い話なんだね」

「問題はここにはないってことだし、実物を見せるのは難しいってところだな」

生憎《あいにく》とチョコレートを俺は所持していない。

食材がなければ調理のしようがないからな。

「ふむ……今後の研究課題に入れるのもいいかもしれないんだね」

「そんなしょうもない研究をするくらいなら、俺達が未来に帰れる研究をしてくれ」

腕が良いのはわかった。

だから俺達が元の時代に帰れる手立てをしっかりと探してほしいもんだ。

「わかっているんだね」

本当にわかってるのか？

そう思いつつ、俺は朝食作りにクレープを一品追加することとなった。


「あの……ナオフミ様？　バイオプラントでまた妙な代物が増えたと聞いたのですが」

さっそくラフタリアが村の状態を耳にしたらしく、尋ねてきた。

「概《おお》ね間違いはないが、俺の所為じゃないぞ？」

「ホルンさんが作ったそうですね」

「ああ、いきなりあんなものを作っていて驚いた」

「あの……このまま放置して大丈夫なんですか？」

「不安に思う気持ちはわかるが損はないから受け入れておけ」

「どんどん私の知る村からかけ離れていっているような気が……」

思わず愚痴るラフタリアの郷土愛は大事にしてきたつもりだったが……ラフ種を量産した辺りでその意識を吹き飛ばした自覚はある。

「思えばナオフミ様が便利だからと桜光樹を植林した辺りでおかしくなっていましたね。もう気にしない方がいいのかもしれないと思えてきました」

これは危険な兆候かもしれない。ラフタリアの常識が揺らいできている。

しっかりと俺のストッパーになってもらわねば困るが……この辺りは大丈夫だと思うしかない！

そんなこんなで朝食を終えてこれからの行動を決める。

「さて、行商を始める前に守のところに行って挨拶でもしておくか」

まずはシルトラン国内での販売に力を注ぎながら情報を集める予定だけど、それよりもまずは情勢の確認と守の許可が必要か。

国内で活動していいといっても、いきなり行商なんて真似をしたら困るかもしれん。

事前に話は通しておくのがいいだろうな。

「ついでに村の連中を紹介しておいた方がいいだろう」

昨日、城の方で戦争で親を失った子供達の面倒を見ているって話していた。

アイツ等とキール達は上手いこと仲良くできるかもしれない。

元気そうに見えて不安に思う連中もいるだろうし、ああいった連中との付き合いの中で、キール達に世の中の常識や流れを掴《つか》めるようになってもらいたい。

勇者の配下だから好き勝手していいとか、勘違いしたまま成長されるのはできる限り避けたいからな。

「というわけでシルトランの城に挨拶に行くからお前等、しっかりと付いてくるんだぞ」

「はーい！」

キール達を連れて俺達はポータルでシルトランの城に到着した。

ああ、事前に錬《れん》やフォウルに場所を登録させに行ったから転移可能人数は十分に確保している。

「おおー！　ここがシルトランって国なんだな」

シルトランの城下町に連れていくとキール達がやや興奮気味に辺りを見渡している。

「なんか田舎の国みたいだなー。メルロマルクの外の小国と似た感じだ」

キールの奴、もう少し遠慮ってものを知れよ。

ここでイミアが聞き耳を立ててシルトランの連中の声を聞いている。

「メルロマルクの言葉と違うんですね」

あ、そういや村の連中って他国の言葉を話せない奴が多かったっけ。

「そんなの、ここでどうにかすればいいんじゃねえか？」

キールが胸を叩《たた》いて言い切るが、それは違うだろうと指摘したい。

「ちょっと発音が古い感じがするね」

ここで同行していたルフトが、俺とメルティに感想を言う。

あ、そういやルフトはクテンロウ出身で言語的にはシルトヴェルトと同じだったか。

となると……少なくとも二ヶ国語が喋《しゃべ》れる奴を行商時に同行させないといけないな。

わかっちゃいたつもりだけど案外大変そうだ。

「キールはシルトランの言葉はわかるか？」

「わかんねー」

それじゃあダメだろ。

せっかくのワンコもそれじゃあ使いものにならん。

「メルロマルクの隣国の言葉はなんとなくわかるぜ」

「場所によっては違う言語だったりしますものね」

「あと、フィロリアルが翻訳してくれたりして覚えた言葉もあるからきっと大丈夫だよ！」

「村の子達の一部には言葉がわかる人がいますので、行商はできると思います」

楽観的なニュアンスをそのまま口にしたキールの代わりにイミアが説明してくれた。

「ああ、そう……」

ガキ共も成長が早いんだろうが……大丈夫か？　ちょっと不安になってきたぞ。

そんな会話をしながら城の方に向かい、守がどこにいるのか聞いて城の食堂にやってきた。

「ああ、尚文《なおふみ》か。早いな。こっちは朝食を食べてたところだったんだけど、食べてくか？」

「いや、出発前に食事は終えてきた」

俺のところの朝は思いのほか早いからな。

むしろ守達の食事の方が遅い。

「それで？　朝早く何の用？」

「ああ、これから情報収集と金稼ぎを兼ねて行商をしようと思っているんだが、一応守の許可をもらっておいた方がいいと思って挨拶に来たんだ」

「なるほど。正直に言えば流通に関しては俺達も困っていたところだ。やってもらえると助かる。けど他国から密入国した盗賊が多いらしくて危険だけど大丈夫か？」

まあ、小国で大国から攻められたりしているって状態らしいもんな。

「その辺りは問題はない。お前等、何かあったら自分の身くらい守れるよな？」

「当然だぜ！」

キールが筆頭となって言い切る。

まあ、Ｌｖは十分に上げてあるから戦えないわけじゃない。

鳳凰《ほうおう》やタクトを相手に、大きな戦いをコイツ等は経験しているわけで、生半可な魔物や盗賊程度じゃ負けないだろう。

「そういえば尚文のところは亜人獣人が多いようだな。しかし強種族……強い種はそこまでいないとか」

村の連中を思い出してみる。

まあ、村の中で種族的に強いなんてのはフォウルとサディナ、シルディナくらいか？

シャチ姉妹は今回いないから、実質フォウルくらいなものだろう。

ラフタリアはクテンロウの血筋なのでラクーン種に似て非なる種族だ。ルフトもな。

「パッと見だと強そうな種族がいないのは確かだな」

獣人だと多いのは手先が器用だからという理由で購入したモグラ獣人のルーモ種で、他は疎《まば》らだ。

一応イミアとその叔父が代表で……叔父は基本留守にしているからイミアが代表なんだっけか？

「ならシルトランに馴染《なじ》むのも早いだろう」

まあ、軽く見た感じだとシルトランの住民はあまり戦いが得意そうじゃない。

威圧とかされないって意味で行商しやすいだろう。

「ただ、フィロリアルやラフ種というんだったか。あの二種は珍しいし、目立ちすぎるから少し考えた方がいい」

そういやフィロリアルはまだこの世界にいないんだよな。

過去改変で歴史に名を残してやるぜ！　って気持ちでもない限りは無駄に目立ってしまうしょうがない。

「なら人目につきそうなところではラフ種に隠蔽《いんぺい》してもらうとしよう」

ラフ種に変化した魔物共は馬車を引くくらいの体力はある。

しかも幻覚魔法を使えるから姿を偽ることも可能だ。

人目につくところでは馬とかに化けさせて移動させることも可能だし、フィロリアルと力を合わせれば悪党が出てきたところでどうとでもなる。

「未来では随分と多芸な魔物が多いようだ」

「まあな」

もしくは、守がどこからか使役してきた魔物達で誤魔化せばいいかもしれない。

余計な火種になりそうだから、この方法は後で守に聞いてみるか。

「昨日のお兄ちゃん達。お話終わった？」

守が世話をしているガキ共が声を掛けてくる。

キール達を見て興味津々って様子だ。

「兄ちゃん兄ちゃん。あの子達は？」

「ああ、守が世話をしているガキだそうだ」

「へー！　そうなのか！」

「ああ、言葉が通じないかもしれないけど仲良くしてくれ」

守がそう言うと、キールは俺の方を見てくる。

俺も同意見だ。これからしばらくはこの国で厄介になるんだしな。

「わかったぜ兄ちゃん達！　俺の名前はキール！　これからよろしくな！」

キールが決めポーズとばかりにボフッとワンコモードになって挨拶をする。

「わー！　この子すごく可愛《かわい》い！」

「うん！　子犬ー！」

「ワン！」

キールがここでワンと鳴いて応じ、ボディランゲージで守のガキ共に向かっていく。

無邪気を絵に描いたようなキールの警戒心のない動きに、最初こそ躊躇していたガキ共はすぐに
キールに笑顔を向ける。

モフモフの毛皮を撫《な》でろとばかりにじゃれついて相手の手や顔を舐《な》めるその動作は完全に犬その

ものとしか言いようがない。ふんどしもある意味ここではチャームポイントにしかならん。

……キールの行商の成績が良いのはこのしぐさの所為か。

「ボクもキールくんとラフ種達直伝の接待術で仲良くなってくる！」

ここで黙っていたルフトがラフ種と似た感じの……最近よくやるあざといと表現される目つきでガキ共に近づいて声を掛ける。

「ボクの名前はルフトミラ、この子はキールくん。これからよろしくね」

ルフトはシルトランで通じる言葉で接しているのか、ガキ共は自己紹介に頷いている。

「モフモフー」

「この子達可愛いー」

「どうだ！　俺、カッコイイだろ？」

キールがここで親しげな様子で応えるが、お前は可愛いと言われているんだぞ？

どうも若干ズレがあるな、コイツ等。

「よ、よろしくお願いします」

イミアもキール達に続いて、仲良くしようと近づく。

若干ぎこちない感じがするが、そこそこ輪に混ざっていっているな。

「微笑ましいですね」

ラフタリアがそんなキール達の様子を見て笑みを浮かべる。

まあな。

「ただ、キールくん。それではカッコイイとは言われないと思いますが……」

「あんまり言ってやるな。これがキールの人気の秘密だ」

若干バカっぽい方が可愛げがある。天然って恐ろしいな。

「さあみんな。食事の時間だから、なおふみのところの子達と遊ぶのは後にしなさい」

レインが手を叩いて音を鳴らして注意する。

「「「はーい！」」」

ガキ共が揃《そろ》って頷いてから、キール達に挨拶をして椅子に座る。

「飯かー？」

なんかキールのフレンドリーな態度で、ガキ共がキールに自らの飯を分け与えようとしている。

これはアレだな。小学生達が捨て犬を拾って内緒で育てようとする感覚に似ている。

「キール、さっき俺達は食っただろ？」

「えー！　でも兄ちゃん！」

俺が無言で、ガキ共を見るようにキールを促す。

「……わかったぜ兄ちゃん！　それはお前達が食わなきゃダメな飯だぜ」

ガキ共の栄養状態がやや悪いように見える。

城下町の様子も合わせて考えるに、食料事情があまり良くないのだろう。

波での被害もあるだろうし、しっかりとした食事を取りづらいってことだな。

そんな奴から施しを受けるわけにはいかない。

「この子食べてくれないよ？」

「お前等が食うものだって言ってんだよ。餌をやりたかったら後で俺が用意してやるから一緒に食えばいい」

「ホント!?」

ガキ共の目が輝いた。

ちょっと甘いかとは思ったが、守と友好関係を築くには良い手段だろう。

「絶対だよ！」

「ああ。そんなわけでキール、アイツ等とは仲良くしてやってくれよ」

「当たり前だろ！」

元気で結構。

「ナオフミ様、今、キールくんのご飯を餌と言いましたよ？　気付いてますか？」

キールなんだからしょうがないだろ。

「じゃあ飯を食い終わったら話をしよう」

「悪いな。尚文」

飯時に来た俺達が悪いんだ。

それに……守達の食料事情を知ることでこれからの方針もそれなりに決まってくるしな。

やはり食い物は金になるかもしれない。

魔物の肉とかも適切に処理すれば食えるだろうし……下手な貴金属や宝石なんかよりも食料の方が現在のシルトランでは需要がありそうだ。

あとは薬とかその辺りか。

そんなわけで、守達が食事を終えるのを待ってからキール達との親睦会っぽい催しを行った。

やはり年齢が近いから仲良くなるのが早い。

いじめとか起こらないか心配したが、キール達も行商等の経験が生きているらしく、ガキ共の機嫌を損なうことなく相手をしている感じだった。

「いやはや、尚文達のお陰で賑《にぎ》やかになって助かるよ」

「俺のところの連中が好奇心を抑えきれなくてな。とりあえずアイツ等が国内を周《まわ》って流通を活性化させつつ金稼ぎをするつもりだ」

「あの子達とすぐに打ち解けたから驚いた。実は結構人見知りする子が多いんだ」

「まあ、アイツ等とは色々と似た傷を持った連中だからかもしれないな」

ラフタリアを含めてキール達は波の所為で家族を失った連中ばかりだ。

家族を失った悲しみを知る分、相手の痛みもしっかりと理解しているし、感じ取るのが早い。

それでありながら、刺激しないように想いやれる。

似た者同士だからこそ、仲良くなるのも早いんだろう。

で、昨日、俺に対して舐め切った態度を取っていた……シアンとかいうネコ耳っぽい子供は俺と守の近くで若干オドオドとした表情をしながら佇《たたず》んでいる。

なんなんだお前？

「アイツ等の輪に混ざらないのか？」

「見てるだけでいいの」

まあ、いるよな。こういう輪に混ざれない子。

別に俺は気のいい親切なお兄ちゃんになる気はないから、そこまで気を使うつもりはないがな。

「あっそ」

なのでそっけなく答える。

適当にキール達の親睦会を見ながら守に、シルトラン内で周ってほしいところや運んでほしい物資の相談をする。

やはり城下町の復興と発展のために色々と入り用のようだ。

金のなる木が点在しているのがわかる。

問題はシルトランの国力と物価か。

まあ、当面は投資と思って巡回していくしかない。

元の時代に戻るにはどうしたらいいものか。

そんな感じで守と話をまとめていると、シアンが興味深そうに地図を凝視している。

「行商が気になるのか？」

「え？　べ、別に……」

俺の質問にシアンは冷めた口調で視線を逸《そ》らす。

その態度は、気になりますと言っているようなものだぞ？

守も生温かい目を向けているな。

ふむ……これは俺から持ちかけて得になる話かわからないが、悪い考えじゃないだろう。

「キール達と仲良くやれそうだから、守、お前のところのガキ共も行商に参加させてみるか？」

「え？」

「別に不思議じゃないだろ？　俺達が不穏なことを仕出かさないように監視する意味もあるし、アイツ等も多少は戦う術《すべ》を学ぶいい機会じゃないか？」

働かざる者食うべからず。

せっかく成長が早い亜人なんだ。

キールだってワンコ形態の時はペットにしか見えないが、亜人状態では実年齢と釣り合わないそこそこの見た目だ。まあ、ラフタリアほどの成長をしたのは同種のルフトか奴隷の中では元々年齢の高いフォウルくらいだけどな。

可哀想《かわいそう》だからといって保護しているだけでは前には進めないだろう。

「下手に怪我したりとか魔物に負けて死なれたりしちゃ困るっていうなら、しばらくは守も行商に参加すりゃいいだろ」

「わーお。マモル、なおふみに手玉に取られそうよ！」

チッ！　レインが余計なことを言いやがった！

「ナオフミ様、何か悪いことを考えていたんですか？」

「いや別に？」

先代の盾の勇者を行商の見張りに使えるなら便利だなー程度のことしか考えていない。

「……尚文達がいいのならこちらに文句を言う理由はない。あの子達にも良い刺激になるだろうし」

守はシアンと軽く見つめあった後にそう答える。

「決まったな。というか……先代の盾の勇者は行商をしたことがないのか？」

「国が色々と援助してくれていた……」

羨《うらや》ましい限りだな。

俺とは次元が異なる。なら叩きこんだ方がいいだろう。

大国相手であってもしっかりと物資と戦力を揃えれば簡単に付け入られたりしないってことをな。

「国の重鎮との話は俺のところのメルティが参加させてもらう。その代価としてビシバシと行商による流通の活性化の方法を教えていく」

「そんな長い時間は同行できないけど教えてもらえると助かる」

なんて感じで、その日からしばらく守達と国内を馬車で周るようになった。

「おーし！　これからシルトランの国内を周って行商をしに行くぞー」

「おー！」

「何が始まるのかわからないけど、なんかワクワクしてきたー！」

「俺達ががんばることでみんなの生活が楽になるんだぞ」

キール達も逞《たくま》しく、過去の、しかも見知らぬ地域への行商に臆《おく》することなく、守のところのガキ共と一緒に思い思いに行商に出ていく。

「じゃあ出発……なんだが」

「行ってらっしゃいませ、マモル様！」

「この度の復興案が成功することを祈っております！」

「共にシルトランを盛り上げて参りましょう！」

守が馬車に乗ると、シルトランの城下町にいた連中が揃って敬礼して見送ってきやがった。

すげぇ信頼されている。

戦った際にタフな印象を覚えたのはシルトランの国民からの絶大な信頼が原因かもしれない。

盾の聖武器の強化方法には信頼され信頼することで強くなるというものがある。

俺の場合は漠然とした信頼で、無意識の状態でもそれなりに高い防御力が作動していたが、明確に強化方法を自覚することでハッキリと形になりはした。

けれど……それはシルトヴェルトの連中や今まで付き合いのあるメルロマルクの連中からの信頼に重きが置かれていて、他の連中からの信頼はやや劣る印象を覚える。

守の場合は……うん。単なる聖人なんて次元ではない、明確に信じようとする英雄って感じだ。

「これが勇者としての格なのかね」

「何が？」

「守のカリスマ」

「そんなんじゃない。俺が皆を守りたいと思ったから、皆も俺を信じてくれているだけだ」

うわ……歴史書に書かれていても不自然じゃないくらい、臭いセリフが自然と出やがった。

これが歴史に名を残す勇者ってことなのか？

「とても真似できそうにないな」

「ナオフミ様もできていると思いますよ」

ラフタリアが励ましてくれているが、どうも守との違いを自覚させられる。

さすがは後に盾の魔王と言われる男ってところか。

「隣の芝生は青いってやつだろ。尚文は口は悪いが、シアンが懐《なつ》いたんだから悪人じゃないのはわかる」

「シアンって……」

守にピッタリくっ付いて俺を見ているシアンに目を向ける。

「懐いてんのか?」

猫みたいだなと思いつつ、日本にいた時に野良猫をあやしたみたいに指で手招きして、本能を刺激するようにチラチラと指を振る。

気になるのかシアンは俺の指を凝視しながら様子を見てるな。

そのままゆっくりと喉元に指を当てて撫でる。

「ゴロゴロゴロ……」

撫でられてシアンは気持ち良さそうな声を出しつつ守の膝の上で転寝《うたたね》を始める。

うん、完全に猫だな、コイツ。

キールが子犬だとするとコイツは子猫だ。

扱いやすいな。

「十分に懐いていると思うよ。不思議なくらいに」

「えー……やっぱりナオフミ様は子供をあやすのが上手だと思いますよ?」

「そうか?」

亜人というより子猫と思って接しただけなんだがな……。

これを信用だと思われるのはなんか間違っていると思う。

少なくとも守のカリスマとは違うだろ。

守が勇者だとしたら俺はペットトレーナーじゃないか?

「盾の強化方法は同じはずなのに、俺のは過去に来てから中途半端な気がするな」

ステータスを確認すると、どうも思ったよりも防御の伸びが悪い。

やはりこれはぼんやりと盾の勇者を信じる者と、守を信じる者の違いか？

で、守が信じている仲間ってのも盾の強化を受けているのがそれなりに動きが良くてな。

ガキ共のほうじゃないぞ？

「同じ勇者というのは俺も未経験だったが、色々と違いが出るもんだな」

「ああ」

盾の勇者同士でもここまで差が開くとなると、なかなかに苦労しそうだ。

まあ、俺の場合は俺自身じゃなく盾の勇者が信じられていれば効果はあるから、守より効果が低くてもそれなりには動けるだろう。やっていくしかない。


「キール、まずは客を集めろ。ふんどし犬姿で注目を集めて、話ができる奴等が料理を売るんだ」

さて、やはり俺の読み通り食料の需要が高い。

「わかったぜ！　つーか、今回は兄ちゃんが飯を作るんだな」

「ある程度村の連中でも作れるものにしておいた。今は覚えてもらうことを重視して、出店で儲《もう》けるんだ」

どうも過去の時代では波や戦争などの影響で食い物が足りない。

シルトランの国民は戦闘に関する心得が足りず、食い物になりそうな魔物を倒す術がない。

もちろん、国の兵士や騎士とかが魔物を倒すことで治安維持はできている。

しかし、魔物の肉などを適切に処理できていない。

守も多少は料理の心得があるわけだけど、日本で得た軽食程度の知識らしい。

焼き肉とかステーキを作るにしたって捌《さば》いてから筋を切ったりする必要があるからなぁ。

盾の補正や自動調理でどうにかしているようだが、アレって美味《うま》くも不味《まず》くもない普通の料理が出てくるんだ。

それで今までどうにかしてきたそうだ。

さすがに盾の調理だけでは国民の飢えを凌《しの》ぎ切ることなどできないもんな。

その解決策として試験的にフィロリアルとラフ種が力を合わせて馬車を引き、行商が始まった。

守も国内の物価に関しては多少知っていたし、知り合いの商人繋《つな》がりで相場を耳にしていたようだ。

しかし、ラフタリアやフィーロと一緒に行商をしていた頃や、キール達に任せた商売とは若干毛色が異なる商売に変化しつつある。

ちなみに馬型の魔物は戦争の影響で数が少ないんだと。なかなかに大変な時代なんだな。

「兄ちゃん！　串焼き一〇本追加だってさ」

「はいはい！」

なんていうのか……気付けば行商は移動屋台になっていた。

町から町までの間に遭遇した魔物を倒し、適切に処理、食材にしてから町で調理して売る。

国内の連中は金を持っていなかったりするので、物々交換に応じたりして料理を食わせた。

過去に転移する前だったら断った物資だが、木材や石材も復興に使えるってことで応じたしな。

それで集まった資材は城下町に運んで復興に当てる。

日に日に城下町の復興が進んでいくのは目を見張るものがあるな。

しかも俺のところのルーモ種の連中が建築に携わって頑丈な家作りに貢献している。

「未来の盾の勇者には随分と逞しい仲間がいるんだな。色々と助かる」

古いRPGとかだと魔物を倒せば金にはなったが、実際は金なんか落とさない。

錬や樹《いつき》、元康《もとやす》は国内の問題を依頼という形で解決して金稼ぎをしていたらしいし、守もその辺りはあまり違いがないらしい。

もちろん商売で一発当てた勇者やタクトみたいな奴はいたみたいだけどな。

どっちにしても波で荒れている国家情勢の中では、こういった行商での金稼ぎってのは案外チャンスが転がっている。

そんな好調とも言える行商の滑り出しだったのだが……俺達が過去に来て一週間が経過した頃。

事件は起こった。

十二話　戦争への決意

深夜……村で売る商品の下準備等をし、メルティや他の連中と今後の方針の打ち合わせを終えてそろそろ寝るかなってところで、守が俺の家の扉を叩《たた》いた。

出ると、レインを含めた仲間を連れて神妙な顔つきをしている。

村の連中も不穏な気配を察したのか、家から出てきてこっちを見ているぞ。

村中の奴等が集まってきている。みんな、この手の空気には敏感になったもんだ。

「尚文《なおふみ》、緊急で話があるんだ」

俺は溜息《ためいき》をつきながら村の広場まで行き、守達と話をすることにした。

「なんだ？」

「ピエンサを含めた連合国がシルトランにまた進軍してきた。尚文達を巻き込みたくないから避難の準備をしてくれ」

「いきなりだな。どうしても避難しなきゃいけないのか？」

俺の問いに守達は頷《うなず》く。

「できれば巻き込みたくない」

ああ……そういや守と初めて遭遇した際に言ってたな。

国境沿いの視察をしていたって。

その時に錬《れん》と遭遇して交戦したわけだから、ピリピリしていたのも当然か。

「そう言って村をもぬけの殻にしてから俺達の技術を略奪しようって考えじゃないだろうな？」

俺の疑いの言葉に呆《あき》れたのか、ラフタリアやセインから言葉はない。

「何……寝たばかりだったんだけど……」

メルティがフィーロの部屋から寝ぼけ眼でやってくる。

「ああ、なんでも他国が攻め込んでくるから、戦場になりそうなこの村を放棄して逃げてくれって守達が言ってきてな」

俺の返事に、メルティが眠気をどこかに吹き飛ばしてキリッとした表情になって俺の隣に立つ。

切り替えが早くて助かるな。

「わたしもシルトランのお城の方で色々と話は聞いていたわ。まさかこんな情勢で攻め込んでくるなんて……」

「ピエンサや連合国はそんなにも守達に対して敵意があるのか？」

「属国にならないことに関して不満に思うところはあるでしょうね。でも他にも理由はあるみたい。先代の弓の勇者達を抱え込んでいるのもあるけど、更に過去の勇者が建国した国の跡地……聖地を領土にしたくて攻め込んでいるみたいね」

メルティが地図を広げて指差す。

ピエンサって国自体とは多少距離があるな。隣国ではない。

だけど国土を広げている最中のようだ。

で、俺達のいるシルトランって国はピエンサが欲しがっている場所を侵略するのに都合が良いようだ。

「聖地って……」

「ええ、ナオフミも覚えがあるでしょ？」

三勇教によるメルティ誘拐でっち上げ騒動時にフィトリアが連れていってくれた廃墟《はいきょ》だ。

あそこにそんな重要そうな意味があったのか？

「どうもこの時代だとあそこは世界を制する覇者の土地……と信じられているみたいなの。上手《うま》く占拠できれば……」

「体制は盤石になるってか？」

そんな上手い話があるのかね。

「他にも色々とね。強力な武器、力、魔法……その何かが眠っているってお伽噺《とぎばなし》が信じられている

そうよ。わたしの時代じゃ聞かない話だけどね」

だから聖地……うへ、そんな雲を掴《つか》むような話を根拠に戦争をするくらいなら、勇者だけで乗り込んでこいと言いたい。

まあ、侵略の名目だということは想像に難くない。

「『波で争っている暇はない。我が国が世界を統一し、聖地から祝福を受けて波を乗り越える！』

ピエンサの王の呆《あき》れた言葉なんだね」

ホルンがやってきて補足を行う。

この国、立地が悪いとか……ウンザリしてくるな。

ここが本当に後にシルトヴェルトになるのか不安に思えてくるくらいだぞ。

まあ、俺も行商で国家情勢に関しては多少は耳にしていた。

シルトランが流通に関して困っていたのにも、このピエンサが関わっているはずだ。

で、ピエンサは弓の勇者が所属する国……やりたい放題をしない理由はないってことか。

「どこの時代も弓の勇者は問題ありってか？」

樹《いつき》にしても過去の勇者にしても、弓の勇者ってのはどうも、しなくてもいい問題行動が目立つ。

弓の聖武器そのものに色々と説教したくなるぞ。

「波に対抗するため、国家統一による平定を目指すことに納得している人物なんだね」

あー……これって考えてみれば俺達の時代のメルロマルクが当てはまるかもしれない。

フォーブレイに勝利した所為《せい》で、近隣諸国どころか世界規模で無駄な戦争をしないって空気が構築されている。

逆にそんな空気を構築できなかった絆《きずな》の方の異世界は未《いま》だに戦争の危険が付き纏《まと》っているもんな。ラルクがその辺りの交渉に追われていたし……そのラルクは俺達が担当する異世界に来てアクセサリー修行しているけどさ。

もしかしてラルク……そんなキナ臭い交渉が嫌になって俺達の世界に逃げてきたとかじゃないよな？

グラスに丸投げしていたし……疑惑が付き纏う。

「いくら波を乗り越えることが目的だったとしても、無駄な侵略をしていい理由にはならない。だから俺はピエンサの命令には従わないと決めて敵対したんだ。それは国の皆も同じだ」

守の言葉に、守の仲間達は思い思いの決意に満ちた表情を浮かべている。

戦争なんて末端は悲惨だからな。

大国が本気になれば小国なんてあっという間に滅ぼされるのが摂理。

勇者同士が協力して波に挑むって発想は……この時代でも無いってことかね。

話し合いっていうのは力で組み伏せられない相手に効果があるわけで、力で思い通りになる相手の話なんて聞くわけがない。

話し合いに持っていくには、組み伏せるのは難しいぞ、と思わせることが重要なんだ。

だから最低限、力がなければ始まらない。

しかも戦争は悲惨だ。略奪も平然と起こる。

クズやメルティもその辺りの問題に追われていたらしい。

理解があるのか、メルティも守達に異議を唱えない。

とはいっても、後の歴史ではピエンサって国は滅んでいるんだよな？　しかもシルトヴェルトによって……ある意味、敵対した盾の勇者によって滅ぼされた国ってことでいいのかね？

そこでメルティが俺を小突いて耳打ちしてくる。

「メルロマルクが国教にしていた三勇教はね、元々四聖教から派生したのもあるんだけど……盾の勇者を憎悪する宗教を改宗させて取り込んで大きくなった経緯もあるの。もしかしたらこの時代からその問題が尾を引いているのかもしれないわね」

歴史の闇の中で消失した事実の中に、三勇教との因縁があるのかもしれない……か。

まあ、メルロマルクの三勇教の基礎は槍《やり》と剣の世界の宗教なんだろうけどな。弓の勇者が溶け込むのが早かったのは、滅ぼされたピエンサの末裔《まつえい》を取りこんだからかもしれない。

嫌な歴史の闇だ。

「話はわかった。が……」

俺は不安そうな表情で様子を見ているキール達に視線を向ける。

「兄ちゃん！　俺だって戦うぜ！　わんわん！」

キールは元気だな。それでこそキールと言うべきか。

フィーロと同じくムードメーカーとしての役割をしっかりと果たしている。

「盾の勇者様の命令とあらば私達も戦う所存です」

イミアを含めたルーモ種の連中も戦いの決意を見せて、各々携帯している武器を手に持つ。

ルーモ種の連中って手先が器用だからか、小剣とか弓を持って戦うんだよな。

あとはツメ……拳とも言えるのか？　他に土魔法が得意だそうだ。

村の中じゃ性格的に戦闘に向いていないし、消極的ではあったけど……。

「もう奪われるわけにはいきませんから」

イミア達も奴隷狩りの所為で村を滅ぼされた過去がある。

キール達と馴染《なじ》むのが早かったのはそれもあってなんだ。

「敵はどれほどの規模なんでしょうか？」

ルフトが冷静に尋ねる。

「兵士の数や練度、Ｌｖだけで言えば十倍なんてものじゃないわね」

どんだけ戦力差が開いてんだよ。

「人間、亜人、獣人、その人材全てが戦闘に特化した者達で構成されている。そんな軍隊が本気で小国に攻めてくるのよ。劣勢もいいところよね。私やホルンがマモルの味方をしていなければ今頃は跡形もなかったかもしれないわ」

「盾の勇者は仲間がいなきゃ始まらない。仲間を全て失った時が俺の終わりだ」

守は自嘲《じちょう》するように呟《つぶや》く。

それは同じ盾の勇者である俺にも響く言葉だぞ。わかって言っているのか？

「ピエンサを筆頭とした連合国は主力部隊のドラゴン軍団が攻めてくる。そして勇者である俺が出てくると勇者を戦争に出すなんて間違っている、との名目で弓の勇者が出てくるはずだ」

「ふむ……じゃあ敵の本隊は？」

「その後方でゆっくりと攻めこんでくるつもりだろう」

効率的なのかそれとも非効率的なのか……。

「何から何まで人任せとは……軍人として恥ずかしくないのか」

エクレールがここで蔑《さげす》むように言う。

「被害を最小限に留《とど》めつつ、名目はしっかりと立つ布陣ってことなんだろう」

戦いにはしっかりと参加はしているんだろうな。

後方援護って名目で、勇者や主力部隊の手が届かないところをカバーするって感じでな。

「兄貴！　ここで逃げるのか？」

フォウルも戦うことに関しては賛成なのか、拳を強く握りしめている。

「フォウル、お前も応戦するつもりか？」

「当然だ。村を捨てるなんてアトラの願いを裏切るようなものだ！」

「とはいってもな。そんな無駄な争いに巻き込まれるくらいなら、拠点を捨てて逃げるのだって一つの選択ではある。フォウル……お前の守るべきものは場所か？　それとも仲間か？」

場所を守るということならば既にそれは崩れている。

何せ村ごと過去の世界に飛ばされてしまっているからな。

そして仲間ならば場所はさほど重要ではない。

「……そうだな。兄貴の理屈はわかる。だけどここで逃げていいのか？」

「あんまり勧められる手じゃないんだね」

「そうね。できればこの地を捨てるのは避けた方がいいわよ」

ホルンとラトが注意してくる。

「どうしてだ？」

「まず、ここは未来から来た土地なんだね。争いに巻き込んで滅茶苦茶にされたら、土地に宿った過去へ飛ばすための何かが散ってしまう可能性があるんだね」

「次にピエンサに進軍されて領土を奪われた場合、取り返すまで時間が掛かって研究が遅れるでしょうね。今、ここにあるものはそれほどまでに価値があるわ」

「更にここにある技術を奪われたら、敵は更に調子に乗ると思うんだね」

未来から来た技術を奪取され、分析でもされようものならってことか。

そもそも過去を変えると俺達が……って面倒な展開がありそうで進むのも下がるのも同じか。

ならばできる限り現状を維持してほしいというのがホルンはともかく、ラトの見解か。

「敵が来るのにはどれくらい掛かる？」

「早くて明日には攻めてくるはず」

それまでに村をぶっ潰《つぶ》して逃げる……のはちょっと嫌な作戦だな。

「ドラゴン……」

俺が返事をする前に、ウィンディアが敵対する相手の名を呟《つぶや》く。

「話し合いをするか？」

錬がウィンディアの肩に手を置いて声を掛ける。

「うん……だけど、ドラゴン達も目的のために戦っているなら……」

「生憎《あいにく》とドラゴンに話なんて通じないんだね」

ここでホルンがウィンディアの言葉を否定する。

「なんでそんなことを言うのよ」

「それは、わたーしが初期構築をした改造型のドラゴンの発展系だからなんだね」

「何？」

「言うのを忘れていたんだね。わたーしは元々ピエンサ所属の研究者だったんだね。だけどピエンサの弓の勇者の考えと合わないと判断して亡命したんだね」

コイツ……経歴からしてもラトの先祖ってのは間違いないな。

元は大国所属で、流れて盾の勇者のところに来たってところがそっくりだ。

「弓の勇者の考えって？」

「今代の弓の勇者は魔物を飼育して戦力にすることに関心が強いんだね。その影響もあってドラゴン部隊は脅威となるほどにまで成長したんだね。だけど……ドラゴン以外の味方になる魔物はいらないと言わんばかりの差別主義者なんだね」

確かにドラゴンは同じLvの魔物に比べて抜きんでた成長をする。

財力を惜しまないなら戦力として効率的だと言えなくもない。

「いずれ世界中の魔物をドラゴンに染めるつもりのようなんだね？」

この世界のドラゴンは、過去であっても同様にどんな魔物とも交配することが可能であるらしい。

そして、ホルンの話では弓の勇者は軍隊で使役する魔物を片っ端からドラゴンに変えてしまった。

「弱肉強食の掟《おきて》とはいってもドラゴンが魔物の王を名乗るだなんて、可能性の放棄でしかないんだね。わたーしの好奇心がそんな愚行を許したりはしないんだね。それならわたーしはバルーンを最強の魔物に仕立て上げてみせるんだね」

それもどうなんだ？　なんか嫌だぞ。最強のバルーンなんて。

だが……ホルンが研究した結果、俺達の方の異世界では魔物の統治ができていないのだとしたら……と思ってしまう。

絆の方の異世界は魔竜を筆頭とした組織体系をしていたしな。

「魔物においてドラゴン以外は強さを認めない弓の勇者か……」

ウィンディアの方を見る。

ラフ種になったキャタピランドを撫《な》でてからホルン達の方を見つめる。

俺達の村ではドラゴンもフィロリアルもラフ種もどれが一番かで争うことはない。

クラスアップする際に、どの種に変異するかを魔物共が争うことはあるけどな。

主にラフ種になりたいって意味で。どうも……羨《うらや》ましいとかなんとか？

錬や樹が育てた魔物にもその傾向が出ていて、ラトが目を光らせている。

「……竜帝はその中にいるの？」

「わたーしもそこまで調査したわけじゃないから断言はできないんだね」

なら、いるって判断をすべきだろう。

「どうする？　ウィンディア」

錬はエクレールと視線を交わした後にウィンディアに視線を合わせて問う。

「まずは私達の知る盾の勇者に聞くのがいいんじゃないの？」

「尚文よりも先に俺はウィンディアに聞きたい」

錬はとても真面目な表情でウィンディアに詰め寄っている。

「俺はウィンディア……君の親を手に掛けてしまった。だからもうドラゴンを安易に殺したりしないと決めているんだ」

「そんなの勝手に決めて……」

「ああ、俺のわがままだ。でも、こんな決意を持ちつつタクトの竜帝と戦った」

「それはガエリオンがトドメを刺したって聞いた！」

そう、あの時の戦いで錬はタクトの竜帝相手に戦いはしたがトドメは刺していない。

なるほど、錬自身のトラウマにもなっていたのか。

「それでも俺は戦ったんだ。だけど今回は違う。ウィンディア……俺は皆を守るためにドラゴン部隊に挑んでいいか？　それを君に決めてほしい」

錬はここで、フィロリアルの聖域に無造作に転がっていた剣をコピーして登録していたアスカロンに変える。

ウィンディアは村を見渡し、ラフ種になったキャタピランドと目を合わせてから……答える。

「私が嫌だと言ったらどうするの？」

「その時は別の手段を考える。それこそ交渉でも何でもする」

「……」

ウィンディアは考え込んでから言った。

「ドラゴンだから特別なんて私はもう思わない。村を……みんなをこれ以上失わせないために、戦って。お願い、レン……」

「わかった。ウィンディア。俺は君のため、みんなを守るために剣を振るう。これが俺の贖罪《しょくざい》だ！」

……盛り上がるのはいいんだが、勝手に戦うムードにはしないでほしい。

「兄ちゃん！　応戦しないのか!?」

キールが、ここで答えを言わない俺を詰問する。

「兄ちゃん言ってたじゃないか！　自分で選べって！　俺達は村を、みんなを守るって決めたんだ！」

「キールくん……」

ラフタリアがここでやや感動した口調で応じる。

一本取られたな。

普段俺はキール達に自分で選ぶように言っていた。

だからこそクラスアップとかは任意にさせていたんだしな。

「そうだな……だが、むやみやたらに戦えばいいってわけじゃない。それはお前等もわかってるだろ？」

「当然だぜ！　弓の勇者を倒しちゃいけないんだろ？」

「それは間違いないな」

おそらく過去の世界であっても波の性質は変わらないはずだ。

聖武器の勇者を殺害してしまうとその分、残った勇者に負担が掛かる。

それならまだマシだけど、聖武器の勇者が波の最中に全滅してしまうと世界が滅んでしまう……らしい。実際に滅んだ世界についてセインやその姉勢力から語られているので間違いはないはずだ。

いくら敵対関係であっても聖武器の勇者を殺すのは悪手にしかならない。

まあ……話を聞かない勇者なんて仕留めた方が早いとは思うけどさ。

そういった意味で俺はまだマシだったのかもしれない。

錬にしろ樹にしろ、今は話を聞いてくれるしな。

これも波の黒幕、神を僭称《せんしょう》する者の仕組んだ罠《わな》なんだろうと思うとウンザリしてくる。

「ただ、キール達が率先して戦いに参加するのは間違いだぞ」

「え!?　でも守らないと始まらねえだろ！」

「そこはまあ、色々と手があるから我慢しろ」

何もキール達が積極的に戦争に参加する必要はない。

「ここで登場でごじゃる」

影がニュッと姿を現し、メルティとルフトに一礼してから俺に近寄る。

「不穏な気配を感じて偵察に動いていたでごじゃる。イワタニ殿、シルトランの者達の証言、間違いはないようでごじゃるよ」

影はシルトランの国境の先に大規模な軍隊が接近中であることの裏取りをしていたようだ。

「いち早く皆様に伝えたかったのでごじゃるが、相手の動きが早くて大変だったでごじゃる」

俺は更に小声で影に尋ねる。

「守が俺達の戦力をあてにして他国に喧嘩《けんか》を売っている、なんてことはないか？」

まるで被害者って態度で俺達を利用する可能性は捨てきれない。

何でも俺達に頼られたら、逃げるつもりだ。

「潜入して調べた限り、白でごじゃるな。むしろイワタニ殿達が復興を早めさせたのが理由のようでごじゃるよ。相手からすると困るでごじゃる」

行商による復興の手伝いの所為で相手が行動を早めた……か。

シルトランを占領したい奴等からしたら復興が早まるのは嫌だろうな。

一気に畳み掛けるつもりってことか。

「ふむ……」

下手に動いて過去が変わって未来に影響が出ないか？　って不安が付き纏うが……今のところ、変化は認識されていない。

未来の……メルロマルクで異世界召喚された俺はこの世界の時間の影響を受けづらいのは間違いないだろう。

村を破棄して未来へ帰る手立てを先延ばしにするか、それとも戦って歴史改変が発生する危険を選ぶか……どこの物語の展開だと言いたくなるけど、悩ましいな。

どちらにしても本来の歴史とは異なる事態になっているのは間違いない。

過去を変えて、今が変わってしまう心配は、長い年月の果てにある歴史の修正力とかに期待することにしよう。

……とはいえ。

「正面から迎え撃つことだけが全てじゃないよな」

俺達もそこそこ戦争に顔出しはしてるけど、正面からの突撃ってのは案外少ない。

クテンロウの内乱だって、ルフトが行った愚行政策を利用しての無血開城だった。

フォーブレイとの戦争だってクズの作戦勝ちだ。

クズがここにいないのが地味に痛いな。

「その辺りは色々と作戦が出せると思うよ。ね？　メルティ女王」

ルフトがここでメルティに、お互い何かを知っているといった前提で声を掛ける。

「え？」

おい、メルティの方は知らないって反応だぞ。

「だって、クズさんが考えた無数の作戦を覚えていれば使えるものが出てくるじゃない？」

「ルフトはクズの提唱した作戦を覚えてるのか？」

「え？　うん……いろんな作戦があって見てて面白かったよ」

ラフタリアが人名を完全把握できるように、ルフトも物覚えが良いようだ。

考えてみれば割と短い期間でメルロマルクの言葉を習得したそうだし、有能なのは間違いないだろう。

「盾のお兄ちゃん」

ルフトが小声で俺に聞いてくる。

「シルトランが完全勝利をすると困るかもしれないんだよね？　メルティ女王から聞いた話だとピエンサが滅ぶのは先の話だし」

「ああ」

俺達からしたらピエンサをこの段階で壊滅させるのは問題があるのだと思う。

「なら、やりすぎないようにするよ」

それからルフトは声をやや大きくしてメルティと一緒に会話を始める。

「シルトランとピエンサの戦いは複数の段階を経るのが予想されているんでしょ？」

「そうだな」

「まとめると……第一段階・ドラゴン軍団の侵攻。第二段階・勇者の戦闘。第三段階・本隊の到着。その後は勝った方の蹂躙《じゅうりん》だね。だけどドラゴン軍団と勇者の戦闘は段階の境界が中途半端だよね？」

「勇者は相手の正当化のための名目でもあるみたいだしな」

「他にやってそうな作戦だと、既にシルトラン内で陽動作戦は行われているんじゃない？」

ルフトが流し目を守達に送る。

すると守は黙って頷いた。

「国内の町村が不自然に盗賊の襲撃に遭っていると報告が来ている。仲間が鎮圧に向かってくれているところだ」

「徹底した作戦ね。この卑劣具合は誰かを彷彿《ほうふつ》とさせるわ」

それはタクトのような転生者共を指してるのか？

まあ敵国に弓の勇者がいるわけだし、ありえるか。

「……ねえ。弓の勇者のいる場所はわかってるの？」

ルフトが影に向かって尋ねる。

「完全な場所は把握はしていないでごじゃるが、どの辺りにいるかは特定できるでごじゃるよ」

「なら、先代の盾の勇者は先に弓の勇者に会って話をしたらいいんじゃないかな？」

相手が名目を言い立てる前に事情を問いただす。

そうなったら返答に困るのは弓の勇者の方か。

「攻めてきたのはあっち。こちら側にまだ戦いの意志はない時点で勇者同士の遭遇、その会談をしている間にドラゴン軍団が侵攻している。戦争の結果が出た際に有利になるのはどっちだろうね？」

いやらしい。負けても文句がつけやすいところが実にクズの考えそうな作戦だと思ってしまう。

ルフトの成長を褒めればいいのか嘆けばいいのか。

「ドラゴン部隊はどうするでごじゃる？　その場合は攻められてしまうでごじゃるよ？」

「父上の作戦を利用ね……それなら相手の混乱を誘うものが好ましいわ。数が多いようだし奇襲の意味も込めて剣の勇者とフォウルさんが相手をしたらどうかしら？」

あくまで少数精鋭での作戦か。

「剣の勇者の獅子奮迅《ししふんじん》の活躍を見れば相手も混乱する。けど相手の切り札である弓の勇者は既に先代の盾の勇者と遭遇してる」

「ピエンサと弓の勇者の連携を瓦解《がかい》させられれば儲《もう》けものだね」

「ええ。あと……強力なドラゴン軍団は邪魔なんで、ちょっと申し訳ないけど数を減らして弱体化させた方が交渉しやすくなるはずよ。ただ、最初のうちは剣の勇者だってバレない範囲で戦ってほしい……けど難しいわね」

「勝手に決められたら困るんだが」

守がここで注意してくる。

「あくまで提案よ。飲むかどうかは国の代表をしている貴方《あなた》が決めて。わたし達はできるベストを考えるわ」

戦争をメルティ達、ガキ共が考えるってのはどうかと思うが、あのクズから教わった作戦を参考にしている分、効果は期待できそうだ。

「その作戦となると俺やラフタリア、セインは伏兵としてどこかに潜伏するのがいいか？」

「……弓の勇者と話し合いをする場合……ラフタリアさんは同行してもらえると助かる」

「私がですか？」

「ああ、その方が良い結果になるはずだ。抑止力に向いていると思うよ」

これはクテンロウから来たラフタリアに似た奴ってのと誤認させるのが目的だな。

……この時代にも桜天命石が存在するんだろう。

アレは勇者に特効の性質を持った武器群だし、桜天結界を作動させれば相手を無力化させるのも容易い。

だが、俺達の目的は勝つことじゃない。戦争をしづらい状況にすることだ。

「勇者が複数シルトランにいるって宣言すれば相手も踏み込みづらくなりそうだが、反発も生みかねないか」

絆達のところが露骨にそれだったしな。

悪い手じゃないけど、今この時、抑止力になるかというと怪しい。

争いを先導する奴が何を仕出かすかわからなくなる。

できればそういった過激派だけを仕留めて俺達が帰るまでの時間稼ぎをしたい。

ワガママかもしれないが、この時代の問題はこの時代の連中に片付けさせたい。

敵国の勇者と守達が先に遭遇して話をしている間に、敵軍に勇者の力をあまり使わずに撤退させるほどのダメージを与える。

「問題は敵軍の数か……」

数は十倍以上だ。いくら一騎当千とはいっても勇者数人じゃ手間が掛かるな。

何よりシルトラン国内に侵攻されたら面倒だ。

「大規模魔法の対策はできてるの？」

「……申し訳ない。できていない」

守のところの連中で大規模儀式魔法を放てる部隊は見受けられない。

この世界の戦争って儀式魔法の撃ち合いなところがあるらしいしな。

目の前のドラゴン軍団を相手にしているうちに、後方から儀式魔法の雨が降ってくる可能性だってゼロじゃない。

集団攻撃魔法をこっちが持っていないわけじゃないけど、それだって限界は来る。

弓の勇者がしっかりと育てた軍隊が相手だったら効果も薄いだろう。

そうなったら勇者であってもそれなりに痛いし、キール達だってタダでは済まない。

相手は人員が揃《そろ》っていて、こっちは不足。

そして仮に対処できたとして、あまりキール達を戦力として使いたくはない。

俺達が未来に帰っていなくなった後に、守達が俺達に頼り切っていた所為で負けるとかになったら洒落《しゃれ》にならん。

決定的に戦力……頭数が足りない。

「なかなかに難しい条件だが……」

ふと、俺のゲーム経験から案が浮かんでくる。

「なあ、こういう作戦はどうだ？　数が足りないなら……水増しすればいいんだよ。錬、俺が元康《もとやす》とラフタリアを賭けて決闘した時にダメージを負わせたことを覚えているだろ？」

俺は錬に視線を向けて尋ねる。

随分昔に感じるけれど、俺が経験した初めての波の後の決闘で、攻撃手段が全くなかった俺がバルーンを隠し持って噛《か》みつかせ、元康にダメージを負わせた奥の手だ。

「え？　お、覚えているが……」

「話には聞いているわね。何をする気？」

「さっきも言った通り、戦力の水増しだ。できれば早めに行動した方がいいだろう。敵の進軍も早いだろうしな」

決定打にはならないだろうが、確実な効果は期待できる。

何より、これから作戦が変化しても敵には痛手を与えられる。

最低でもそれだけで相手の足止めにはなるはずだ。

その間に別の案なり罠なりを仕掛ければいい。

「これから俺がすることはお前等がどんな作戦をとろうが効果がある。だが、前準備がそれなりに必要でな。悪いが先に動かせてもらうぞ」

「わかったわ。ナオフミに期待はするけど、こっちも上手くやっておくわね」

「ラフタリアは守と同行して時間を稼げ。あとは……足が速い奴と、ラフちゃんがいればいいか？」

「クエ！」

「ラフー」

「だふー」

ここでヒヨちゃんが前に出て俺の隣で座り込む。

そしてラフちゃんズが俺に飛び乗った。

「盾のお兄ちゃん、ボクも同行していい？　ラフタリアさんの代わりに手伝うよ」

「振り落とされるなよ」

「うん！　メルティ女王、あとは任せるよ」

ルフトはラフタリアと同じく幻影魔法が使えるし、ラフ種と同じ性質を持つ。

この作戦には必要不可欠だろう。

「守達は弓の勇者と遭遇したらできる限り会話を引き伸ばしておけばいい。じゃあ俺は行ってくる。今から相手の驚く顔が目に浮かぶようだ」

くくく、と邪悪に笑ってやろう。

「あの……ナオフミ様？　大丈夫なんですよね？」

ラフタリアが不安そうに俺に確認してくる。

「問題ない。戦争ってのはやった者勝ちと思っている奴に……同じように卑劣な手を使ってやるだけだ。むしろわかりやすくていいと思う」

ゲームにおける迷惑行為を今から俺がするんだからな。

「尚文、いいのか？　戦争に参加して」

守が確認のために聞いてくる。

「しょうがないだろ。コイツ等がやる気を見せてんだから……お前はシルトランの連中を生かすために国を捨てさせようとしたけど、シルトランの連中が迎え撃つ決意を固めていたらどうする？玉砕するとわかっていてもだ」

「――!?」

俺の言葉に守は目を見開いてから、体を震わせている。

オーバーな反応だな。

「マモル……」

レインがそんな守を心配するように支えている。

「……協力してくれるなら拒む理由もない。本当に助かる」

守がそう言って深く頭を下げたので俺も頷く。

この作戦を行うには……うん。陽動も兼ねて、俺自身は姿を偽るべきだな。

ラフちゃんとルフトがいるなら魔法で隠蔽《いんぺい》すれば問題ない。

あとは……鏡の眷属器《けんぞくき》が盾と一緒に宿っているお陰でできることをしておくか。

俺は錬に手鏡を投げ渡す。

「錬、それを持っておけばお前等の行動は俺にもある程度わかる。俺が合図を送ったらお前の武器で強化した援護魔法を唱えろ。援軍はその時になったらわかる」

鏡を媒介としたスキルである転移鏡を応用したものだ。

盾がメインになっているお陰で鏡のスキルは基本的に機能しないんだが、用意した鏡から映像の一部や音声を見聞きすることはできる。

錬は水と援護魔法の適性があるんだったな。元康が火と回復魔法で樹は風と土の属性魔法。盾で魔法のＬｖ上昇ができないなら、上昇ができる錬の方が期待できる。

「わ、わかった」

「あとは……」

「……」

黙って俺を見つめるセインに目を向ける。

「セインは俺を目印に移動することができるからな……お前の姉の気配も今のところない……シルトラン内で暴れているらしいピエンサ兵の捕縛を頼めないか？」

「……わかった。任せて」

「俺が危険だと判断したら出てくるといい。ただ、レインの振りはするんだぞ？」

「うん」

どうやら守とレインが協力関係にあることはしっかりと周知されているみたいだしな。

俺とセインが暴れ回ると、武器からして勘違いをしてくれるので動きやすい。

「よし、じゃあ行ってくる」

ヒヨちゃんの背中にラフちゃん、ルフトと一緒に乗って行き先を指差す。

「クエエエ！」

ダッダッダッと走りだすヒヨちゃん。

俺達は一夜を掛けて奇襲の準備をしたのだった。

十三話　オンラインゲームの迷惑行為

翌朝、陽が大分昇ってきた頃。

「おー……守《まもる》達は嘘《うそ》を言っていなかったんだな」

俺達は見晴らしの良い丘を突っ切りながら前線に目を向ける。

大量のドラゴンが地面に空にと群れを成して進軍している。

しかも大型ドラゴンまでいる。

どこの恐竜映画だろうか？　ここまで多いと不気味としか言いようがないな。

ドラゴン軍団はある意味、戦いにおいて有利なのかもしれない。

俺のところもドラゴンをもっと増やすべきだったか？

「ギャオオオオオオオオ！　ギャ――――」

「はあああああ！」

スキルを使わず、所持した剣で一騎当千の如くドラゴンを斬り伏せる錬《れん》はまさに物語の英雄のようだ。

プレッシャーから倒れて、村で療養していた奴には見えないな。

エクレールががんばりすぎている錬を注意しているようだ。

若干無理をしている錬を補佐するようにフォウルとキールが前に出てドラゴン達と戦っている。

こっちはやや苦戦気味だな。

後で聞いたところ、やっぱり普通の魔物とは何か違うと話をしていた。

まあ、フォウルをはじめとした村の連中は俺や錬などの勇者の加護を受けているから善戦できるんだけどな。

その先頭で相対するように待ち構え獅子《しし》奮迅《ふんじん》の活躍をしているのはフォウル、キール達の村の連中、そしてシルトランの義勇軍だな。

義勇軍は少数存在する戦闘が得意な種族が参戦してるって感じだ。

勇者であることを隠すために錬とフォウルはスキルを使わずに技と魔法を駆使して戦っている。

これは俺の作戦に合わせて相手を陽動するのが目的だからな。

守達はどこで戦っているのか、戦場ではないからよくわからん。

さて、敵軍の後方を見ると……いるいる。

人間、亜人、獣人の三部隊で構成された、後方で援護という名の見物をしている連中が。

シルトヴェルトと戦争をしているのとも異なる……何か今までにない構成の敵だな。

フォーブレイと戦った際のメルロマルク軍に似ているような気もする。

遠目だと兵力が違うのが一目瞭然だ。

奴等からすると弱小国が抵抗しているようにしか見えないだろうな。

「盾のお兄ちゃん」

「ラフー」

「クエ」

「ああ、そうだな。そろそろ行くとするか」

いやぁ、シャインシールドがなかなかに便利だった。

いい目印になってくれて思ったよりも集められて助かったぜ。

時間も数も十分に稼いだだろう。いよいよ反撃の幕開けだ。

ルフトが照明の魔法を唱えたので、呼吸を合わせてから盾を掲げる。

合成スキルが作動できるな。

『力の根源たるボクが命ずる。真理を今一度読み解き、彼《か》の者を照らす光を作れ！』

「ドライファ・ライトアップ！」

「からの合成スキル！　プリズムライトシールド！」

無駄に神々しい光を放ちながら俺達はドラゴン軍団と後方の部隊を巻き込むように突っ切る。

「ギャオオオー！」

「ガアアアア！」

「ガーガウウウウ！」

「ケエエエエエ！」

……後方に無数の野生の魔物共を引き連れてな。

いやぁ、野生の魔物ってのはなかなかいろんなところに生息しているんだな。

ヒヨちゃんを疲れさせない速度で走らせながら山奥を通過し、遭遇する魔物全てにヘイトリアクションを施しながら見逃さないようにシャインシールドを発動させ走りまわって魔物をかき集めた。

道中遅れそうな魔物にはリベレイション・オーラを施して速度を上げさせたりしながら逃げ続けている。

魔物同士で争いあったらどうしようかと思ったけど、気を込めたヘイトリアクションは凄《すご》いな。

単純な思考をしている魔物なら争うことなく俺に狙いを定めてくれる。

元々盾は魔物を引き寄せる性質があるようだし、利用しない手はなかった。

「な、なんだ!?」

「魔物の群れ!?」

「あそこにいるのは盾の勇者!?」

「馬鹿な！　弓の勇者と交戦中のはず！」

「なんで盾の勇者がこんなところに!?」

「う、うわあああああ！」

俺達が引き連れた無数の魔物軍団の突撃に、目の前の敵に夢中になっていたピエンサ軍は統率が乱れて混乱し始めた。


「トレインによる……え、ＭＰＫ……数が足りないなら魔物を引き連れて跳ね飛ばす。実際に見ると圧巻だ……」

ＭＰＫ、オンラインゲーム用語でモンスタープレイヤーキラーという。

文字の通り魔物を使って他のプレイヤーを殺させようとする迷惑行為だ。

ＰＫ……いわゆるプレイヤーキルができないゲームとかで、気に入らないプレイヤーを殺すために使われたりする。

まあ迷惑行為だから反則なわけだけど、この世界はゲームじゃないし、こういう手もありだ。

それに、ドラゴン軍団を育成して他国を侵略するのも反則だろう。

ドラゴン至上主義の弓の勇者にはいい制裁になるんじゃないか？

大事に育てて絶対の確信を持って投入したドラゴン軍団が野生の魔物の奇襲を受けて壊滅……は無理としても大打撃を受けるんだからな。

しつけのなっていないドラゴン共には盛大なお灸《きゅう》を据えてやらねばならないだろ？

「イワタニ殿はいつも私達を驚かせるな」

「レン、いつまで呆《ほう》けてるの？　盾の勇者がぶつかる前に唱えないと無駄になる！」

「あ、ああ！」

錬が合図に合わせて魔法詠唱を始める。

エクレールと……後方で魔法の手伝いをしていて、俺の接近を感知して錬に注意したウィンディアを筆頭とした奴等が、俺の到着に笑みをこぼしつつ魔法を構築させていくようだ。

錬が代表で援護魔法を唱えようとしているみたいだな。

『我、剣の勇者が天に命じ、地に命じ、理《ことわり》を切除し、繋《つな》げ、膿《う》みを吐き出させよう。龍脈の力よ。我が魔力と勇者の力と共に力を成せ、力の根源たる剣の勇者が命ずる。森羅万象を今一度読み解き、彼の者達に力を授けよ！』

「アル・リベレイション・ブレスパワーX！」

今、錬が唱えた魔法は俺の唱える全能力を引きあげるオーラとは異なり、力や速さなど特定のステータスを引き上げる魔法らしい。

回復と援護に特化した俺には一歩後れを取るが、現状だと錬の方が高威力の援護魔法を発動できる。そんな錬の援護魔法を受けて、俺が引き連れた魔物軍団はより一層速度を上げ、俺達目掛けて突撃してくる。

ま、俺が全力で流星盾を展開しているから攻撃を受けても突破することはできないだろうがな。

「クエエ！」

それに錬の魔法は俺達にも掛かったからな。ヒヨちゃんが翼を広げて更に加速する。

一筋の光となったかの如く、俺達はドラゴン軍団とピエンサ軍に突入、そのまま高速で敵陣の真ただ中を通過したところで……。

「えい」

「ラッフ！」

「だふー」

ルフトとラフちゃんズの幻影魔法が発動し、俺達の姿が掻《か》き消える。

同時にヘイトリアクションとプリズムライトシールドを解除。

一見すると光を放っていた俺達が突如消えたように見えたはずだ。

「ギャオオオオオ！」

「ガーガウウウウ！」

「ケエエエエエエ！」

目標を見失った魔物共は近場にいたドラゴン軍団とピエンサ軍に襲いかかっていく。

「な、なんだ!?　コイツ等！　ものすごく速くて攻撃が強いぞ！」

「ド、ドラゴン達が圧《お》されている！」

「う、うわあああああ！」

「な、何をしている！　早く戦線を立て直せ！　ドラゴン共にシルトラン軍がしたのと同様に援護を施すんだ！」

「ですが、混戦状態が酷く、攻撃、回復、援護のどれを施せば……」

「馬鹿モノ！　勇者様が提供してくださったドラゴン達を見殺しにする気か！」

あっという間にピエンサ軍は崩れ始めたな。

さて……弓の勇者達は守達が足止めしているのだから、こんな状態の立て直しを図る奴は……右往左往しているピエンサ軍の輪の中を素早く駆けて指揮をしている奴を探す。

俺やルフトの考えだと戦場から最も遠く、それでありながら戦況が見渡せそうなところに大将がいるはずだ。

一番安全そうなところで野心に溢《あふ》れた戦争行為を喜んで行う大将……ピエンサ国の王様とかだったらいいんだけど、そこまで相手も甘くはないか？

「うろたえるな！　シルトランの卑劣な策略に踊らされてどうする！　奴等が持ってきたのは野生の魔物！　無敵のドラゴン軍団がこの程度で負けると思っているのか！　者共！　勇者様を信じ、卑劣な策略を行ったシルトランを打倒せよ！」

豪華な魔術師っぽい姿をした男が中身のない激励をしているな。

代表はコイツでいいのか。

「こんな作戦をシルトランにいる盾の勇者、マモルが行うとは思えん……いや、奴等も追い込まれている証！　最後の抵抗だ！　畳み掛ける！　私は奴を知っている！」

「おお！　さすがは身のほど知らずのシルトラン王を打倒した魔術師様！」

コイツか！　コイツがその裏切り者か！

「我等が軍の戦線を下げ、よりドラゴン軍団が戦いやすいように――」

「おっと、そんな簡単に対処されたらこっちが困るんでね。もっと混乱してもらおうか」

ガシッと代表の肩を掴《つか》み、隠蔽状態を解除して俺達は姿を現す。

ああ、念のため俺は守の姿に見えるようにルフトやラフちゃん達に幻覚を施してもらっている。

「な!?　なんでこんなところに盾の勇者が!?　弓の勇者と交戦中ではなかったのか!?」

「種明かしをしてやる必要はない」

「ええい離せ！　今日滅びる小国の勇者が！」

「我等が軍師様に何をする！」

「ギャオオオオオオオオオオオオ！」

暴れる代表を助けようと、その部下、そして伏兵として配置していたらしきボディガードのドラゴンが飛びかかってくる。

おお……多少攻撃できる守だと思われているからか、こんな状況でも舐《な》められたりしていないぞ。

流星盾を展開したらこの代表まで弾《はじ》き飛ばして逃げられてしまう。

ふむ……じゃあやることは一つだな。

そのまま攻撃を受け止めてカウンターでダメージを与えるのがいいだろう。

「エアストシールド！　セカンドシールド！　トリッドシールド！　チェンジシールド！」

展開させた盾を変化させて、飛んでくる魔法や流れ矢を受け止める。

その出した盾の合間を縫って、連中はガツッと揃《そろ》って俺を攻撃してきた。

ん？　若干かゆみに近い痛みがあるな。弓の勇者がしっかりと兵士共を育てている証か？

カッと盾が反応してカウンター効果が作動する。

今、俺が装備している盾は霊亀甲の盾であり、カウンター効果であるＣマジックスナッチとＣマジックショットが攻撃した奴を含めて辺りに拡散していく。

「うわあああああ！」

「ぐ……魔力が吸われる！」

「体が重い……」

「これはオマケだ。受け取れ」

ついでとばかりに、俺に噛《か》みついていた強化されたスネークバルーンを投げつける。

「ギャアアア！　なんだ！」

「スネークバルーンだと！　ぐわ！　痛い！　やめろ！」

とはいえ、致命傷に至らない攻撃しかできないと思われるのは癪《しゃく》なんだよな。

手口からしてあの時の再来のような気がしてあんまりいい気分にはならないな。

「盾のお兄ちゃん！」

ルフトが徐《おもむろ》に幻覚魔法を駆使しながら分身して、敵兵から奪った斧《おの》で力強く相手を薙《な》ぎ払う。

おお……ラフタリアのような立ち回り方をしつつ力強い攻撃だったな。

獣人姿だから輪を掛けて雄々しく見えるぞ。

これはアレか？　技のラフタリア、力のルフトミラなんて展開か？

「ラフー」

ろう。

「だふー」

ラフちゃん達が力を合わせてピエンサ兵に飛びかかる。

二号の方は最近愛用しているビーストランスを器用に振りまわしているな。

「クーーーヒヒーン！」

ヒヨちゃんが襲い来るピエンサ兵士を後ろ足で蹴《け》り飛ばす。

今は一応馬の振りをしているから、種族的な鳴き声を出すわけにはいかないと判断しているのだろう。

メルティの話ではフィーロとは異なり、なかなかに頭の良いフィロリアルらしいからな。

普段は媚《こび》が強いと思うが、声帯模写が上手なのはフィロリアルの特徴か。

「ギャオオオオオオオオオオ！」

ボディガードのドラゴンが腕を振り上げて俺に狙いを定めて攻撃してこようとしている。

フロートシールドから黒い炎がメラッと湧き上がり、俺の視界で自己主張をする。

『ほう……我等に刃向かうドラゴンがいるのか』

おい、お前は俺の魔法詠唱の援護をするだけじゃなかったのかよ！

『疑似人格だ。我の良いところ♪』

そう言ってフッと魔竜の声は聞こえなくなる。

どうも嫌なんだよな。実は精神だけ俺に寄生していたりしないよな？

「ギャ!?」

ともかく俺が攻撃に備えて目を細めたところで、ボディガードのドラゴンはビクッと仰《の》け反って脅《おび》えの表情を浮かべる。

これは俺に取りついている魔竜の気配を察したとかなのかね？

「さてと……今立て直されたらこっちが困る。もっと混乱してもらわないとな！」

俺達が完勝する結末は避ける。

けど、ピエンサの兵士共の精神が折れるくらいの惨敗はしてもらわないといけない。

今は無駄な戦争をされたら非常に面倒だからな。

「な、貴様、マモルでは――」

「おっと」

偉そうな魔術師の口を塞《ふさ》いで人質にする。

さすがに気付かれるか。

どっちにしても、今の俺は守の影武者として立ち回るのが好ましいだろう。

守って……なんていうか絆《きずな》とも異なる真面目な奴って印象があるけど、それ以外はよくわかってないんだよな。だから似せて演技するってのもなかなかに難しい。

しかし、コイツの反応からして、こういう手を使うタイプではないようだ。

とは言いつつ勇者しか使えないスキルは見せたわけだし、相手も混乱しているのは一目でわかる。

「卑怯《ひきょう》な！　それが盾の勇者のすることか！」

「そのような蛮行！　勇者がするとは許すまじ！　戦を汚す卑劣な勇者め！」

おうおう。自分達の野望に溢れた侵略行為は正当な戦争で、俺達の作戦は卑劣か。

ドラゴン軍団に頼り切りの奴等が何を言っているんだか。

とはいえ、悪魔とか罵《ののし》られないだけ俺の時代よりもマシに見えてしまうから悲しいな。

「まあいい。どうやらコイツが司令官のようだし、手土産にはよさそうだ。ルフト！　ラフちゃん達！」

「うん！」

暴れる裏切り者の腹部をルフトが斧の柄の部分で殴打する。

「うぐ――」

随分と手慣れてきてるな、お前……まだ俺の村に来てそんなに月日は経《た》っていないはずなんだがな。

クテンロウにいた時は戦闘なんてしたことないとか言っていた覚えがあるが……。

ルフトの成長の早さはラフタリアに匹敵する。恐ろしいほどの順応性だ。

「軍師様！」

「逃がすか！　軍師様もシルトランに戻るくらいなら死を選ぶはず！　その忠誠に応えろ！」

おお……生け捕りにされて内情を吐かれるのを警戒したのか、知恵の回る兵士共が口封じに走るぞ。

「させない」

そこで一瞬で転移して現れたセインがハサミを構えつつ、糸を展開して辺りの連中を縛り上げる。

「い、異界の裁縫道具の勇者が現れたぞ!?」

「やはり盾の勇者がここにいる！　急いで弓の勇者に報告を！」

「果たして間に合うかな？」

「く……」

セインが裏切り者を糸で縛り上げて、俺が持ちやすいように細工してくれた。

さて、では逃げるとするか。

「行くぞ！」

ヒヨちゃんの背に乗り、俺達は即時に離脱する。

「よし！　次の作戦に行くよ！」

そして、ルフトが合図の照明弾を打ち上げる。

すると前線で大規模な爆発とも言えるスキルの旋風が巻き起こる。

「滅竜剣……からの流星剣Ｘ！　ハンドレッドソードＸ！」

なんか黒いような紫色の刀身に宿した付与スキルを作動させ、錬が流星剣と無数の剣を召喚して雨のように降り注がせるスキルをぶちかます。

竜特化の攻撃なのは一目瞭然だ。

「ギャアアアア!?」

「ギャオオオオ!?」

錬の攻撃を受け、ドラゴン軍団が次々と全身を切り裂かれて絶命していく。

「君達が悪いわけではないことを俺は理解している。これは全て人が……君達を争いに巻き込んだんだ。俺は俺の守る者達のために、戦う」

錬がすごく勇者っぽいことを言っている。ちょっと酔ってないか？

「皆を守るために！　アトラ、俺に力を貸してくれ！　滅竜撃Ｘ！　エアストラッシュＶ！　セカンドラッシュV！　トリッドラッシュV！　月光脚V！　そして……猛虎破岩拳V！」

フォウルが連続のスキルで流れるように大型ドラゴンに畳み掛ける。

最初にドラゴンを連想する突進で喉元を殴りつけ、仰け反った隙《すき》に腹に向かっての強打、流れるように連続で殴りつけた後、蹴りを四発放ち、仰け反りから回復して叩《たた》きつけを行おうとしたドラゴンの顔面をサマーソルトで再度打ち上げてからの落下時の軌道を利用した叩きつけ。

最後の一撃が入ると同時に地面が陥没して大型ドラゴンは絶命した。

アトラに力を貸してくれるように祈っているみたいだけど、きっとアトラはそこで協力なんてしないだろうなぁ。

そこの攻撃が甘いとか注意はすると思う。

なんか、盾の宝石がラフタリアを挑発する時と同じような光り方をしてるし。

間違いない。アトラはフォウルに対して相変わらず辛辣《しんらつ》な想いを抱いているはずだ。

とはいえ、聞こえないのはいいことだ。フォウルが実に生き生きと戦っている。

「フォウル兄ちゃんカッケー！　俺達も負けてられないぞー！」

キール達が、ターゲットのいなくなった俺が連れてきた魔物達の注意をピエンサ軍に向けるように、ワンコモードで素早く駆けまわっている。

戦場を駆ける子犬……なんか感動映画とかでありそうな光景だけど、中身はクレープ大好きふんどし犬だ。

ドラゴンも魔物もキールを倒しやすい獲物だと判断したのかキールに向かって突撃していく。

「うわ！　犬！　犬が！」

「こんな弱小種族に負けるか！」

「なんだお前等？　俺とやろうってのか？　悪いがそんなノロノロしてちゃ俺を捕まえるのは無理だぜ？」

だが、キールはなんだかんだ言って俺達が育てたわけで、魔物共の突撃を物ともせずにピエンサ軍の中に紛れ込み、人々の足元をくぐって脱出する。

それでも追ってきた相手にキールは器用に回し蹴りを放つ。

「うわあああ！」

蹴られた……オオカミ男が吹き飛ばされて味方の兵士にぶつかって受け止められる。

「なんなんだこの犬は！」

「じゃーなー。わんわん！」

おお……凄いな。

しかし、なんか締まりがないのがキールの長所かね。

「な、なんだ!?　アイツ等！　勇者様と同じような不思議な技……スキルを放ったぞ！」

「まさか……アイツ等は異世界から来た聖武器の勇者とその一行なんじゃないか!?　なんで盾の勇者に協力してんだ!?」

おうおう、いい感じに戦線が混乱してきてるな。

「裁縫道具の勇者が協力しているとの話も聞いたことがある」

「卑怯な盾の勇者と鞭《むち》の勇者め！　どんな手段を講じて他世界の勇者を引き入れた！」

元気な将軍みたいな奴等の脇を隠蔽状態で通り過ぎながら思う。

守のカリスマとか、盾の勇者の威厳とかそういった感覚は抱かないのな。

実際の戦争ってこんなもんなのかね……。

「みんな！　ここで敵の侵攻を止めます！　メルティさん、ウィンディアさん、行きましょう」

「ええ」

「うん！」

イミアが代表で、メルティとウィンディアが協力して魔法を紡ぐ。

『戦乱の大地、その悲しき戦いに巻き込まれた龍脈の流れを、鬱血《うっけつ》した血を吐き出すために、我等が願う。龍脈よ。我等の願いを聞き届けたまえ。力の根源たる我らが願う。真理を今一度読み解き、我等が前の大地を開け！』

「集団儀式魔法！『地割れ』」

バキッと、シルトラン軍とドラゴン軍団の間の地面に亀裂が発生し、大きく横に分断される。

「クエエエー！」

その地割れを俺達を乗せたヒヨちゃんが高らかに跳躍して飛び越す。

飛べない魔物共はそのままドラゴン軍を含めたピエンサ軍の方へ完全に狙いを絞ったようだ。

魔物を引き連れた俺達の横槍《よこやり》と援護魔法、司令官らしき人物の奪取、そして戦っていた相手が異世界の勇者らしき人物だったことでピエンサ軍は驚愕《きょうがく》し、指揮系統はズタボロになり、撤退を余儀なくされているようだ。

ドラゴン共も不利を悟ったのか散り散りになって逃げていく。

「あ！　兄ちゃん達！」

キールが戻ってきた俺達に声を掛けて駆け寄ってくる。

「おかえり！　兄ちゃんすげーな！」

「まあな。戦いってのはこういったやり方もあるんだぞ」

「おー！　ところで、そいつは誰だ？」

俺が無造作に掴んでいる奴を見てキールが聞いてきた。

それと同時に錬達がピエンサ軍を警戒しつつ近寄ってくる。

「ああ、あっちの司令官代理で、元々シルトランにいた魔術師らしい。手土産に生け捕りにしてきた」

自信満々に言うと、キール達が賞賛の目を向けてきた。

我ながら上手《うま》くいったとは思っている。

「ナオフミ、ちょっとやりすぎだったかもしれないわよ」

「あー……」

振り返ってどうにかこうにか魔物共を返り討ちにして敗走していくピエンサ軍を見る。

数が多いだけの烏合《うごう》の衆ではなかった……が、どれも中途半端に嫌な感じだな。

まあ、これも知略ってことで片付けよう。

ドラゴン以外の死者は、そんなに多いようには見えなかったし……魔物は除外すべきだな。

「これも作戦か？」

割と深い崖のようになってしまった地割れを見ながら呟《つぶや》く。

異世界の作戦って凄いな。現代日本で地形を弄《いじ》るこんな戦争なんてあるのだろうか？

そりゃあ塹壕《ざんごう》とか、爆弾による罠《わな》とかは考えられるけどさ。

「まあいいさ。これでピエンサ軍も惨敗だ。しばらくは攻め入ってこようなんて考えないだろ。それよりもメルティ、わかっているな！」

「ええ！　急いで先手を打って世界中に情報を拡散するわよ！　シルトラン国の危機に魔物が協力者として駆けつけ、ドラゴン軍団を使役するピエンサ軍を返り討ちにする獅子奮迅の活躍をしたってね！」

この手の戦いというのは勝ったからおしまいではない。

負けたくせに相手が卑劣なことをしたからだと言い訳した挙句、悪の代表として世界中の敵に仕立て上げる、なんて真似をするのはこの手の連中のお約束だ。

ならば先手を打って広報には力を注がねばな。

「あること無いこと広めても今は有利にしか働かないわ！　戦争と情報戦は勝ってから始まるのよ！」

「拙者に任せるでごじゃる！」

影もやる気だな。

これだけやっておけば、しばらくはピエンサ軍も戦争をやろうだなんて思わないだろう。

聖地侵攻は当分の間お預けだ。本来の歴史だと侵略が成功したかは知らんがな。

「ただ……ナオフミ、もしかしたら盾の悪魔って後の時代に呼ばれる理由がコレだったりするかもしれないわよ？」

メルティの指摘が俺の胸を突き刺す。

嫌だなぁ……盾の勇者の汚名を俺自身が生み出したとかだったら。

「魔物を引き連れて敵軍を蹂躙《じゅうりん》だなんて、最高に盾の魔王って感じね？」

俺が嫌がっているのを理解したのか、メルティが皮肉を言ってきた。

ハッ……そんなのはもう慣れた。

敵が俺を盾の魔王だと罵《ののし》るなら、それを利用して邪悪な笑みを浮かべるだけさ。

「ククク……のこのこと撤退していく雑魚共の顔を見たか？　傑作だっただろう？　なんてな」

メルティも冗談だとわかっているのか苦笑気味だ。

とはいえ、理解してくれる仲間がいるというのは心地が良いものだな。

「おっと、あとは守とラフタリア達だが、どうなんだ？」

メルティ達にそう聞いて、守達が向かったであろう方角を皆で見つめる。

戦場から少しばかり離れた森の中のようだ。

煙が上がっているが……大丈夫だろうか？

俺達は煙の方へと向かった。


煙が上がっていたところに近づいた頃には戦いは既に終わっていたのか、物音はしなくなっていた。

現場の方に行くと戦いの爪痕的に地面が抉《えぐ》れた跡がある。

「ナオフミ様！」

俺達が近づいてきたのを察したラフタリアが守達と一緒に駆け寄ってくる。

見た感じ弓の勇者はいないな。

「そっちの作戦は上手くいったか？」

「ええ、あちらの弓の勇者は、マモルさんがいるにもかかわらず戦場に盾の勇者が現れたとの報告を聞いて驚いていました」

どうやら奇襲は大成功だったようだな。

「で？　弓の勇者はどんな感じだった？　樹《いつき》みたいな感じか？」

「なんといいますか……話は聞いて、状況次第で協力はしてくれそうな方ではありますが、自身の目的を優先しそうな語りをしていました」

「概《おおむ》ね間違いはないんだね。弓の勇者はそんな性格なんだね」

「昔の剣の勇者みたいな方でした。とはいえ、もう少し視野が広い感じです。ですが私達にとっては都合が悪そうです」

うへ……面倒くさそうな性格をしてんのな。

「波の尖兵《せんぺい》とは違ってその辺りは真面目に勇者をしている印象がありましたよ。仲間の連携も良くて力押しでいくには難しい印象を受けました」

まあ四聖勇者なわけだし、成り済ましているわけではないんだろう。

守も話し合いをしろよ。

「マモルさんも交渉をしようとしていたんですけど、どうも話が平行線で……裏がありそうです」

うーん……ラフタリアでもわかる裏か。いくつかパターンがあるから絞れはしないけど、戦争まで手段にしようというのなら応戦するしかないだろう。

先に遭遇できたんだからこっちに大義ができる形にはできた。

あとは奴等が文句を言う前に先手を打つのみ。

ホントこの手の広報はクズとかの専売特許だよな。

そのクズの作戦を身近でしっかりと観察していたメルティとルフトは将来が不安になるくらい、手慣れた感じだったわけだが。

「私が顔を出した辺りで冷や汗を流していましたね」

「勇者特化の桜天命石は出したのか？」

俺の質問にラフタリアは若干溜息《ためいき》交じりに頷《うなず》く。

「ナオフミ様が楽しげに聞いてくるのはわかっていましたけど……ええ、眷属《けんぞく》器だと思わせないように最初から桜天命石の刀にしてから相手をしました。相性が悪いのはわかっていたみたいです」

ほう……クテンロウから来た奴とは相性が悪いのは周知の事実か。

どうなっているのか守に聞いておいた方がよさそうだ。

「ナオフミ様達の活躍によってピエンサ軍が敗走したのを知ると急いで撤退していきました。ただ、最後に弓の勇者はマモルさんを気遣っていたようにも見えましたね」

「気遣っていた……か」

まあ、弓の勇者も実のところ本意ではなかったのかもしれない。

俺は俺のやりたいようにやる、みたいな態度はある程度卒業した勇者か。

それでも敵対するってことに何か理由があるんだろう。

過去の時代でも勇者同士の諍《いさか》いは面倒なんだな。

「とはいえ、こっちは想定の範囲内で収まったか」

弓の勇者を殺さずに進軍を諦めさせることができたのなら、俺達の勝利だ。

まあ、後々戦うことになるかもしれないが、今はこれくらいにしておくべきだろう。

しかし……盾と弓の勇者の因縁ってこんな時代からあるのか？

協力しなかったんだろうか？　なんて思っていると守が仲間との話を終えて声を掛けてくる。

「尚文《なおふみ》達のおかげで弓の勇者を引きつけられた。助かった。聞いた限りだと、しばらくは攻めてきたりしないだろう」

「あっちの内情ってのがよくわからんがな。ああ、それと守、手土産を持ってきたぞ？」

俺は敵の本陣で偉そうにしていた軍師とやらを生け捕りにしてきたことを伝えた。

元々シルトランの奴だったらしいしな。裏切り者にはしっかりと罰を与えねばいかん。

今はシルトラン軍の本陣でしっかりと捕縛してある。

ピエンサ国が引き渡しを要求してきても聞く必要はないだろう。

「色々と白状させてから、煮るなり焼くなりすればいい」

「ナオフミ様、笑ってます」

「いいだろ。裏切りの罪は重いんだ。どっちにしても俺達が滞在している間は奴等が攻めこめないようにしておかないとな」

「あ、ああ……何から何まで協力に感謝する。随分と手慣れているように見えるが、未来はそんなにも大変なんだな」

「まあな」

俺は召喚直後に冤罪《えんざい》を被《こうむ》った挙句、仲間もなしで無一文で放りだされた、攻撃できない盾の勇者なんだからな。

多少は攻撃できる術《すべ》を持っている守じゃわかりようもない。

タフじゃなければ生き残れなかったんだ。この程度で泣き言なんて言ってられねえよ。

「これで、わたしの研究対象は守られたんだね。現状維持こそが重要だったから助かるんだね」

「別にお前のもんじゃないが……」

「なおふみ達のお陰で助かっちゃったー。ここまで被害がなく済んだことなんて珍しいんじゃない？　魔物を引き連れて敵陣に突入、聞いただけで痺《しび》れちゃうわ。ドラゴン相手にそんな作戦が通じちゃうなんて驚きよ。同じ盾の勇者なんだしマモルも真似すればいいのよね？　ねえねえねえマモル？　聞いてる？」

レインが軽い調子で言う。お前は本当によく喋《しゃべ》るな……セインを見習え、ってセインも実はおしゃべり疑惑があるし、姉は同じようにおしゃべりだ。

血筋とはここまで出てくるのか……恐ろしい。守も表情が引きつってるぞ。

考えてみればこの時代ではラフタリアの先祖っぽい奴が勇者相手に何か仕出かしているらしいしな。会うのが今から不安になってくる。

まあ、最悪敵対したってこっちも桜天命石の武器で応戦すれば何とかなるか。

力で思い通りになると思うなよ？

「さて……じゃあ俺達は帰る。会議とかは後にしてくれ。メルティやルフト辺りにでも任せろ」

「なんでだ？　これから被害報告と激励会をしなくちゃいけないだろ？」

「お前な……こっちは夜に攻められてから作戦のために寝ずに準備をしたんだぞ？　いい加減眠い。どうせもう陽が出てるんだ。戦勝会は夜にすればいいだろ」

守は元気だな。

そりゃあ俺だって眠いのを我慢すればどうにかなるし、盾の加護で長時間の活動は可能だぞ。

だが、いい加減疲れてんだ。少しくらい寝かせろ。

「色々と料理の仕込みはしてやる。楽しみにしていろ」

守のところの物資はやや心もとないがホルンがバイオプラントの改造をしているし、食料については少しずつ改善されていくだろう。

とりあえず俺の村にある物資で……大食いが多すぎるのでいい加減生産量が怖いところまで落ちてきているが、こういった時に労《ねぎら》いのご馳走《ちそう》を与えないと連中の士気にかかわる。

守が俺を見てからラフタリアに視線を移す。

「今までこんな感じで戦ってきたんで……」

「そうか……わかった。じゃあ細かい雑務は俺達がやっておく」

「じゃあ帰るぞー」

そんなわけで俺達は撤収することにしたのだった。

ちなみにキールや村の連中は交戦するまでの準備時間で仮眠はそこそこ取っていたらしく、撤収作業の手伝いをしたそうだ。

俺が引き連れてきた魔物やドラゴンの亡骸《なきがら》が次々と運び込まれ、適切な処理を施されて村に届けられた。

俺が仮眠を終えて家から出たら山盛りの魔物が運び込まれていて困った。

戦闘に参加しなかった料理班が全力で処理をしていた。

エピローグ　星座の違い

あまりにも大所帯になっていたので、俺の村に守のところの兵士や協力者を集めて大規模な戦勝会となった。

村での屋外パーティーだ。

もはや祭りと呼べるくらいに人が集まっているぞ。

「お？　こりゃあ美味《うま》い」

「変わった植物だな。これも食えるのか？」

「パンが実るとは……凄《すご》いな」

みんな思い思いに村の名物や、俺や料理班が処理したドラゴンを含めた肉料理を堪能している。

過去も未来もこういった祭りはあまり変わらないようだ。

とはいえ、割と小動物っぽい亜人や獣人が多いので、なんか今までとは雰囲気が違うな。

しかも貧しい土地出身の者独特の飢えを知った目つきというのか。

今食わねばこの先生き残れないって顔をした連中が、夢中になって食っている姿はやはり気になる。

「ドンドン持ってきてドンドン焼け。味は気にせず食え」

下準備した料理はあっという間に底を尽き、新たに倒した魔物を持ち込んで焼き肉で済ます。

丸焼きとか考える奴がいるかもしれないがアレは意外と手間が掛かるし、不味《まず》い。

下手すると生肉を食う羽目になる。

しかし……こういったパーティーはうちの料理班の経験にはいいかもな。

魔物の肉はしっかりと血抜きして筋を切らないと食えたものじゃない。

処理がまずくて味が若干悪い肉とかは魔物達の餌にしたり、加工して肥料にするのがよかったりする。他にも盾の調合にも使えるからゴミはしっかりと利用する。

「ふむふむ……骨組みや筋肉の形なんかは知識では知っているし触診である程度わかってはいたけど、しっかりと解剖まではしていなかったんだね。この際、丁度良いからわたーしも混ぜてほしいんだね」

ホルンは研究熱心だな。

「あら？　魔物のどこを切ればいいのか先祖様は知らなかった？　この魔物はね――」

ラトがなんか先輩面している。

「ここと、ここと、この辺りだな。あとここを切ると歩けなくなるぞ」

「大公って魔物の動きを見るのが上手よね。しっかりと武器が持てたら戦闘中に相手を料理できたんじゃない？」

「かもな。とはいっても魔物は魔力で強引に筋を再生させたりするからあまり期待すべきじゃない」

予想とは異なり、動きまわることも多い。

そこは回復魔法なんてある異世界独自の法則とでもいうのかね。

実は回復魔法の中には虫歯を治療する魔法とか、しょうもないけど便利な魔法があったりする。

肉体に干渉して歯にカルシウムとか集めて再生させたりしているんだろうか？

さすがにそこまで魔法に関して理解が深いわけじゃないのでよくわからないな。

「美味くなる魔物の倒し方とかあるが……お前等知りたいか？」

「知りたいんだね！」

ホルンの知的好奇心が疼《うず》いたか。まあ教えておいてもいい話だよな。

「猟師とかに聞けば一発なんだろうが、まずは獲物にストレスを与えない仕留め方が望ましい。ストレスがあればそれだけ肉が不味くなるからな。できれば一撃で仕留めるのが望ましい」

「それは基本なんじゃない？」

「基本は大事だぞ？　あとは逆にこの世界や異世界独自の法則なのかもしれないが、魔物自体が納得して死ぬと味が良くなるみたいなんだよな」

しっかりと戦闘して仕留めた魔物の味は思いのほか劣化しない。死を無駄にするなって発想なのかね。魔竜が自ら提供した血の品質が高かったように、魔物自体の意識のようなものが肉質などにも影響を与えるようなのだ。

日本だったら考えられない法則だ。

家畜にしている魔物から得られる品、卵とか乳とかがこれに該当するのかもしれない。

「なんか聞いた覚えがあるわね。接戦の果てに得た魔物の肉は美味いって話、根性論じゃないのね」

「あとは……俺の研究だと気を込めて仕留めた魔物の肉はしばらく生きている時のような力強さが

残るから処理がしやすいってところか」

血の臭みとかが染み込むことなく、しばらくの間は生きていた頃の状態が維持されるのでしっかりと血抜きすれば臭みがなく美味《おい》しく食える。

本来は熟成した方が美味いんだけどな。

「これは細胞に気が送りこまれて活性化しているんだね」

「仕組みはそうだろうな。料理だけじゃなく、物作りに気を使うと品質が上がるのはわかってるしな」

「色々と幅が広いんだね。研究が捗《はかど》りそうなんだね」

「俺達が元の世界に帰るための研究もしてくれよ」

「わかっているんだね」

本当にわかっているんだろうか？　どうも返事が軽いような気がしてならない。

というかドラゴン軍団に大打撃を与えたからか、ホルンの機嫌がすこぶる良いな。

ドラゴンが嫌いなのか。

なんか……引っかかるけど、まあ気にしない方向でいこう。

「あとは……勇者限定の奥の手だぞ？　質が悪い魔物の死体は武器に入れて肉に変換、品質を普通にしてから、料理の腕で誤魔化す」

「うわ……勇者しかできない卑怯《ひきょう》な手なんだね。しかも美味しくなる魔物の倒し方じゃないんだね。倒した後の姑息《こそく》な品質改造なんだね！」

「実に大公らしい工夫ね。今回の料理でどれだけ使われたのかしら？」

「やかましい！　美味けりゃいいんだよ」

「さーてと、じゃあわたーしはそろそろ研究に戻らせてもらうんだね」

さも当然のように研究所の方に歩きだすホルンをラトが疑いの目で見て後を追っていく。

「何なんだね？」

「貴方《あなた》、私のみーくんを凝視していたけど妙なことをしたりしないでよ？」

「それは彼自身が決めることなんじゃないんだね？　随分と入れこんでいるけど、アレは一体何なんだね？　教えてもらわねば引けないいんだね」

「みーくんは私の大事な研究サンプル！　ドジだけど憎めなくて、事故の所為《せい》であそこから出られないだけで、やがて出られるようになるわよ」

なんか喧嘩《けんか》しているように見えるが、アレで上手《うま》くいっているようだから放っておくとしよう。

下手な真似をしたら報告するようにとウィンディアに監視させているしな。


「これが盾の勇者マモルの協力者、ナオフミが率いる行商団です。どうかお見知りおきを」

「だーふー……」

ルフトが兵士達に説明している。

ラフタリアとは違って政治的であると同時に商売的にも理解があるのは助かるな。

国境沿いに村が出現してしまったんで、国境警備の兵士達が何かあると立ち寄りそうな場所になったな。

平和だったら立地は悪くないかもしれない。他国の品を入手しやすいって意味で。

「すごく助かる」

「話には聞いていたがマモル様に強い協力者が得られたようでよかった」

「これでこの先、国の者達が生き残れる」

「一丸となって波を乗り越えていかねばな」

割と神妙な顔つきでシルトランの兵士達……若干頼りない亜人獣人が士気を高めている。

「兄ちゃん兄ちゃん！　もっと肉焼かないとあっという間になくなるぞー！　ほら、フォウル兄ちゃんも手伝えよ！　料理できるんだろ」

「ちょっと待て！　俺は兄貴ほど得意じゃない！」

「でもフォウル兄ちゃんの好みの味付けがこの国の人達の舌に合うって兄ちゃん言ってたから、きっと美味いって！」

「がんばってー！」

「く……なんで俺はこんなところで料理をしてるんだ？　アトラ、これも村の皆のためなのか？　兄ちゃんわからなくなってきた。このまま俺は兄貴を目指せばいいのか？」

「フォウル兄ちゃん、なんか迷走してね？」

キールの指摘が鋭いな。しかし原因はお前等だ。

まあ、そんな感じで魔物の死体はしっかりと処理をして無駄にしないようにした。

守達も戦勝会としてガキ共を連れてきて、出された食事を存分に食っている。

「マモル、こっちもお礼になおふみ達に何かしてあげないとね」

「そうだな……何をすべきか……」

復興に追われているシルトランだからな。

お礼と言われても大したものはもらえないだろう。

「そういえばピエンサが欲しがっていた聖地とやらに行かないのか？」

「あそこはそんな大したものはないはずだけど……行きたいなら後で案内するって。これは褒美じゃないな。うーん……金も食料も物資も俺のところにはないし、せいぜい国内の権利や他国への通行手形の発行くらいしかない……あとは地位か」

「地位は要らん」

ここは過去の世界なわけで、そんな場所に長いこと滞在するなら多少はあれば便利だが、守が援助してくれている今、必要性を感じない。

せいぜいメルティに仮の地位でも授けて交渉をしやすくしてもらうくらいの役にしか立たないな。

それも守がいれば不要なわけで。

「だよな。となるとホルンが元の時代に帰る手立てを見つける手伝いくらいか」

「既にしてもらっている。まあ、今回は色々と手助けしてくれているから気にしなくていい」

むしろ貸しを作っておけば守達も負い目を感じてくれて交渉がしやすい。

弱みを握っておくのは重要だよな。とはいえ、落としどころが欲しいか。

「じゃあ守やシルトランの連中が集めた魔物の素材とかを分けてくれ。それだけで何を欲しているかわかるだろ？」

勇者は世界にあるいろんな素材で新たな武器を得ることができる。

権力者からそういった品々を提供してもらえば十分に役に立つだろう。

「わかった。後で準備させる」

「温泉で裸の付き合いも悪くないわよ？」

レイン……お前は俺を相手に卑猥な接触をしてきたりしないよな？

「俺が見つけた秘湯に今度案内するか。あそこがいいかもしれない」

「ま、その辺りの善意は守の懐の深さを探るのによさそうだな」

異世界に来て、割と俺は温泉によく入っているような気がする。

カルミラ島とかな。

なんて考えていると守が神妙な顔つきになった。

「フィロリアル……か」

視線の先は……村の中で飯を貪《むさぼ》るフィロリアル共だった。

この時代には存在しないらしいから興味があるってことだろう。

守からしたら俺達は未知の技術を持った連中だ。

上手いこと技術提供をして波に備えた品々を作り出せればいい。セインの姉勢力のわけのわからない謎発明に対抗して、ホルンとラトが奴等を驚かせる発明をすることを期待しよう。

パンの木とか、便利だけどしょうもないものじゃなくてな！

「マモル……」

そんな守とのやり取りをレインが不安そうな若干気になる表情で見つめていた。

「マモルお兄ちゃん」

シアンが守と俺を交互に見る。

「今は皆で生き残れたことを喜ぶ時だよ？」

「……うん。そうだな。シアン、君も沢山食べて大きくなるんだよ」

「うん！　私、もっと強くなりたい！　皆を戦争から守れるように！」

村の連中に影響でもされたかね。シアンが決意に満ちた顔つきで守に言い切った。

そんな話をしていると錬《れん》がウィンディアやエクレールと一緒に食事をしている姿が目に入る。

なんだかこの三人はよく一緒にいるような気がするな。

どちらかと言うと錬が若干二人の尻に敷かれているようにも見えるが……守達との会話を切り上げて近寄る。

「私の顔色を窺《うかが》うのはやめて」

不機嫌そうにウィンディアが錬に文句を言っている。

「いや、その……」

「保護者ぶらなくていい！　私は一人でも生きていけるし、今はここが私の居場所なの！　レンもそうでしょ！」

ウィンディアは反抗期ってやつだな。

……違うか。保護者になろうとする錬の態度が気に食わないだけか。

「ただ、さっきも言ったけど……ありがとう」

「ああ……」

「しかし、改めて思うのだが、とんでもない場所に来てしまったのだな。私の父がこの状況に立ち会えたらどんな顔をしたことか」

「エクレールの父親ってもともと尚文《なおふみ》の領地を統治していたんだよな？」

「そうだ。私もあのような立派な、人々に信頼される領主になりたいが……今、この時に私はどうしたらいいのか迷う」

エクレールは現在、村で錬と一緒に活動中だもんな。

一応はメルティの護衛として動いていることもあるが、やや心もとない。

変幻無双流の修行は続けてやっているらしいけどさ。

「前にも話をしただろう？　私はイワタニ殿やメルティ女王陛下が領地を復興させる様を見ていた……とても同じようにできないと自身の愚かさを嘆くばかりだ」

「がんばればエクレールだってできるさ。俺も協力する」

「……レンが手伝ってくれたら、剣の勇者目当てに信者が群がってきそうだな」

「尚文だってそうじゃないか。俺じゃダメなのか？」

「む……うーん、悩ましい。レンを利用してはいけないのではないか？　いや、イワタニ殿やメルティ女王、前女王も王やイワタニ殿を利用している。しかしそれでは私の実力が……」

エクレールが腕を組みながら悩み始めたぞ。

クソ真面目だけど武人だから、統治者としての思考は難しいだろう。

「イワタニ殿や王……クズ殿を見て、手段を選んでいては大事なものを失う時があるのはわかってはいるんだ。だが……これはどこで線引きをすればいい？」

「そういう時のために、俺やウィンディア、尚文やメルティ女王がいるんだろ？　いつでも相談に乗る」

「そ、そうだな……ではレン、最初の相談に乗ってくれ」

「なんだ？」

「私は最近、割と新参者であるラフタリアの従兄弟《いとこ》であるルフトミラに色々なところで負けてしまっているのではないかと思い始めている。今回の戦いでもこれからの戦いでも何もかも……どうしたらあああまでの成長ができるか教えてくれ」

「う……」

いきなり難易度の高い質問だな。

一応、エクレールはルフトと接点というか居場所が近かったはずだよな。

そういった意味でライバル意識があるのかもしれない。

現状だとエクレールはルフトに負けているのは確かだな。

戦闘面でどうなのかは未知数だけど、ルフトが気を習得したらエクレールが勝てるところは大分少なくなると思う。

後で錬に教えてやるか、ライバルの存在がいると人は伸びたりするってな。

日に日に目覚ましい成長をするルフトを相手に抜きつ抜かれつの関係で成長していくほかない。

そもそも俺って……しっかりと統治できたか？

ぶっちゃけ商売の指示しかしてなかったような気もする。

士気が上がるようなことを言ったりもしたし、ネットゲームのギルド経験をもとに村の連中が動きやすい環境を構築なんかはしたけどさ。

クテンロウでラフタリアを天命に担ぎ上げたりしたな。

だけど、これって統治者とは何か違う。

ふと、守の方を見る。

シルトランの連中からの熱い期待を一身に受けていることは、村に集まった兵士達を見れば一目瞭然だ。ドラゴン軍団を相手にしても一歩も引かずに戦う決意を見せていたらしいし。

亜人や獣人の基準でも戦闘がそこまで秀でた連中ではなくても、戦いたいと思わせる意志があるんだ。

それは俺のところの村でも同じで、種族的にはあまり強い連中はいない。

だけど、キールをはじめとした連中は一歩も引かずに戦う。

失うことの恐ろしさをその身に刻まれているからだろう。

まあ、盾の勇者って側面でいうのなら、人々に信頼されることが重要なのかもな。

エクレールに言うべきことは素振りや鍛錬ではなく帝王学を学べ、か。

「その……クズやメルティの仕事を見る視線が、エクレールとルフトとでは違ったんじゃないか？エクレールがクズの考えた作戦案を流し見しかしてなかったところをルフトは全部見ていたんだろう」

「なるほど。だが、あの無数の作戦案を全部覚えるのは正直に言って私の手にあまりそうだが……やらねばならないのか」

「お前は領主になるんだろう？　そこはできる奴に任せればいいんじゃないか？」

どっちかというとエクレールってラルクと同じく、誰か有能な奴に丸投げして重要な決断をする時に矢面に立つタイプに見えるんだがな。

どうしてこう……リーシアやエスノバルトのように、身の丈にあったことをしないで、向いてないようにしか見えないことにチャレンジする奴が多いのかね。

なんかエクレールを見ているとメルティの気持ちがわかってしまうような気がした。

そんな風に思いながらラフタリアやメルティへ視線を向けると、二人が集まりから少し離れて空を見上げているのに気付いた。

昔、メルティ誘拐事件の時に野宿をしたことを思い出すな。

あの時はフィーロがいたけど、この場にいない。

早く元の時代に帰らないとな。

帰るのが遅くなると元康《もとやす》の所為でフィーロがストレスで倒れたりしそうだ。

どこかの剣の勇者みたいにな。

「どうした？　空に何かあるのか？」

「ああ、ナオフミ様。メルティちゃんと星を見ていました」

「そうか……何かわかったことがあったか？」

「えーっと……有名な星座が複数ないです。知っている星座もありますが、やっぱりこういうことも起こりえるんですね」

ラフタリア達と一緒に空を見上げる。

カルミラ島で温泉に入った時にも見上げたが、俺は星座を全然覚えてない。

波による世界融合をする前の世界……空を見上げれば見覚えのあるはずの星座がないのは当然のことなのか？　となると宇宙まで混ざり合っていることになるが……まあ宇宙も世界の一部か。

世界が融合するんだから当然なのかもしれない。

「下手な異世界よりも遠くに来てしまった気がするな」

「はい。まさか過去に来ることになるだなんて……世界は不思議で満ちてますね」

「……フィーロちゃん、元気でいればいいけど」

メルティが星を見ながら呟《つぶや》いた。

「上手く元康から逃げ切れることを期待するしかないな」

こんな時でさえもフィーロの心配をするメルティは、本当に親友なんだな。

「こういった異世界って呼べそうな場所に行くなんてナオフミ達だけだと思ったのに……とんだ厄介事に巻き込まれたわね」

「しょうがないだろ。これも敵の攻撃だろうから」

「わかってるわ。とはいえ、この状況を嘆いていても始まらないわよ。罠《わな》に掛けられたナオフミが逞《たく》しく生き残ったように、わたし達も見習って逞しく……過去に失われた優秀な技術でも覚えて元の時代に帰りましょ」

「そうですね。ナオフミ様のように逞しく、一刻も早く元の時代に戻らないといけませんね」

俺のように逞しくってところが気になるが、その意気でいくのがいいと俺も思う。

「……そうだな。正直、どうやったら元の時代に戻れるのか手がかりすらも掴《つか》めていない状況だけど、こんな真似を仕出かした奴に報いを受けさせるぞ」

そう、今日捕らえたあの魔術師のように。

「まったく……ナオフミらしいわね」

「魔竜じゃないが、それが俺の良いところ、だろ？」

「それは良いところなんですか？」

「良いか悪いかはお前等が決めればいい」

「これで上手くいってるんだからきっと良いことなんでしょ。さ、がんばっていきましょ」

「……何があっても諦めないことが大事ですね。がんばりましょう」

過去の異世界に飛んでしまった俺達だったが、絶対に諦めずに元の時代に戻ってみせると……結束を強めるのだった。

MFブックス

盾の勇者の成り上がり 20

2018年12月25日　初版第一刷発行

著者　アネコユサギ
発行者　三坂泰二
発行　株式会社KADOKAWA
〒102-8177　東京都千代田区富士見2-13-3
0570-002-001（ナビダイヤル）
印刷・製本　株式会社廣済堂
ISBN 978-4-04-065134-7 C0093
©Aneko Yusagi 2018
Printed in JAPAN

●本書の無断複製（コピー、スキャン、デジタル化等）並びに無断複製物の譲渡及び配信は、著作権法上での例外を除き禁じられています。また、本書を代行業者等の第三者に依頼して複製する行為は、たとえ個人や家庭内の利用であっても一切認められておりません。
●定価はカバーに表示してあります。
メディアファクトリー　カスタマーサポート
［電話］0570-002-001（土日祝日を除く10時～18時）
［WEB］https://www.kadokawa.co.jp/（「お問い合わせ」へお進みください）
※製造不良品につきましては上記窓口にて承ります。
※記述・収録内容を超えるご質問にはお答えできない場合があります。
※サポートは日本国内に限らせていただきます。

企画　株式会社フロンティアワークス
担当編集　平山雅史／大原康平（株式会社フロンティアワークス）
ブックデザイン　ragtime
イラスト　弥南せいら

本シリーズは「小説家になろう」（https://syosetu.com/）初出の作品を加筆の上書籍化したものです。
この作品はフィクションです。実在の人物・団体・事件・地名・名称等とは一切関係ありません。

ファンレター、作品のご感想をお待ちしています

宛先　〒102-0071　東京都千代田区富士見2-13-12
株式会社KADOKAWA　MFブックス編集部気付
「アネコユサギ先生」係「弥南せいら先生」係

二次元コードまたはURLをご利用の上
右記のパスワードを入力してアンケートにご協力ください。

https://kdq.jp/mfb
パスワード
yrb86

●PC・スマートフォンにも対応しております（一部対応していない機種もございます）。
●お答えいただいた方全員に、作者が書き下ろした「こぼれ話」をプレゼント!
●サイトにアクセスする際や、登録・メール送信時にかかる通信費はご負担ください。

AT-X、TOKYO MXほかにて
2019年1月9日|水|より
TVアニメ放送開始
盾の勇者の成り上がり
CAST
岩谷尚文：石川界人　ラフタリア：瀬戸麻沙美　フィーロ：日高里菜
天木 錬：松岡禎丞　北村元康：高橋 信　川澄 樹：山谷祥生　メルティ：内田真礼
STAFF
原作：アネコユサギ（MFブックス『盾の勇者の成り上がり』／KADOKAWA刊）
原作イラスト：弥南せいら　監督：阿保孝雄　シリーズ構成：小柳啓伍
キャラクターデザイン・総作画監督：諏訪真弘　音響監督：郷文裕貴（グルーヴ）
音楽：Kevin Penkin
アニメーション制作：キネマシトラス
詳細はアニメ公式サイト、公式Twitterにて！
アニメ公式サイト：http://shieldhero-anime.jp/
公式Twitter：@shieldheroanime
©2019 アネコユサギ／KADOKAWA／盾の勇者の製作委員会

「こぼれ話」の内容は、
あとがきだったり
ショートストーリーだったり、
タイトルによってさまざまです。
読んでみてのお楽しみ！

アンケートに答えて 著者書き下ろし「こぼれ話」を読もう！

よりよい本作りのため、
読者の皆様のご意見を参考にさせて頂きたく、
アンケートを実施しております。
ご協力頂けます場合は、以下の手順でお願いいたします。
アンケートにお答えくださった方全員に、
著者書き下ろしの「こぼれ話」をプレゼントしています。

この二次元コードから
アンケートページへアクセス！

https://kdq.jp/mfb

このページ、または奥付掲載の二次元コード（またはURL）に
お手持ちの端末でアクセス。

↓

奥付掲載のパスワードを入力すると、アンケートページが開きます。

↓

最後まで回答して頂いた方全員に、著者書き下ろしの「こぼれ話」をプレゼント。

● PC・スマートフォンに対応しております（一部対応していない機種もございます）。
●サイトにアクセスする際や、登録・メール送信時にかかる通信費はご負担ください。

MFブックス　http://mfbooks.jp/